BROADCAST
广播
凑佳苗
9'00"00

广播

BROADCAST

［日］凑佳苗／著
徐嘉悦／译

南方出版传媒 花城出版社
中国·广州

图书在版编目（CIP）数据

广播 / (日) 凑佳苗著；徐嘉悦译. -- 广州：花城出版社, 2019.11

ISBN 978-7-5360-9059-0

Ⅰ. ①广… Ⅱ. ①凑… ②徐… Ⅲ. ①长篇小说—日本—现代 Ⅳ. ①I313.45

中国版本图书馆CIP数据核字(2019)第239177号

合同版权登记号：图字 19-2019-176号

原作名：《ブロードキャスト》，作者：凑かなえ

本书为引进版图书，为最大限度保留原作特色、尊重原作者写作习惯，故本书酌情保留了部分外来词汇。特此说明。

出 版 人：肖延兵
责任编辑：陈诗泳　欧阳佳子
技术编辑：薛伟民　林佳莹
特约编辑：林雨桐
装帧设计：何晓静

书　　名　广播
　　　　　　GUANGBO
出版发行　花城出版社
　　　　　　（广州市环市东路水荫路11号）
经　　销　全国新华书店
印　　刷　广州市番禺艺彩印刷联合有限公司
　　　　　　（广州市番禺区石基镇小龙村）
开　　本　890 毫米 × 1240毫米　32 开
印　　张　7.25 2插页
字　　数　205,000 字
版　　次　2019年11月第 1 版　2019年11月第 1 次印刷
定　　价　45.00元

本书如有印装质量问题，请与广州天闻角川动漫有限公司联系调换。
联系地址：中国广州市黄埔大道中309号 羊城创意产业园3-07C
电话：（020）38031526 传真：（020）38031253
官方网址：http://www.gztwkadokawa.com/
广州天闻角川动漫有限公司常年法律顾问：北京市盈科（广州）律师事务所

contents|目录

序章

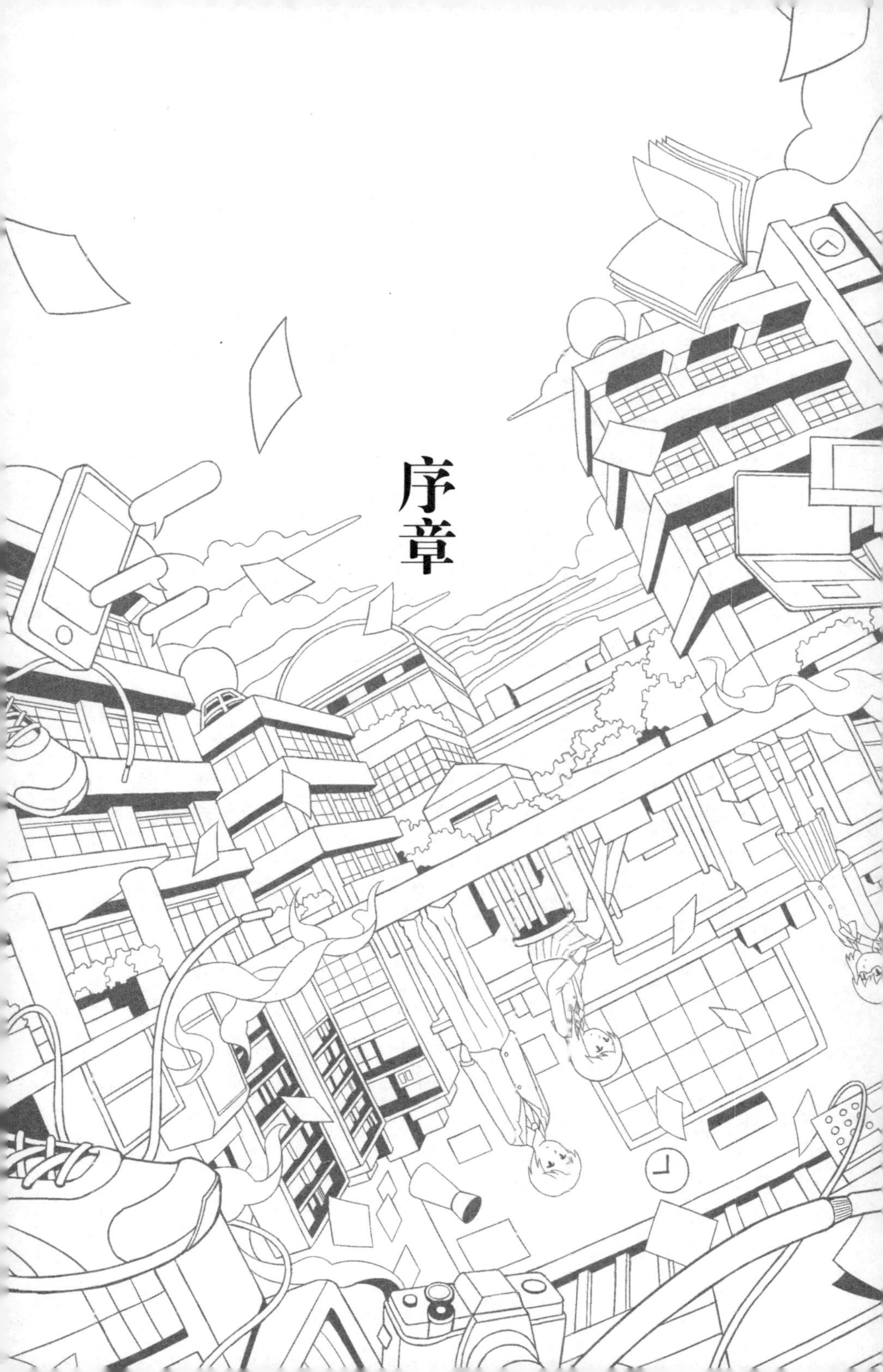

初三那年，我们参加了最后一场晋级全国大赛的县级长跑接力大赛，以十八秒之差屈居第二名。对当时的我来说，这是人生中最遗憾的事。

我负责跑第三区，接过绶带时，我们队伍排名第一。之后，我继续保持领先优势，将绶带交给第四区的队员。递出绶带时，一种完成使命的成就感油然而生。然而，最后一区的队员以第二名抵达终点的那一瞬间，我深感悔之无及。

比赛路线分为六个区段，每段三千米。我不甘心，假如每个人都跑快三秒钟……这个“假如”是有理有据的。每位队员都在地区赛刷新了自己的最高纪录，如果今天能发挥当时的水平，别说十八秒，以一分钟以上的差距获得冠军都不在话下。

我本次用时比自己的最高纪录慢五秒。即便如此，这也是迄今为止位居第二的好成绩。因此，我个人认为能在陌生路线获得此般成果，还是快心遂意的。

其他队员应该也跟我一样，比赛时并非不在状态。也就是说，每个人再跑快三秒绝非无稽之谈。毕竟没有一个人跑完之后就倒地不起，需要他人搀扶才能重新起身。

虽然这些想法在我的脑海中不断沉浮，但如果是由顾问老师或队友以外的人提及，我就会愤怒不已。

在回程大巴上，一个坐在前排的大叔说出了我心中所想。从座位上望过去，只能看到其后脑勺。一听到那些话，我就觉得胸口像被紧紧揪住似的，难受至极，甚至感到有些反胃。

大叔，你只是来加油打气的，别摆出一副什么都懂的样子。竟然说“区区十几秒钟，完全在误差范围内。只要在终点跟前拼命冲刺，说不定就能扭转局势”，等你自己跑过一遍之后再发表这种言论吧。

我心想:要是有人说他两句就好了。于是四处张望，接着与山岸良太对上眼。他正好隔着过道坐在大叔旁边。

我朝大叔的方向抬了抬下巴，向他示意“那大叔说得真过分”。结果良太轻轻举起一只手，摆出道歉的手势，然后对大叔说道：

“爸，别说了。”

那个大叔是良太的父亲？经儿子一提醒，大叔尴尬地咳嗽了一声，然后伸直手臂，生硬地打了个呵欠，之后便不再开口。估计是假装在睡觉吧。

良太再次一脸愧疚地看向我，我只能轻轻地摇头。

如果大叔是良太的父亲，那么确实有资格说那番话，因为他完全可以理直气壮地对今天的结果表示遗憾。

此刻，我脑海里浮现另一个“假如”。

我伸长脖子，望向坐在第一排的田径社顾问老师村冈。可是老师戴着帽子，我只能看见其后脑勺，根本无法想象他此时的表情。

老师心里是不是也有一个“假如”呢？是不是觉得很后悔呢？

假如让山岸良太参赛……

从小学一年级开始，良太就是田径社长跑项目的王牌。

我和良太虽然不在同一所小学读书，但是在市里的田径比赛中见过几次面。一千五百米竞赛需要绕三百米跑道跑五圈，这小子每次都能夺冠，而且领先第二名整整一圈。

我妈妈经常带着手持摄像机来观看比赛。她称良太为“小羚羊”，每次都会录下他参加的所有比赛项目。我目瞪口呆，心想：拍你儿子不就好了吗？可是，沉迷于观看那些录像的人反倒是我。

一看到良太奔跑的身姿，我就会莫名其妙地想起“热带稀树草原上的风”这个词组。我明明从未去过非洲，也不知道那里刮的是什么风。只是觉得如果能以这种方式奔跑，心情应该会很舒畅吧。于是，我把良太跑步的姿势铭记于心。

状态好的时候，我在百米赛跑中也顶多拿个第三名。良太应该不会把我这种小卒放在眼里。

然而，升上市立三崎中学后，良太竟然主动向我搭话。

“你是町田圭祐同学吧？我记得你以前也是练田径的。放学后跟我一起去社团参观一下吧。”

我吃惊得只能含糊地答应。

以我的脚程，估计很难在田径社有突出的表现，所以我本来打算加入网球社或篮球社……可是我的嘴巴跟不上脑子，面对突发状况时，总是无法顺利说出自己的真实想法。

再加上，自己所崇拜的对象主动来搭话，就算容我考虑一下，也没办法开口拒绝。

没错，我一直崇拜良太。

因此，我接受他的邀请去田径社参观，并在当天决定加入。我平时很少跟妈妈汇报自己的校园生活，但唯独这件事，我在吃晚饭时主动提起。

“你可得好好珍惜这种缘分啊。”

妈妈高兴地说道，仿佛我结识了一个明星。我有点顾虑，说道：

“不过，与其他社团相比，田径社的监护人协会很多，听说还得负责比赛的接送呢。”

我家是单亲家庭，爸爸在我上小学之前就病逝了。之后，妈妈便一边做护士，一边抚养我，所以我实在不想因为社团的事给她增添负担。妈妈回应道：

“没事。我参加这些活动，多认识一些朋友比较好。这样一来，我也能从其他家长那里得知考试时间什么的。”

此前，我从未听妈妈提及关于“妈妈群”或“午餐会”的话题。

“那我就提交入社申请啦。不过，听说我们学校田径社擅长的是长跑接力赛等长跑项目，所以我应该没什么机会去校外参加比赛，我们家没车也影响不大吧。”

我本来是打算专攻短跑项目的。然而，我后来才明白，擅不擅长并不是由自己判断的。

刚加入田径社的前半个月，所有刚入社的人，包括十二名男生和十名女生都要进行短跑、长跑、跳跃、投掷等所有项目的测试，这是为了确定每个人的专攻项目。

新生当中有人向顾问老师申请自己想练习的项目，但我没那么做。我的百米赛跑成绩是刚入社的男生中最好的，所以我坚信自己会被选入短跑组。

随后，顾问老师村冈公布长跑组的名单。他念出的第一个名字，是在三千米赛跑测试中以绝对优势拿下第一名的良太，接着是排名第二的人。听到第三个名字时，我还以为有一个跟自己同名同姓的家伙，于是左右张望确认。

可是，名叫“町田圭祐”的人只有我。

被选入长跑组的男生一共有四人。村冈老师公布其他项目的名单时，我还在思考是不是哪里搞错了。因为在三千米赛跑测试中，我的成绩位列第四。排名第三的成员在百米赛跑中比我慢一些，屈居第二。然而，被列入短跑项目的人是他。

老实说，我觉得自己并不擅长长跑竞赛。读小学时，即便我在马拉松大赛前半段排名靠前，但是一到后半段就会逐渐落后。

妈妈说这是因为我耐力不够。她之所以这么说，并不是从护士的专业角度分析的，纯粹是因为我讨厌牛奶，所以想借此逼迫我每天喝。不过说来也有道理，在小学的田径训练班里，我总是最先倒下。

测试成绩是初二的学长帮忙记录的，所以我觉得有可能登记错了。社团活动结束后，我追上村冈老师。这或许是我第一次主动找老师谈话呢。

“老师，我短跑的成绩应该比长跑好吧？”

我战战兢兢地问道。

“没错，这次测试确实是短跑的成绩更好。不过町田的跑步风格更适合做一名长跑运动员。”

村冈老师后退一步，然后从头到脚打量我，如是说道。看来不是记录有误。不过，我心中冒出另一个想法——

老师觉得我适合当长跑运动员，会不会是因为我在三千米测试中模仿了良太的跑步风格？虽然不是刻意的，但自从看了妈妈拍摄良太的录像，我就一直很想学习他的跑步方式。良太的身姿深深地烙印在我的脑里。说不定在追逐他的过程中，我自然而然地把他当作自己，并在跑步时摆出了相同的姿势。

我还未开口解释，村冈老师便继续说道：

“如果你实在很想练短跑，我也不会强人所难。只不过，山岸良太加入了田径社，而且我们有希望晋级全国大赛的团体项目只有长跑和长跑接力。还有，我相信以你的实力，成为长跑项目的主力成员并非难事。”

区区普通公立中学，竟然想晋级全国大赛，这也太夸张了。我有点想对这番豪情壮志泼冷水。

我从小学开始就很不擅长应付这种热血教师。他们总是叫我好好努力，让妈妈高兴。仅仅因为我来自单亲家庭，就时常比他人受到更多强制性的鼓励。

不过我内心深处确实觉得，如果能参加全国大赛，妈妈肯定会很开心。我也不清楚这个念头是不是受单亲家庭的影响。

结果，我含糊其词，于是就这样被编入田径社长跑组。

我是最后一个到达自行车停车场的，只见良太独自在那里等我。

“老师同意你转去短跑组了吗？”

良太似乎知道我为什么去找老师。我摇了摇头。

“太好了。既然村冈老师选择你，那就应该没错。见你想转去短跑组，我觉得挺可惜的，原本打算来说服你。”

听良太说，村冈老师以前似乎是三崎中学田径社的长跑运动员，大学时还参加了传统新年长跑接力赛（**注：即“箱根驿传”，每年一月二日和三日举行，全程长达217.9千米，是日本新年期间最受瞩目的赛事**）。这位老师负责的科目是社会科，而非体育，所以我实在没想到他竟然如此厉害。

据说他就任不久，便带领三崎中学田径队在去年的长跑接力大赛中冲至全县前十名。而此前，这支队伍竭尽全力才成功晋级地区赛。

“真想参加全国大赛啊。”

我本来认为全国大赛是远在天边且虚无缥缈的幻想，但良太的这句话，让它逐渐呈现出完整的形态，仿佛触手可及。

在整个初中生活中，我几乎每天都在奔跑。

我们升上初三之后，初二的队员也已经有所成长。努力至今，晋级全国大赛的曙光终于清晰可见。可是，就在这时……

良太的双膝都出问题了。

在暑假前半段日子里，良太做了手术。他本来有望在个人项目晋级全国大赛，最终还是不得不放弃参加预选赛。不过，他从第二学期开始就归队了，总算赶上初中生涯最后一次晋级全国大赛的机会——秋季长跑大赛。

虽然在三千米测试中，他还没能跑出自己的最佳成绩，但依旧是社团里速度最快的。

村冈老师没有把良太列入地区赛参赛队员名单。

地区赛前三名的队伍都有资格参加县级大赛，所以老师认为就算没有良太，我们也能突破重围，而且这么做也不会给良太的腿造成太大的负担。

良太不出赛。正如"失去了才懂得珍惜"这句话所说，良太的缺席让接力绶带的重量增加一倍，甚至两倍。我才发现，原来在此之前，就算自己已经拼尽全力，心里还是会依赖良太，觉得他肯定会想办法让全队取胜。

我与良太，以及代替良太出赛的初二队员田中之间的速度差，都必须靠自己去弥补。其他队员参加地区赛时应该也抱有这个想法。最终，所有参赛队员都刷新了自己的最佳成绩并取得"区间赏"（**注：在长跑接力赛中，每个区段速度最快的人所获的奖项**），大获全胜。

因此，村冈老师做了一个决定。

在大赛开始前的那个星期，某天训练结束后，村冈老师把所有社员都叫去操场集中。不仅有长跑组的男生，还有在地区赛落选的女子长跑组成员，以及在夏季大赛之后提前退役的短跑组初三学长学姐。

老师当着所有人的面公布长跑接力赛的参赛队员名单。

从第一区段开始，被点到名字的人回一声"到"，并举手示意，然后走到队列前面。县级大赛路线的第二区段号称“王牌区段”，我一直等待老师念出良太的名字，结果听到的是一名初二王牌队员的姓名。

没人出声表示异议，但现场的气氛显然不对劲。

接下来是第三区段，老师念出我的名字，此时气氛依旧很怪异。我就像代人签到似的，糊里糊涂地应了一声，然后走到队列前面。

难道老师打算让良太跑最后一棒吗？或者效仿地区赛的排序，让良太跑第五区段？之前是由田中负责的，这样的安排未免有些大材小用吧？

我站的位置正好与队员们面对面。我偷偷瞄了一眼良太，但他正望着老师那边。良太此刻的表情就像他风驰电掣的奔跑方式一样令人难以捉摸。

接着，老师公布负责第五区段的队员是田中。这回真的有人出声表示质疑，连田中也先“咦”了一声，才回了一句“到”。之后，他像是被人喊去做坏事似的，耷拉着脑袋走到前面。

负责第六区段最后一棒的队员被念到名字，也走到队列前方。队员名单和接带顺序都与地区赛那时一样。

第一位候补选手是良太。他与刚才被选为参赛者的人一样，回应一声之后走到队列前面。我的视线不由得落在他的膝盖上。

难道是膝盖还没痊愈吗？还是又恶化了？可是良太每天完成的练习量和大家一样，在昨天的三千米选拔测试中，他也获得了第一名。

我等待村冈老师开口。

老师应该是为了说明选择这些队员的理由，才让大家集合的吧。

“以上就是县级大赛的参赛队员。今年各地的地区赛发生了许多波折，不少有实力的学校都落选了。”

这件事我也知道。听说有一支有望夺冠的队伍落选了，因为负责第一区段的运动员出现脱水症状晕倒了，无法顺利交接绶带。好几个实力强劲的学校也发生了类似的情况，都是某一位运动员在比赛中发生突发状况，结果队伍只能弃权。

虽说不能因为其他人或其他学校的不幸而幸灾乐祸，但我还是觉得好运是站在我们三崎中学这边的。而且，三崎中学今年出现了不少优秀的运动员，堪称奇迹之队。不过估计仅限今年，因为现在的初一成员几乎没有能力突出的。

大家应该都有这样的想法:这是第一次，也是最后一次有机会参加全国大赛。

然而，良太没有被选中。

“我让良太当候补队员，是因为县级大赛每一个区段的路线都忽高忽低，这会给他的膝盖带来很大的负担。”

的确，去年参赛的时候，我就在想，是不是每个县都得跑这种深山路线，所以实力强劲的学校多数位于山区。

与其在县级大赛伤到腿脚，导致无法参加全国大赛，不如牺牲自己，让其他队员能够晋级。

“只要大家都拿出地区赛时的成绩，拿下冠军并非天方夜谭。不，只要大家都抱着想让良太出席全国大赛的信念，我相信，你们一定能在县级大赛中刷新自己的最佳成绩。”

我只敢转动眼珠观察周围的情况，发现大家都目不转睛地盯着老师，并且用力地点了点头。

“接力绶带所承载的，不仅是参赛队员们的心意，还是其他许多人的意念，包括候补队员、落选的长跑组运动员、专攻项目不同但一直与我们一起切磋并共同成长的其他田径社成员，以及一直支持我们的各位监护人。所谓长跑接力赛，就是要将这些人的心意一路传递下去。”

我可以理解村冈老师想表达的内容。可是直到最后，我还是没有点头。我也不明白自己为什么不点头。

不过，老师说完这番话之后，刚才公布队员名单时那种充满喧嚣和犹疑的气氛似乎立刻烟消云散了。

大家解散之后，良太和其他初三成员都没有对长跑接力赛的队员名单表示不服。我的心情也逐渐平静下来，觉得只要良太能接受就好。

如果我和良太的回家路线是不同方向，他应该会在其他地方跟我说那些话吧。毕竟我们都没有智能手机。

“不是为了我。”

我们当时骑着自行车，良太的声音从我身后传来，听起来似乎有些不悦。

“欸？”

我回过头，看到良太的表情一如既往地令人难以捉摸，与刚才那句话的语气完全不符。不过，我想起良太在膝盖疼痛难忍、无法站立的时候也是这副表情，便停下自行车。良太也停了下来，直直地望向我。

“午休时，村冈老师把我叫了过去，说今天要公布参赛队员的名单。”

“老师果然先告诉你了啊。”

“但是，他说的不只是刚才在大家面前说的那些。当然也谈到了我膝盖的问题，应该说，他还希望我能自己弃权呢。不过，我当时说自己真的非常想参加县级大赛，就算会因此腿脚受伤而无法出席全国大赛，也无所谓。或许是这句话不太妙吧。”

“明明你已经表示自己很想参赛了，老师却还是把你排除在外，究竟是为什么？”

我完全想不通这一点。良太张了张嘴，似乎想说些什么，结果只是“啊”了一声，像是想起什么似的，皱起眉头。

“怎么？莫非跟我有关？”

“也不是……要是接下来的话让你感到不悦，我道歉。其实是田中的父亲得了癌症还是什么病，只能勉强撑过今年了。”

我知道良太欲言又止的原因。

“田中为了让他爸爸高兴，所以跑去求村冈老师，说他也想参加县级大赛，是吗？”

我如此问道，良太摇了摇头。

“我想，应该不是田中或他的家人去拜托老师的。”

确实，公布名单时，被点到名字的田中看起来真的既震惊又困惑。

“老师是田中的班主任，自然清楚他爸爸生病的事，应该去探望过吧。我估计他当时也像平时一样热血沸腾，说了‘您儿子为了晋级全国大赛而不断努力，身为父亲的您也不能输啊’之类的话吧。”

良太想象的画面也清晰地浮现在我的脑海里。说不定老师根本没去探病，单凭人命危浅这一个信息，就擅自胡乱做决定。

“不过，田中在地区赛真的很努力。好像刷新了自己的最佳成绩，快了四十秒吧？老实说，我真没想到他能跑那么快，感觉他还能再提速呢。”

看来良太对田中没有心怀怨恨。

“就算如此，也不应该取消你的参赛资格啊。”

“那你说，还能选谁？”

我无法立刻回答。从年级来看，参赛名单里还有一名初二队员，可他是速度仅次于良太的王牌。那么，初三队员呢？虽说田中的成绩有所提高，但他仍是参赛队员里跑得最慢的。

“要是老师跟大家说田中爸爸的事，一脸抱歉地恳求队员主动让出参赛资格，你觉得有人愿意接受吗？”

如果是我，那可接受不了。

“反过来说，如果老师真的这么做，田中应该会主动退出吧。所以，假装担心我的膝盖，是最妥当的解决方式。”

我内心燃起一股无名火，逐渐全身颤抖。这么做太不合理了——这声嘶吼涌上喉头，但我还是慢慢地吞下它，问良太：

“你愿意放弃吗？”

我明明并非当事人，却气得浑身发抖，得咬紧牙关才能压抑心中的愤怒。可是良太一副事不关己的样子，淡定地跟我聊这件事。

在良太回话之前，我出声打断了他，就像要释放心中的怒火似的说道：

“我要把这件事告诉所有初三成员，然后一起向村冈老师抗议。反正老师也只是一时被感情冲昏头脑而已。这三年来，我们有多么努力，老师是最清楚的。只要大家一起去投诉，老师肯定会意识到自己选错人了。”

“谢谢。”

良太的笑容似乎有些害羞。它就像一罐灭火器，瞬间扑灭我的怒火。

“不，我不是要你感谢我……”

心中已经没多少燃料能让我怒火重燃，原本烦躁的思绪也只剩下一缕青烟。

“虽然我也不甘心，但这个理由实在太荒谬，反而让人觉得无所谓了。不过，我还是想找个人听我说一说。看到你为我发火，我真的觉得没什么好计较了。”

“是……是吗？”

听到这番话，我确实觉得良太的表情比刚停下自行车那会儿明朗许多。

“还有，我也做了一个决定。”

我瞬间紧张了一下，生怕良太说打算放弃田径。我祈祷不要发生这种事，战战兢兢地问道：

“什么决定？”

“我收到了青海学院发来的保送推荐信。”

私立青海学院高级中学是县里屈指可数的体育强校，尤其是长跑接力项目，水平非常高。这两年，虽然该学校的身影没有在全国大赛出现，但它一直是全国大赛的知名常客。

“很厉害啊。凭你的能力，这也是理所当然的。”

“哪有啊。我没能参加今年的夏季大赛，所以三千米纪录还是去年县级大赛的成绩。”

那是排名第四的好成绩。

“所以我在犹豫要不要拒绝。”

“啊？为什么？太可惜了。”

如果这封推荐信是发给我的，那简直就像做梦一样。

“县里的竞争对手都比初二的时候进步许多。可是，这个纪录说不定就是我这辈子的最佳成绩。”

听到这句话，我的目光不由得转向良太的膝盖。隔着运动长裤，倒是看不出有什么问题，但我也不能说一些不负责任的安慰话语。

“所以，关于这次长跑接力赛，我也许下了一个心愿。如果能获得比去年更好的成绩，即便只快一秒，也意味着我还能跑。那样的话，我就去青海学院。”

“既然如此，你就更应该……”

一股针对村冈老师的无名火再次涌上心头。良太如何刻苦练习，如何与病痛搏斗，如何克服困难，老师应该都看在眼里。

“不。我想明白了，我要拼搏的不是这件事。毕竟，如果是在实力强劲的私立学校，就绝对不会因为家庭情况什么的而落选。所以，我到时要凭实力赢得全国大赛正式参赛队员的名额。”

良太望向我这边，我却感觉他的视线穿过我，通向更遥远的地方。

我满脑子都是县级大赛的事，完全无法思考那之后的事情。例如怎么备考，是不是要去一所离家近的公立高中，要不要加入田径社之类的……

这时，良太又说了一句令人震惊的话：

“圭祐，你也来青海学院吧。我们一起进田径社跑步。”

我傻傻地张着嘴，回望良太。当时的表情肯定呆若木鸡。

“别别别……我怎么可能进青海学院啊？再说了，我也不可能像你一样收到保送推荐信。”

“那就走正常流程考进来嘛。”

“不，这有点……”

青海学院不是一所只重视体育的学校。

该校有一门叫“人类科学”的学科，里面所有学生都是通过体育推荐入校的。此外也有普通的文理科，但是偏差值（**注：对于每个学生智力、学习能力的计算公式值，可直接反映个人在所有考生中的排位。在日本教育制度中，该数值是衡量学生能力的一个重要标准**）高得离谱，大学录取率在县里也是数一数二的。

“以你的成绩，今年冬天冲刺一下肯定没问题的。”

“是吗？可是学费……”

虽然青海学院离我家也不算远，但是据说学费是公立高中的三倍。一想到会给妈妈增加负担，我就退缩了。

“听说那里有奖学金制度。”

听良太的口气，他似乎早就帮我调查好了。然而，我心里还是有些抵触。

“良太，你约我一起去青海，我很高兴，但并不是非我不可吧？反正进了青海，速度快的人多得是。”

我并不是谦虚。说到底，就算我考上青海学院，也不知道田径社愿不愿意收我呢。

“作为一名以全国大赛为目标的运动员，怎么能说这种话？”

“呃……”

对于无法参加县级大赛的良太来说，初中时期的活动是漫长田径生涯中必经的阶段。我有机会出战县级大赛，却无意间擅自断定那就是自己田径生涯的终点。

这就是我的巅峰，是我一生中最好的成绩。

我内心的想法正如良太所说。或许因此，他才会为我指出未来的道路吧。

“圭祐，你能跑得更快。”

“我……行吗……总而言之，我会在县级大赛尽力做到最好。”

我太高兴了！谢谢你！类似这种简单的话语，我实在说不出口，只能说一些看似能切实做到的事，同时用力握紧自行车的车把。

良太似乎误以为这句话是在暗示他：我想回家。只见他说了一声“再见”，然后跨上自行车。

我们默默地骑自行车，火红的晚霞在眼前蔓延。

只要晋级全国大赛，就能去青海学院，还能加入那里的田径社——每踩一次踏板，这个念头就愈发强烈。

大巴里的气氛依旧沉闷。

我回想起那天的事，再次望向村冈老师，又看了看良太那边，接着低下头。

与全国大赛失之交臂的不甘心让我忘了一件事——过了今天，我们就要离开社团了。从明天开始，该做什么事呢？

努力学习，争取考进青海学院——这个选项也从我脑海里消失了。幸好还没找妈妈商量。

妈妈在大巴的最后一排与其他家长并肩坐着。来的时候，他们一边吃点心，一边热烈讨论与长跑接力赛无关的话题，现在倒是没有一个人说话。

与其说些不着调的安慰话语，不如保持安静。在搭乘大巴之前，妈妈也只是露出一副哭笑不得的表情，对我说了一句“辛苦了”。

等回到学校，听完村冈老师的总评，各自解散之后，大家才会流露出真正的情绪吧？

这时，我听到后方座位传来抽泣声。无需回头也能知道，那是初二队员田中发出的声音。

我也很不甘心啊，你哭什么哭？不知为何，听到他的哭声，我竟然很冷漠。

因为没能晋级全国大赛，向病重的父亲报喜，所以感到悲伤吗？还是觉得老师若不是挑中他，而是由山岸良太学长参赛，我们学校说不定就能进入全国大赛，因此感到愧疚呢？

接着，我又听到其他座位传来啜泣声。这位初二优秀队员，仿佛在初三队员当中引起连锁反应，哭声的范围逐渐扩大——除了我。

听着这些抽泣声，我心中有一个想法渐渐膨胀起来，与良太或老师无关，而是之前那个“如果能再跑快三秒”的念头。

到头来，我最气的还是自己。

我的眼里也开始盈满泪水。

“有什么好哭的啊？”

突然传来一道声音。我看向声源处，只见良太从大巴座椅上站起，然后转过身，慢悠悠地环视大家，接着与我视线相接。

“我没有出赛，所以可能也没资格说什么，但是跑出这样的成绩，没什么好哭的。这些话应该等我们回到学校，由老师说……”

良太停顿了一下，转头看向村冈老师。老师微微点头，于是良太又转向我们这边，说道：

“大家或许都因为慢了区区十八秒而感到不甘心。可是，这次的山路赛道高低不平，而大家的速度都与自己的最佳成绩相差无几。我们可是堂堂正正地拿下县内第二名啊，这是本校史上最好的纪录，所以各位应该多夸一夸自己。如果依旧觉得不甘心，那从明天开始继续努力不就行了吗？还是说，没能给我创造晋级全国大赛的机会，有人对此感到懊恼……应该没有这回事吧？”

此时，向来很少展露表情的良太挤出一个有点滑稽的笑脸，不过很快又一脸正经，说道：

“就算真的有人这么想，那也只是在瞎操心。话说回来，如果你们是想着带上老师或家人晋级全国大赛，我还能够理解。但对一个还在第一线的运动员来说，你们不觉得那种想法很失礼吗？我上高中之后，也会继续练长跑。而且，我要凭自己的实力参加全国大赛。”

话毕，传来某个人用力鼓掌的声音。良太表明自己的决心，确实让人想拍手叫好。可是在这种时机鼓掌，无非是在打断他的话。

“别闹了，爸。我才说到一半。”

良太轻声责备坐在过道另一边的父亲。

“嗯？还没说完啊？”

大叔大声回应道，然后刻意咳了一声，从座位探出身子，扭头挤出笑脸点了点头，像是在向大家道歉。良太的话合情合理，然而他如此冷静，他父亲却那么激动，父子形成的鲜明对比实在有些滑稽，这让大巴里原本沉闷的气氛缓和了一些。

“抱歉，被我爸打断了……总之，我希望初二和初一的成员明年能冲进全国大赛。或许有人觉得我们学校最多只能晋级上次的地区赛，不，说不定，在今天的结果出来之前，还有人认为晋级全国大赛是天方夜谭吧？”

良太环视所有成员。应该有不少人因为内心想法被说破而缩起肩膀吧——包括我。

“不过，我现在可不这么想。大家都很厉害啊。明明获得了那么多自信，怎么能哭呢？感觉我们的信心都快被挫败感淹没了呢。”

良太说的没错。刚跑完的时候，成就感填满我的身心，现在那种感觉却消失得无影无踪。

“三名初三成员虽然即将离开社团，但上高中之后，也要继续练田径哟。不论是在同一所学校当队友，还是因为学校不同而成为对手，我相信，那些队伍当中一定会有三崎中学的成员。”

良太最后似乎朝我这边点了点头，但当时我的视野有些模糊，看不太清楚。方才，泪水明明已经暂时止住了，如今却又涌现并非心有不甘的眼泪。田中则依然在号啕大哭。

“大家都挺累的，我却说了这么多，抱歉啊。”

良太微微低头行了一礼，坐回座椅上。

又有人鼓掌了，还是良太的父亲。不过，这次后排座位那边也传来好几个人的掌声。

“大家辛苦了。”

是妈妈的声音。

“大家都做得很好呢。”

前来加油打气的前辈和家长们也陆续发声。

我望向村冈老师。不知道听到良太那番话，他会做何感想？他戴着帽子，我还是什么都看不出来。不过，老师怎么想都无关紧要。

我再次立下决心:要争取考上青海学院。

我必须像对待田径社的练习那样，竭尽全力学习，否则很可能考不上。还得诚挚地把自己的想法告诉妈妈，让她接受这个决定。

只要我好好努力，将来某天一定能与良太一起通过长跑接力晋级全国大赛。

当时的我，确实如此坚信。

第一章 实况转播

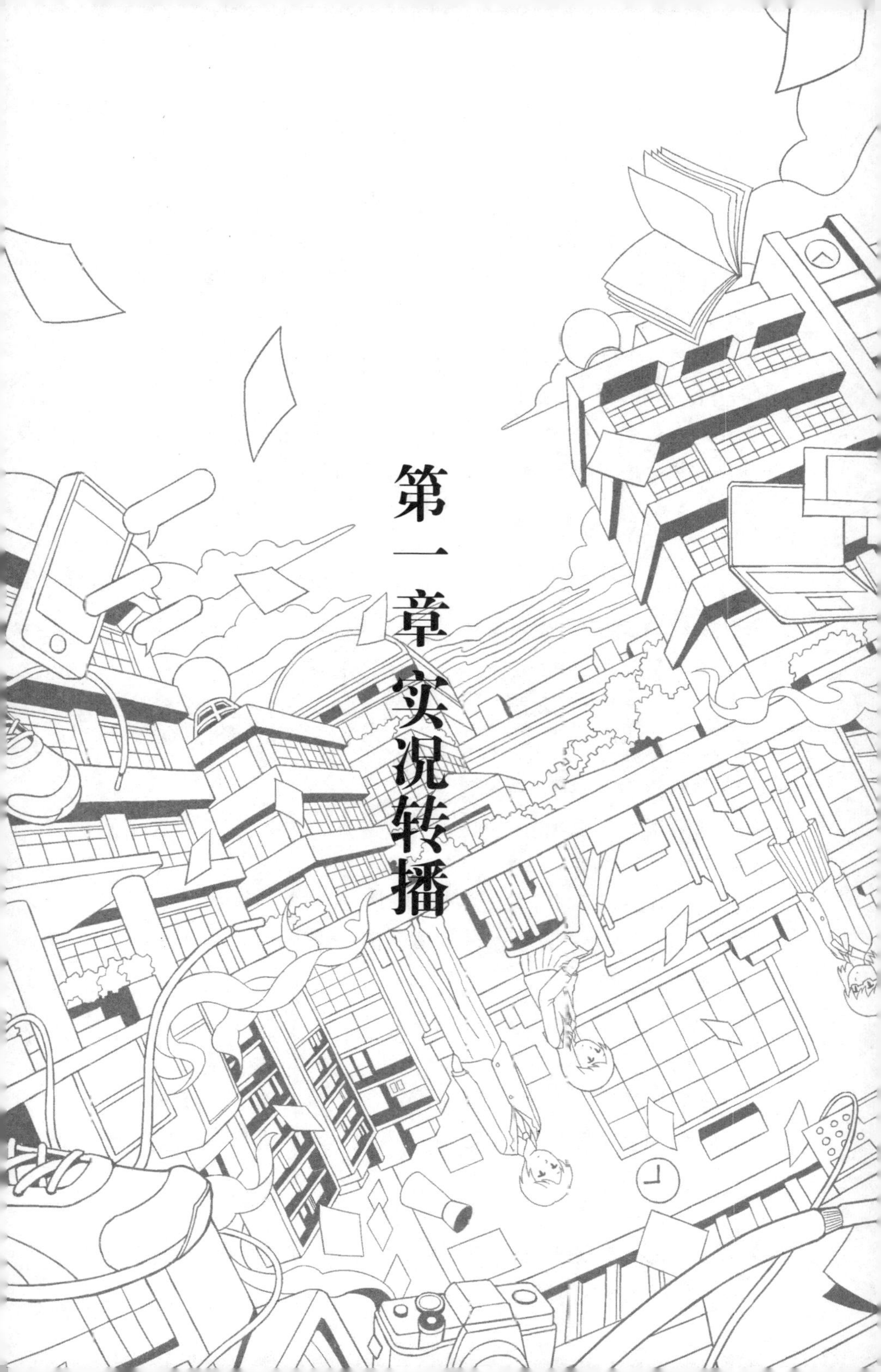

春假时，樱花都散落了。因此，要说入学典礼有什么象征，就只有立在学校正门前的简易招牌吧，上面写着“青海学院高级中学　入学典礼”。

既不喜庆也不华丽，更看不到梦想或希望，这仿佛暗示着我的高中生活。

我上高中之后，连妈妈也不好意思说要母子并肩站在一起拍照了。她只是不停地催促我站在招牌旁边的空位，然后用智能手机拍了几张照片。

妈妈确认了一下拍到的画面，心满意足地点点头，我则心不在焉地看着这一幕。这时，五六名高年级男女学生突然接近我，一边说“请多指教”，一边强行往我手里塞了几张质地粗糙的印刷纸张。

原来是社团活动的宣传单。有足球社、排球社、书法社、吹奏乐社、广播社、田径社……我把所有宣传单随意揉成一团，塞进新校服的西装外套口袋里。

“要不要吃点东西再回去？”

妈妈站在我身旁，语气开朗地问道。

“你下午不是要上班吗？”

“总得吃一下西式全餐之类的嘛。没关系的。”

妈妈显然是在为我考虑。这一点让我很难受。

“可是……”

我望向脚边，那双崭新的黑皮鞋看起来格外扎眼。

“町田同学！”

身后突然传来一道招呼声。我回过头，看见一个同学站在那边。我对那个人有点印象，却想不起他的名字。入学考试时，他似乎隔两行坐在我后面……

“我是三崎中学的宫本正也。”

对，是宫本！他应该是看我想不起名字，才特地向我妈妈进行自我介绍吧。

“呀，你还有其他朋友在这学校啊。”

说完，妈妈一脸开心地问宫本在哪个班级。

他不是我朋友，但我没有纠正妈妈的说法。从广义上来说，同一所初中毕业的人都可以算是“朋友”。

比起这一点，“其他朋友”这个词反而让我不悦。其实妈妈可以直接讲明是“良太以外的其他朋友”。

良太从春假开始参加田径社的训练，今天早上在正门前偶然碰面时，他已经像一个学长似的对学校了如指掌，告诉我体育馆的位置。

明明遇见了自己最喜欢的“小羚羊”，妈妈却只是笑着表示祝贺，连田径社的“田”字都没有提及。

良太也只回了一句“谢谢您”，然后对我说道：

“又要在许多方面请你多加关照了。”

许多方面，是指哪些方面啊？这句话还真好用。最近，身边的人跟我打招呼时总喜欢用这种模棱两可的说法。

争取晋级全国大赛——不论是周围的人还是我自己，都曾经把这个明确的目标挂在嘴边。如今，我却感觉那似乎是多年前的事。

“我也在许多方面要请你多多关照。”

我如此回复。良太利落地转过身，轻快地离开了。望着他的背影，我悔之莫及，可惜刚才没能对他说一句“在社团要好好加油”。

正是因为我这副德行，他们才会总是心存顾虑。良太和妈妈都是如此……

“宫本同学，你的家人呢？”

我稍微环视了一下四周，询问道。

“我爸妈都没来啦。”

宫本和气地如此答道，我这才意识到自己刚才提的问题很冒昧。

“今天是我妹妹就读三崎中学的开学典礼，他们去那边了。”

不知是因为我容易把内心想法表露在脸上，还是宫本感觉敏锐。总之，我松了一口气，回了一句“原来是这样啊”。上高中之后，校方确实不会要求家长必须参加学校活动。

“这样的话，要不要一起吃午饭？”

这大概是我生平第一次主动邀请他人吧。但只是吃午饭而不是约会，况且对方是男生。

“好啊。可是你妈妈呢？”

宫本看向我妈妈，似乎有些顾虑。

“没关系。午饭还是跟朋友一起吃更轻松嘛。你不嫌麻烦的话，就陪一下我儿子吧，好吗？”

说完，妈妈便挥动双手，迅速离开了。

“真的可以吗？”

宫本问道。

“我妈妈下午还有工作。”

这时，我突然想到：虽然我向宫本发起邀请，却不知道要去吃什么、和他聊什么。

总而言之，我们决定往车站那边走。

我们在快餐汉堡店点了一个经典套餐。

周围都是青海学院的新生，几乎没有一个是跟家长同行的。我听到他们在聊艺术课选修要选什么科目，便跟宫本谈起同样的话题。

话虽如此，其实我们不同班，就算选了同一科目，也不会因此感到欢喜，最多彼此兴趣索然地说一句“这样啊”。

若要说我们的谈话中有什么像朋友之间会聊的话题，估计只有宫本主动说“喊我的时候不用在名字后面加‘同学’二字啦”，然后我也回一句“那你也一样”。于是，我们决定直呼对方的名字。

我话说到一半时，宫本偶尔会闭上眼睛。我挺介意这一点的，他肯定觉得很无聊吧。我想早点吃完，赶紧解散，于是一把抓起几根炸薯条塞进嘴里。

“话说回来，町田决定好加入哪个社团了吗？”

我有点怀疑自己的耳朵，震惊得就像导弹迎面袭来似的。

连妈妈和良太都不敢随意踏入这个领域，宫本却一手拿着薯条，语气漫不经心地踩了进来。

幸亏嘴里塞满薯条，我得以无须立刻回答。不过，我也不知道自己此刻是什么表情。

“你初中的时候参加了什么社团来着？”

宫本继续问道，口气愈发随意。

我的心情却变得沉重，就像肩上压着重物一般。

宫本不知道我曾经在田径社待过，我也不知道他曾经参加过什么社团。

我们都不知道彼此报考青海学院的原因。

宫本应该会理所当然地认为：既然不是以体育特长生的身份保送入学的，那么就读青海学院无非是想考上一流大学吧。

因此，他不会对我心生同情。

“我以前是田径社的。”

“这样啊……啊！”

宫本恍然大悟，单手捂住嘴巴。那只手的手指被炸薯条沾得油乎乎的。

看来他知道那件事。

“对不起。我是不是冒犯你了？”

“为什么这么说？”

我装傻似的反问道。

“我记得毕业典礼的时候，町田好像拄着拐杖。听说你遭遇了交通事故。”

“没错。”

中考放榜，我得知自己考上青海学院。那天，我在骑车回家的路上直接通过一个亮着绿灯的十字路口，结果自行车猛地向右一拐，我的意识也随之消逝。

我醒来时，第一眼看到的是打着石膏的腿。

“看你没拄着拐杖走路，我就不小心忘了。你已经痊愈了吗？”

“嗯，勉强算是吧。”

“这样啊。我还在想，要是你想练田径或其他运动项目，却因为腿伤而被迫放弃……”

这家伙果然很敏锐。我的左腿里确实打了钢钉。

“没有，没有。跟那场事故无关，我一开始就不打算加入运动类社团。这所学校有许多以体育特长生的身份保送进来的人，所以每个项目都有县里的精英运动员，我可没毅力跟那些强者打交道啊。”

入学之前，我反复把这些话说给自己听，如今在别人面前这么说，倒像是我在遭遇事故前就有这种想法。

与此同时，我觉得自己就像一只无趣至极的生物，透过玻璃窗仰望天空，呆呆地看着自己的灵魂逐渐消散。

“毅力啊……”

宫本低喃道，像是与我有所共鸣。他拿起装着可乐的大号杯子，用力吸了几口，喝完杯中的饮料。

我们的托盘里都只剩下一些废纸，看来差不多该解散了。

“不过啊！”

宫本放下杯子，麻利地收拾好我们留下的垃圾，然后把两个托盘拉到自己手边。

“上初中时，如果没有什么特殊的原因，除了吹奏乐社社员，其他学生必须加入一个运动社团。不过，高中似乎没有这种风气呢。”

宫本如此说道，语气有些激动。

“是这样吗……”

遭遇交通事故之后，其实我也曾想过要积极度过高中生活。

虽然不一定要参加社团，但是我打算挑战一下运动以外的新玩意儿，还在青海学院入学指导册子里的“文化社团”一词上面打了勾。

我挺喜欢音乐的，也想过尝试加入轻音社（注：类似于乐队的社团），但我实在想象不出自己唱歌或演奏乐器时的模样。说到喜欢的歌曲，我脑海中浮现的只有自己一边听歌，一边跑步的身影。

“有一个社团，我很想加入。可以说，我报考青海学院的最大动机就是它。”

宫本如此直率的话语，让我仿佛听到一道“噼啪”声——相对而坐的两人之间出现裂缝，继而产生鸿沟。

我灰心丧气地入学，而宫本满怀希望。

他眼中闪现的光辉，与刚才谈及选修科目的话题时截然不同。

“宫本，你初中是什么社团的？”

“乒乓球。不过我已经不练了。”

宫本用新校服的袖子擦了擦桌子。虽然桌面也不是很脏，但如果是我妈妈看到这一幕，估计会晕倒。

我以为宫本要在桌上摆什么重要物品，结果他从西装外套的口袋里掏出一张折叠起来的印刷纸，摊开后将其放在桌面。为了方便我阅览，他把印刷纸推至桌子中央，让文字方向倾向我这边。

这是社团招新的宣传单。

“广播社？”

我出声确认。宫本刚才一副郑重其事的模样，我还以为他拿错了。

“没错，广播社。”

宫本用力地点头。

我们初中有一个广播委员会，一般会在用餐时间给我们播放一些学生喜欢的音乐，我也点播过几次。广播社应该跟那个委员会一样吧？

我浏览了一下宣传单上写的活动内容。

★负责学校活动的主持、摄影工作

★辅助本地区活动的主持、摄影等工作

★作品创作

★广播、朗读

内容如上。

宣传单上没有与音乐有关的内容，似乎跟我想象的不一样。我想不通这个社团有什么亮点值得让人两眼放光。

硬要说的话，只有广播这一项吧。

难道宫本想成为一名主播？虽然这么说很冒昧，但我认为他的声音不算悦耳。

不过，我也不是播音方面的专家。我深知是否适合、是否有才华，这种事情是连本人都不清楚的。

因此，我们不能否定他人的梦想。

“嚯，好像很有意思。”

总而言之，先稍微表示肯定吧。我今天不仅主动约宫本吃饭，还净做些不符合个人风格的举动。

“对吧？町田对哪个活动感兴趣呢？”

宫本越过桌面探出身子。我后悔自己多嘴，但宫本兴致勃勃，直喘粗气，我逐渐无力改口。

要说感兴趣的活动……

“应该是广播吧。”

这个应该是最无可非议的选项吧。

“挺厉害啊，町田！你很有自知之明嘛。”

“啊？”

他刚才说我有自知之明？真是莫名其妙。

“说真的，你的嗓音挺好听的。”

从宫本的表情来看，他似乎不是在奉承。

我的嗓音好听？出生至今，还真没有人如此说过。

以前在田径社，给队员们喊“最后一圈”的时候，我略带鼻音的嗓音没有其他人那么洪亮，无法响彻操场，最多传至几米的范围内，接着就会混在空气当中消失殆尽。

我本人也不喜欢这种嗓音。

“哪有这回事……”

“你不觉得吗？真是可惜了。不过，你说话的时候，听到的是在头骨里回响的声音，跟别人听见的不一样。经由麦克风发出的声音，对你来说更是难以想象。”

“麦克风？”

“是啊。我觉得町田原本的声音就挺不错的，不过用麦克风的话，会更好听。”

宫本饶有自信地断言道，我们明明从未一起去过卡拉OK店。

“你有什么依据吗？”

“我啊，很喜欢听广播。所以只要直接听到你本人的嗓音，就想象得出你用麦克风说话时的声音是怎样的。”

所以我之前说话时，他才会时不时闭上眼睛吗？话虽如此，这种说法让我感觉自己身上的衣服变得透明，被他看光了似的，有点恶心。

“原来是这么回事啊……”

我露出假笑，微微起身，椅子发出“咔嗒”一声。

“哎呀，等一下。接下来要说的才是正事。”

正事？我一头雾水，重新坐下。

“我以前几乎没跟你说过话，所以没什么信心。但是今天在跟你聊天的过程中，我就逐渐有把握了。我的眼睛……不对，应该说我的耳朵果然很敏锐。”

宫本挺起胸膛，直直盯着我，我也不由得端正姿势。要是他打算真情告白一番，我会撒腿就跑。

即便我已经跑不快，会被宫本立刻追上，也无所谓……

“町田的嗓音，就是我梦寐以求的声音！”

宫本的声音响彻人声鼎沸的快餐店。

我感受到旁人投来的目光，便缩起身子伏下视线，难为情得不敢抬头，更别提说话了。

在当前这种状况下，应该有不少人对我的声音感到好奇。如果我稍微说点什么，他们或许会大失所望，觉得这嗓音也没什么特别。

“抱歉，我好像激动过头了。”

宫本稍微降低自己的音量，说道：

“我想当一名编剧。”

我抬起头，只见宫本的表情与之前完全不同，十分正经。

编剧，我姑且知道那是给电视剧或电影撰写剧本的人。

妈妈看电视时，偶尔会说“这个人写的故事就是好看”。不过，我完全不知道她指的是编剧编得好，还是原著作者写得妙。

“所以，加入广播社吧。”

我虽然能感受到宫本的热情，但实在无法理解。

“怎么不是文艺社？”

我记得文化社团那一栏有这个社团。要写书的话，不是应该选择文艺社吗？

“不，我要选广播社。”

宫本毫不退让。我再次看了看广播社的宣传单，根本没看到与编剧相关的内容。

“这个。”

宫本伸出手指，指向“作品创作”那一项。

“这里的作品是指戏剧、广播剧或电视剧之类的。”

“原来如此。”

我终于把编剧和广播社联系起来了。原来广播社还有这种活动啊。

明明应该在宣传单上写一句话介绍一下啊。虽然我如此心想，但就算上面写清楚了，像我这种从一开始就没什么兴致的家伙也无心去看，估计效果差别不大。

“我想制作广播剧，所以——”

宫本再次目不转睛地看着我，说道：

“町田，我们一起加入广播社吧！”

“在我创作的作品里，你的声音是不可或缺的。”

回到家，疲劳感顿时涌上心头。与其说是开学第一天累着了，不如说是因为被宫本正也逮着了。不过，是我主动邀请他一起吃饭的。

加入广播社吧！

这是我第二次被人劝说加入社团。第一次是山岸良太劝我加入田径社。如果他当时没有向我搭话，我会加入什么社团呢？会过着怎样的初中生活呢？虽然有些事情留下了痛苦的回忆，但我觉得，不论我那时做出何种其他选择，都不会像待在田径社那般充实。

然而，我并不认为这次的邀请能给我带来相同的体验。虽然田径社和广播社都是学校社团，但是在田径社获得的满足感，是无法在广播社体会到的。

毕竟只是一个文化社团。

可是，宫本说他报考青海学院就是为了进入广播社，还说将来想成为一名编剧。我第一次意识到，原来社团活动也能作为未来的垫脚石。

此前，我从未认真考虑过与将来有关的梦想。读初三时，前途调查问卷上有这个问题，但我填了“未定”。

因为我当时的梦想近在咫尺。

我的梦想，就是在个人田径项目的地区赛、县级大赛，以及长跑接力项目的地区赛、县级大赛等比赛中刷新自己的最佳成绩。我一心一意朝这个目标奋斗，完全没有思考过几年之后的打算。

考上青海学院，加入田径社。

这个梦想在遭遇交通事故的那一刻就灰飞烟灭了，也碾碎了我迄今为止的努力。

这段经历还真像一次长跑接力啊。我是在人生的哪个区段被强制弃权了呢？今后，我还能开始新一轮竞赛吗？

会是从哪方面起步呢？

“我没办法立刻做出决定。”我这么回复宫本。比起提出邀约时的热情，宫本当时倒是干脆地作罢了。

开学第二天的下午有新生教育大会（**注：在日本，学校或公司为了让新成员尽快适应新生活而安排的教育活动**），所有高一学生都要在体育馆集合。

“等新生教育大会结束后再回复我也行，到时也有社团介绍活动。”

正如昨天解散时宫本所说，学生会介绍完年度活动的计划之后，就开始给我们派发社团活动的介绍册子。

介绍册子上写着“青海青春”，笔法龙飞凤舞。一翻开封面，“田径社”三个字就跃入眼帘。我赶紧跳过，不停地翻页，最终目光停在广播社的介绍文字上。

从早上开始，每次在走廊里碰见宫本，他都对我嬉皮笑脸的，仿佛在说“我看好你哟”。

不过，我花了一个晚上——不，其实只是临睡前的一点时间考虑了一下，还是提不起劲加入广播社。

我没必要勉强自己参加社团活动。

中考放榜，确认自己考上青海学院之后，我在回家路上遭遇了交通事故。当时来探病的人，除了我妈妈和田径社相关的人，都没有提及腿伤的事，只是祝贺我通过考试。

“居然能考上青海学院，真了不起。你可得好好学习，让你妈妈轻松一些啊。”

连鲜少见面的亲戚叔叔都来给我送入学贺礼。

我有些怄气，觉得不能练田径的话，去青海学院上学就没有任何价值了。不过仔细想想，我也不是为了参加社团才上高中的啊。

我的中考成绩并没有比青海学院的分数线高多少，所以很有可能跟不上课程进度。而且，我不能再给妈妈增添经济负担，所以是没办法去上补习班的。

这样一来，我就得自己在家或图书馆学习，哪有什么时间参加社团活动啊。

广播社的介绍文字与昨天那份宣传单的内容完全一致，没有其他新信息。或许是因为舞台上的屏幕要开始播放影片，体育馆里的灯都熄灭了。与此同时，我也合上介绍册子。

高中不参加社团活动。

这就是我得出的结论。

“接下来是社团活动的介绍环节。首先，请各位观看影片。”

新生教育大会的主持人是一名高三女生。在她播报的过程中，屏幕开始播放影片。

最先出现的是“青海青春”一词，接着，轻快的背景音乐响起，运动社团的活动场景随之出现。这些应该是在春假期间拍摄的吧。画面中，操场边上的几棵樱花树樱花盛放。

那个从樱花树前轻快跑过的人是良太。“田径社”三个字叠加在画面之上，紧接着出现的是其他社团在体育馆练习的场景，其中没有良太的身影。眼前的画面明明已经换成篮球社，我脑海里却一直浮现刚才那个残留的影像。

良太早就开始新的生活，那里没有我的立足之地。我明明很清楚这一点，却感到胸口一阵苦闷，仿佛心脏即将被捏爆一般。

就算放学后撇开脸，直直走向学校正门，刻意不让操场进入视野，还是不能保证一定不会看到穿着田径社运动服的良太。难道那时候，我的心情都会如此苦闷吗？

如果在鞋柜前与他相遇，我应该会一边挠着根本不痒的脑袋，一边生硬地笑着说一句“光是跟上课程就已经让我费尽心血，根本没余力参加社团活动啊”之类的话吧。

在我心不在焉地思考这些事的时候，馆内已经明亮起来，我这才发现原来影片已经播完了。

接着，两名身穿田径社队服的男学生走上舞台。

我的左手下意识地碰了碰左腿上打钢钉的位置。虽然动弹的时候有点痛，但如果像这样一直保持着同一个姿势，就没有什么特别的感觉。

甚至正常得让我以为自己又能跑了。

如果没遇上那场交通事故，此时的我肯定会迫不及待地翻开介绍册子，仔细倾听田径社学长们的发言。

“长跑组的目标是参加全国高中长跑接力大赛。”

台上那位阳刚的学长铿锵有力地宣扬。他提到“全国”“长跑接力”这几个词时，我感觉自己似乎忍不住用力地点了点头。

麦克风传到旁边那位看似稳重的学长手中。

“虽然这个目标有点高，但我们全体成员一开始就不是旨在跑得快。也有不少运动员是上高中之后才开始练习田径的，但是仍然成功晋级全国大赛。”

如果是以前，这句话肯定能激发我的勇气，让我决定放学后就立刻去提交入社申请。

“青海青春！只要你喜欢奔跑、喜欢运动，无论是谁，我们都无限欢迎！请务必和我们一起挥洒青春的汗水，朝着梦想奋勇向前吧！”

台上的两个学长弯腰鞠了一躬，新生们献上掌声，我也跟着热烈鼓掌……突然，我屏住了呼吸。

这是为了忍住夺眶而出的眼泪。

无论是谁，我们都无限欢迎——除了我。在我听来，这句话就是这个意思。我真羡慕身边的所有人啊。

早知道就不来这所学校了，我不该报考青海学院的。没错，如果真是如此，我就不会在那一天，那个时间点，经过那个十字路口。

田径社介绍完毕之后，足球社、篮球社等运动社团紧随其后。每个社团都和田径社一样豪情壮志，扬言要“晋级全国大赛”“拿下冠军”。

我很想逃离现场。可是就算有这个念头，一想到自己一拐一拐的走姿会引人注目，我甚至不敢站起来。

既然如此，干脆睡一觉吧。于是，我紧闭双眼。虽然毫无困意，但大脑就像电视忽然关闭一般，“嗖”的一下，什么都看不到了。

“各位新生，祝贺你们入学。”

突然间，我似乎听到了类似晨间新闻的播报声，于是猛地睁开眼睛，只见一位身穿校服的学姐站在台上。

“接下来，请容我介绍一下广播社。”

学姐说得字正腔圆，就像新闻主播似的，让人心旷神怡。与其说她有一副天生的好嗓子，倒不如说是后天训练而成的。

此时此刻，宫本应该正在全神贯注地听讲吧。说不定还是闭着眼睛听的。虽然我心里觉得这个社团与自己无关，但广播社的活动内容介绍还是一字一句地通过我的耳朵传进大脑中心，并一点一点地扩散。

“在这些活动当中，我们最重视的是作品创作这一项。我们会制作电视剧、广播剧、电视纪录片、广播纪录片四类作品，参加每年夏季举办的JBK全国大赛（注：日本全国高中广播大赛简称）。”

JBK是日本家喻户晓的电视台，因年末歌唱比赛节目和大河剧（注：长篇历史电视连续剧）而人尽皆知。

“去年，我们的广播纪录片成功地闯进全国大赛。”

全国大赛。这位广播社的学姐不像运动社团的人那样使劲吆喝，而是爽快地说道：

“不过很遗憾，我们没能进入半决赛。但是在三年前，我们学校制作的电视剧曾获得最优秀奖，斩获全国第一的光荣战绩。”

念“全国第一”这个词时，倒是挺有气势的。

“青海青春。身为高中生，有些独特的感受只有我们能体会，有些世界只有我们能触碰。请务必加入我们，一起将这一切化为现实，一起走进东京的JBK演播大厅，一起争取成为全国第一！”

一瞬间，体育馆里鸦雀无声，下一秒则爆发出热烈的掌声。我觉得大家并不是在为这个远大的目标鼓掌，而是被学姐的嗓音和说话方式调动了情绪。

话说回来，JBK演播大厅不就是年末歌唱比赛的会场吗？原来除了吹奏乐社，别的文化社团也有机会与其他学校竞赛，这一点已经让我有些吃惊了，没想到还是全国范围的规模。

宫本是不是也了解过这些情况呢？如果真的能在JBK获得全国第一，确实能离职业编剧更近一步。

话虽如此，我此前从未听说过广播社大放异彩的新闻。虽说是全国大赛，但参加的学校应该不多，估计只有四个学校左右竞争县级大赛的名额，门槛也不会很高。

结语开头加了一句“青海青春”，可是说到广播社的作品创作活动，我实在无法想象他们努力练习、挥洒汗水之类的场景。

我明明不打算加入这个社团，却暗自说三道四，而且自己之前也曾渴求过俗不可耐的青春时光。这些想法让我不由得感到厌烦，重重地叹了一口气。

新生教育大会就这样结束了，我还是完全没有兴趣加入文化社团。

大会的准备工作由高年级学生负责，不过散场后新生们也得帮忙收拾，把自己所坐的折叠椅搬到体育馆墙边的指定位置。

我站起身收起椅子，排在班级的队尾慢慢地跟着走。这时，良太逆着人流走了过来。

“要搬椅子了，我来。”

他是担心我的腿才赶过来的吗？

“不用，这点小事。”

我不是在跟他客气，也并非觉得不好意思，只是讨厌被人当作伤患，所以严肃地拒绝了。

“我是负责收拾善后的。”

良太的语气还是一如既往地干脆爽快。话毕，他伸手拿起我手中的折叠椅。原来良太所在的一班负责值日啊？“那就麻烦你了。”接着，我松开了椅子。

“喂，田径社的。手脚麻利点儿！”

台上传来一声高呼，那个人应该是田径社的顾问老师。原来负责值日的是田径社。良太的脸色变得有些阴沉，这一点让我心生不爽。

“还是算了吧。”

“啊，町田。”

我正要伸手从良太那里抢回椅子，有人从旁边向我招呼。

是宫本。他笑嘻嘻的。

“还有山岸同学，好久不见了。”

宫本也热情地跟良太打了声招呼，良太则回了一个浅笑。从三崎中学考进青海学院的同级生，就此聚齐了。

要说我、良太和宫本有什么共同之处，也就只有从三崎中学毕业这一点了。

如果是女生，即便内心想法各异，此时应该也会手拉手闹腾，说着“高中也要好好相处哟”之类的话。但男生是不会做出这种举动的。

我们陷入一种无言的尴尬氛围。

我夹在两人之间，所以是不是该由我打破这种局面呢？

“宫本也是来帮我搬椅子的吗？”

一时之间，我也只能挤出这句话，这让我有些自我厌恶。

卑屈——这个只会出现在汉字练习当中的词语，却正好能用来形容此刻的我。

“怎么可能啊？”

宫本不以为意地回道。

“前来询问真情告白的答复时，哪有人会做对方最讨厌的事情啊？”

说完，宫本露齿一笑。

而良太的脸色暗了下来，但应该不是那句真情告白之类的话让他觉得反感吧。

宫本意识到我不喜欢被别人当作伤残人士对待。

“你们初中是同班同学吗？”

良太看了看我，又看了看宫本，开口问道，似乎想确认我们是不是真的很要好。

总觉得，要是我老实回答“我们只是昨天稍微聊了一下”，良太肯定会更加沮丧。

“不是啊，我们昨天才第一次聊天，对吧？”

宫本漫不经心地答道。也不知道他是如何看待我和良太之间的氛围的。

“你说是吧？”他又问了一次。我便连连点头道：“是啊是啊。”

“不过，你可别误会。所谓的真情告白，不是你想的那样。”

宫本说着，朝良太弯了弯腰。

“呃，唔……”

良太后退了一步，似乎对宫本很是戒备。

“其实啊，我正在劝说町田参加社团。”

“劝说他参加社团？”

良太反问宫本。

良太认为“社团活动”这个词对我来说是禁语，宫本却不以为意地说了出口。虽然良太一脸淡定，但我还是能感受到他的内心充满疑惑。

我昨天听宫本谈到这件事时，是不是也露出了这样的表情呢？

“没错。顺便告诉你一声，把对方的话原封不动地拿来反问，这叫‘鹦鹉学舌’。不过，教科书上提过，这种对话方式在剧本方面并不是一件好事。”

宫本一脸得意地如此说道。对方突然提到“剧本”，良太茫然若迷。但宫本并没有理会良太的表情，转而面向我，问道：

“所以，你考虑好了吗？”

“呃，这件事……”

我高中不想参加社团活动——明明心意已决，却无法好好说出口。

因为良太在这里。

我住院期间，良太来医院探望过好几次。

为了让我解闷，良太每次来都会给我带几本漫画书。那些书没有任何折痕，纸张也没有氧化变色，应该不是他看过的，而是特地为我买的时下热门作品。

关于那场事故，我们只会聊一聊“逃逸的司机还没找到”之类的话题，基本没有谈及我的腿脚状况。

“我的腿说不定能吸住磁铁。”

有一次，我说了这句玩笑话。结果良太没笑，而是拼命地压抑自己的情绪，一副泫然欲泣的表情。

当时，他低喃了一句“对不起”，然后逃也似的离开了病房。

良太根本没必要道歉。

他既没有跟我一起身处事故现场，也没有在我通过人行横道时打来电话，这场交通事故跟他毫无关系。

若是同情也就罢了，他根本无须抱有罪恶感。

然而，良太向我道歉了。

我心想，难道他是在为邀请我一起就读青海学院这件事道歉吗？

直到现在，良太仍然感到后悔。

“等我参观社团之后再做决定吧。”

我居然又对宫本说了一句不经大脑的话。

“哦哦。说得也是，总得去参观一下。”

宫本伸手拍了拍我的肩膀。这个动作十分夸张，让我怀疑刚才那句话在他耳里就是“同意加入社团”的意思。

我和良太视线相接，他一脸落寞，仿佛被人抛下了。

“宫本邀请我加入广播社。我完全不知道有什么活动，但听说他们会创作戏剧，所以觉得挺有意思的。”

虽然嘴上这么说，但我现在肯定是一副毫无兴致的表情。

“这样啊。我对戏剧没什么兴趣，不过，如果是圭祐创作的，我倒是想看看。”

良太似乎露出了破涕为笑的表情。

“只不过，写剧本的人是我。”

宫本插了一句话。

“町田……我们三个人聊天，一会儿喊名字，一会儿喊姓氏，不觉得很麻烦吗？干脆统一喊名字吧。所以，我就直接喊你圭祐啦。”

“无所谓……”

“那我接着说。圭祐有一副好嗓子，所以我想让他当声优（**注：配音演员**）。顺便说一下，我的名字是正也。”

宫本……正也得意扬扬地用拇指指了指自己。

“我可从不觉得自己的嗓音好听。”

我朝着良太耸耸肩膀。

我可从不觉得自己适合练长跑——我想起自己曾经说过的这句话。

“我也觉得圭祐的声音很好听。参加县级大赛时，大家都会帮忙喊‘最后一圈’，不过你的叫喊声一下子就能传进我的耳朵。啊，对不起。”

良太紧紧地抿起嘴，只留下一条缝。

估计他是为不小心谈及田径社的事情道歉吧。他刚刚夸了我几句，我本来还挺开心的。这样可不行。

“什么嘛，既然你也觉得好听，那时候就应该告诉我啊。我原本不太相信宫……呃，正也说的话，但如果良太也这么说，我就有信心了。”

说完，我轻咳了一下，像在做发声练习似的喊了两声“啊”。

“如果我的声音能帮你提高成绩，我愿意随时去给你加油打气。你在田径社可得加把劲哟。”

体育馆里人声鼎沸，唯独我和良太之间仿佛突然裂开了一个大口，鸦雀无声。

这么说是不是太过火了？我有些后悔。

良太吸了吸鼻子。有什么好哭的啊？

“就是这样。那椅子就交给你吧。谢啦。”

我笑着说道，又开玩笑似的补了一句：“嗓音不错吧？”然后揽着正也的肩膀离开了。

我不再回头看良太。

“正也，今天放学后，我们就去参观广播社吧。”

说实话，从昨天开始——也就是自上高中以来，我总是在做一些自己不习惯的事。

“那当然啦。哦——”

正也兴致高涨，举起一只手。

良太，我也可以享受自己的高中生活吧？

就算不加入田径社……

广播社的活动室——广播室位于主楼一楼的教师办公室旁边。

与教师办公室那扇单薄的拉门不同，广播室的门看起来沉甸甸的，估计做了一些隔音措施……现在这扇门紧闭着。

在新生教育大会上，学姐明明说可以来尽情参观。

说到底，我也是一时兴起才来这里的，想着既然没开门，那就算了吧，于是准备立即打道回府。但区区一扇门，是阻挡不了我身边这个家伙的。

正也握住门上的把手。

“慢着，等一下。”

我突然想到一件事。

“万一他们正在里面忙活，那可怎么办？”

正也默默地指了指门的上方。

门上有一盏细长的长方形警示灯。

“如果有人在使用，这盏灯会亮的，所以我们现在可以进去。”

如果灯亮了，上面的文字似乎就会变得显眼，跟偶尔出现在电视剧里的“手术中”警示灯一样。

那盏灯上写着什么呢？我凝神细看。

是“ON THE AIR”。

意思是“广播中”。不知为何，我突然有点想看看这盏灯亮起来时的样子。

“咔”的一声，门朝着内侧推开了。

“打扰了。”

正也兴冲冲地打开门，但好像相当紧张。他一边观察室内的情况，一边小心翼翼地打了一声招呼。

我听见房间深处传来椅子移动的声音。接着，两名佩戴着高三铭牌的学姐走了出来。

“哎呀，咦？难道说，你们是新生？”

长头发的学姐问道。

“是的，我们想来广播社参观学习一下。”

正也回答完，两位学姐快速对视一眼，莞尔一笑。看来她们是欢迎参观者的。

“请进，请进。”在学姐的邀请下，我们走进广播室。

我的小学、初中生活都与广播无缘，所以这是我第一次踏进广播室。不过我觉得，小学和初中的广播室应该没有这里的豪华。

因为这里是高中？私立学校？广播室并不宽敞，里面有一面巨大的长方形玻璃充当墙壁，把房间一分为二。连通门口的房间里摆放着器材，上面有许多按钮和手柄，靠里的房间则是录音室。

正中央有一张大桌子，算上给我们带路的那两位，现在房间里有五位学姐。

那位在大会上介绍社团，声音很像主播的学姐不在这里。

我们两个被带到桌子中间的位置，学姐们则围着我们落座。

她们还拿来一些独立包装的巧克力和装着冰荼水的纸杯，但我一直把手放在膝盖上，生怕一碰那些东西就得当场加入社团。

正也也没碰桌上的巧克力和冰茶水，或许是因为还有其他东西让他更好奇吧。他的视线前方堆放着几本手工制作的册子。

黄绿色的封面上印着*Change*一词，可能是剧本之类的东西吧，不过不知道内容是电视剧还是广播剧。我想正也应该对这些册子更感兴趣。

学姐们友好地接待了我们，却没有介绍任何社团相关的事情，也没有提问。

“突然来了男生呢。”

“同学那个角色，这两个人不是正合适吗？”

“就是似乎会说‘我最喜欢吃咖喱猪排’的角色？”

五位学姐自顾自地聊了起来。

看到正也拿起杯子，我也决定喝一口冰茶水。现在也只能做这种事了，巧克力也吃一点吧。

学姐们可能正在忙，优先处理手头上的事确实无可厚非。只不过，真希望她们不要一边偷瞄我们，一边笑着说什么“你也觉得吧”“我懂我懂”“就是这种感觉”。

我刚想着好想回家啊，就与正对面的学姐四目相接。

“抱歉啊，还没正式打一声招呼。”

学姐摆正姿势，有点不好意思。难道我的想法又写在脸上了？

“我是广播社社长，高三（二）班的月村，‘月’是月亮姐姐的‘月’。”

她的声音听起来不像主播。

月村社长说完，其他学姐也做了自我介绍。

我很不擅长记人名。

既然社长叫“月”，那么其他人干脆按照星期的顺序，叫“火”或者“水”不就好了？**（注：日本的星期排序是“月火水木金土日”，对应中国的“一二三四五六日”）**我如此胡思乱想，除了社长，另外四人的名字都没能成功输入我的大脑。接下来轮到我们进行自我介绍了。

我和正也用眼神交流了一下，决定由他先开始。

“我是高一（五）班的宫本正也，毕业于三崎中学。我很想加入广播社，所以报考了青海学院。将来，我想成为一名编剧。”

我不禁在心里咆哮道："现阶段有必要说这么多吗？"方才，学姐们也只说了班级和名字啊。

而且，你的自我介绍说得干劲十足，我等一下很难开口啊。

学姐们的反应倒是很冷淡。她们刚才的反应如此强烈，按理说，此刻为正也的这番话鼓掌也不为过，可是现场的氛围有些尴尬。

如果眼睛能像嘴巴一样出声说话，从边上那位学姐开始，她们想表达的依次是"真可怜啊""就算你有那种期望，也没戏""我想要的可不是这种社员""用不着那么认真吧""感觉挺烦的"。

正也面露难色，伸出食指挠挠鼻尖。

在新生教育大会上介绍社团的时候，还说要一起走进东京的JBK演播大厅，当时那种气势究竟去哪儿了？

"行吧，放松一点，不用给自己那么大的压力。"

月村社长露出温柔的微笑，如此说道，但正也应该不乐意听到这种回应吧。就算是说谎，对他说一句"你真靠谱呢"或者"我们一起努力吧"也行啊。

连我都觉得正也很可怜。

"那么，你呢？"

学姐把话题丢向我。

"我是高一（三）班的町田圭祐，毕业于三崎中学。我还在考虑要不要参加社团活动，打算参观完各个社团之后再做决定。"

我这段没什么干劲的自我介绍，学姐们感觉如何呢？

"欸——你不愿意加入我们吗？"

月村社长旁边那位……"星期二"学姐，就是刚才迎接我们进屋的长发学姐如此说道。我入社的热情目前依旧无限趋近于零，所以我认为，用这种方法来区分各位学姐就够了。

话说回来，不管干劲十足的说法，还是有气无力的介绍，她们都很失望。这几位学姐到底希望新生说些什么呢？

"星期二"学姐对月村社长说了几句悄悄话。

"有件事想拜托你们二位。"

社长一脸严肃地扫视我们二人。我和正也则对视了一眼。

“请问是什么事？”

正也问道。

“我们现在正在创作戏剧，准备参加JBK电视台的比赛，你们愿意参演吗？”

她说的是“参演”？而不是“协助”？

仔细想一想，目前处于向前来参观学习的新生介绍社团活动情况的环节，但她们是不是直接跳过开头部分了？

“我的志向是当编剧，以演员的身份参演就算了吧。”

正也明确表示拒绝。他能立刻做出回应，我真的必须学习一下。

“如果每个社员负责一个角色，那么，以我们社团这个规模，什么都做不成。在戏剧创作这方面，每个人既是工作人员，又是演员。即便如此，这次我们的人手还是不够。哎呀，拜托啦！我们真的很需要两个男生。”

月村社长双手合十，其余四人也跟着合掌低头。

“也不是非要找我们吧？”

正也也毫不退让。

“难道社团里没有男生吗？”

没错。说到介绍社团，不是应该先从社团人数开始吗？例如，说一下高三成员有几名男生、几名女生之类的。广播社的宣传单和社团的介绍册子上都没有写明，就连在新生教育大会的舞台上介绍时也完全没有提及。

“高三成员只有我们几个，电视剧由我们五人制作。”

月村社长答道。五位学姐脸上都没有笑容，看来这里并非一个感情融洽的组织啊。

“虽然高二成员里有男生，不过他们现在正忙于制作电视纪录片，帮不了我们……或者应该说，他们对戏剧不感兴趣……说穿了，他们的形象与角色不符。”

“那个角色到底是什么形象？”

正也继续问道。

“乡下的淳朴男学生。”

“星期二”学姐积极地插了一句话，然后笑着问社长以外的三个人：“对吧？”

“对对对。比起看新闻，更喜欢看搞笑节目。”

“很想交女朋友，却不敢主动告白。”

“可以说是一个很老实的男生。”

“星期三”“星期四”“星期五”三位学姐紧接着解释道。然而，我只觉得自己好像被耍得团团转。

这时，月村社长轻轻叹了一口气：

“我们并不是在玩闹或搞笑。另外我认为，关于广播社的活动，与其由我们口头介绍，不如让你们实际参与一下，这样能加深理解，哪怕只是一场戏。你们就当作体验社团活动，怎么样？亲自表演之后，或许能学到该如何写剧本呢。”

“那么，仅此一次。”

正也答道。这小子该不会同意了吧？

话说回来，正也本来就是为了进入这个社团才报考青海学院的。虽然广播社的氛围跟想象的不一样，但不至于让他立刻改变心意。

“太棒了！”从“星期二”到“星期五”的几位学姐都手拉手，十分高兴。

“来，这是剧本。”

月村部长从桌上那堆剧本里抽出两本，放到正也和我的面前。她该不会就这样顺其自然，把我也算进去了吧？

正也翻开剧本，浏览“登场人物表”那一页。

“你们二人的角色分别是同学A和同学B。演哪个由你们自己决定，下周一之前把剧本看完。”

“好的。”

“不行，让你们随便挑，显得我们诚意不够。请宫本同学演A，町田同学演B，可以吗？”

社长对我嫣然一笑。

没错，我是町田。不对，事情不能这么办，我还没答应参演呢。然而，事情到了这个地步，该挑哪个时机说出这句话呢？

我和正也都是乘坐电车上学的。参观社团之后，我们必然要一起回家。

我怎么也没想到，开学第二天，崭新的书包里会多了一本电视剧的剧本。

我很想知道正也对于广播社和那些学姐有什么想法，却又很抵触直接向他询问。

要是我没遇上那场交通事故，兴冲冲地跑去田径社参观，结果发现社团是那种氛围——光是这么一想，我的心情就变得沉重。

“这剧本比我想象的薄。”

我试着从一些无关紧要的地方聊起。这算是隔着护城河攻城的战略吧。

“JBK高中广播比赛的戏剧项目有时间限制，不管是电视剧还是广播剧，都必须控制在九分钟以内。”

正也淡然地说明学姐们没告知的情况，没有一丝得意的神情。看到我对剧本有所兴趣，他似乎没有感到一丝惊讶或喜悦。

“原来是这样。我还以为是一个小时，至少得有三十分钟呢。”

我也一本正经地回应。

“其实时间也不会算得那么精准。播放作品之前，要先花一分钟左右介绍参赛者来自哪所高中，作品标题是什么之类的，合起来差不多十分钟。”

“原来如此。”

“不过，我不觉得九分钟很短。我在网上查比赛相关事项的时候还觉得奇怪，心想就这么点时间能演出什么剧情。可在放春假时，我试着写了一个剧本，发现九分钟还挺长的，好不容易才写完。”

“也是呢。九分钟，真要挑战的话，也是很吃力的。”

这句话并非在随意附和。

正也一脸诧异，停下脚步，然后看向我的脸，说道：

“圭祐也在意九分钟这个数字吗？”

是的。但是跟正也说这些……不，或许现在正是说这些话的好时机。

“九分钟是三千米赛跑的目标成绩。”

上初中时，我一直以这个时间为标准练习。

可是，我从未在九分钟内跑完三千米。

我的最佳成绩是九分十七秒。

初一刚加入田径社时，我的测试成绩是十分二十三秒，这个纪录导致顾问老师村冈建议我专攻长跑项目。从那时开始，九开头的成绩就成了我最初的目标。

上初一时，我在秋季大赛上第一次成功迈进九分钟区段，获得九分五十五秒的成绩。于是，下一个目标就定为县级大赛的标准纪录九分四十秒。即便在地区赛上因一时走运而跑进前三名，但如果正式记录没能突破这个时间，还是无法参加某些大赛的。

升上初二之后，我在春季大赛上突破了这个纪录，成绩是九分三十八秒。此后，我的目标就是刷新自己的新纪录，就算只有一秒也好。

与此同时，田径社所有人——包括我在内，都期待良太能够突破九分钟大关。我妈妈那时也很支持良太，应该说，还有很多人在关注他的纪录。

刚加入社团时，良太轻轻松松地打破了标准纪录。初中毕业时，他的最佳成绩是九分零五秒。

在初二的夏季县级大赛上，良太获得第四名，由于膝盖的伤，他没能在初中阶段刷新这个纪录。不过，只要他治好膝盖，成为青海学院田径社的成员，迟早能刷新纪录。

如果没有那场交通事故，我肯定会追随良太的脚步，把突破九分钟大关立为自己的目标。

跑进九分钟对良太来说不算一个大难关，而是曾经的目标。可是对我来说……

是一个再也无法接近的数字。

如果目标是十分钟，那我今后应该也会在意这个数字吧。不，是一定会。听班里的人说，每节英语课都有一场十分钟小考，要是正确率低于百分之五十，放学后就得留下来补习。

还有许多其他与“十分钟”有关的事情。

不过，我本以为自己今后再也不会与“九分钟内”一词有所牵连了。

“圭祐，你这一点很厉害啊。”

当我心不在焉地思考与时间相关的事情时，正也却瞪大眼睛看着我。说实话，我真的不明白又有什么方面拨动了他的心弦。

“哪一点？”

“九分钟这种不上不下的时间，你却能用身体记住，很厉害啊。”

“仅限与跑步速度有关的方面而已。但这跟戏剧有什么关系吗？”

“关系大着呢。要想在九分钟内跑完三千米，调整呼吸的方法、分配速度的方式、开始冲刺的时机，以及全程的安排和节奏都是至关重要的。如果是顶级运动员，肯定会把这些问题当作一个课题，反复研究最佳方案，并想办法实现。因此，这种能力一定也能运用在其他领域。我是这么想的。”

不知道是不是因为主张得过于激动，正也不由得深深地喘了一口气。多亏如此，他没有听到我的叹息声。

“要找顶级运动员的话，让良太教你就行了。”

“这不是口头教一教就能理解的事，而且圭祐不也是顶级的吗？你不仅是初中县级大赛长跑接力赛亚军的主力队员，还在地区赛获得了‘区间赏’。”

“你怎么会知道这些事？”

我只能目瞪口呆地回望正也。

“其实在真情告白之前就得好好调查一下对方的情况。但如果是一见钟情，告白之后再调查也一样吧。我查看了三崎中学的官网，上面有去年社团活动的表彰记录，圭祐的名字就在其中。”

我连三崎中学有官网这件事都不知道。不过……

"那又……"

我刚开了个头，就看到正也做了一次深呼吸，看来他还没说完。

"我知道圭祐是一名很优秀的运动员，却不了解你受伤的情况，也不知道如此鲁莽地邀你加入文化社团到底好不好。我有些后悔，也想向你道歉。但是又觉得你应该不喜欢被人这么对待，所以我决定保持昨天的态度。呃，或许这种说法也会让你感到不悦……"

"不会啦……"

"因此，你愿意说起田径的事，我很惊讶。而且你果然很厉害，一说到九分钟就会立刻联想到三千米赛跑。我深受震撼。"

"谢谢。"

我不太确定自己说这句话的时候发音是否清晰。我本来是想让他别再用"真情告白"这种说法，可现在觉得无所谓了。

我以前确实认为，遭遇了这种事，别人为我着想也是合情合理的，可是如果表现得太明显，又会令人生气。

我把所有希望和期待都留在初中时代。关于高中生活，我只觉得自己将度过百无聊赖的三年。

然而有某个人，不仅了解我，还愿意带着我一起探索新世界。我不确定自己是否对这个世界感兴趣，但这件事可以迟一些再考虑。

目前最重要的是，我必须有所回应。

"别客气啦……"

正也有点难为情，用指头挠了挠鼻尖。那天在广播室的时候，他也做过这个动作，或许他感到为难时，就会习惯这么做吧。

"三千米赛跑的九分钟对戏剧创作有什么帮助，麻烦你详细跟我说说吧。"

我很想知道，三年来从未间断的奔跑，是否有百分之一的可能性通往未来的某个地方。

"可以等多几趟车再走吗？"

天色还早，换作初中，现在还是社团活动的时间。

我们在车站的自助售货机买了瓶装运动饮料，然后坐在旁边的长椅上。

正也从书包里拿出一本厚厚的笔记本，上面用很粗的马克笔写着“创作笔记”。如果是我，应该会用小字书写标题，为的是别人从远处无法看清。而且就算写了，我也不会在他人面前展示。

因为这种行为实在太羞耻了。

另外，我总认为创作小说或漫画的人是御宅族（**注：广义上指热衷于亚文化，并对该文化有极度深入的了解的人**）。虽然这么说很冒昧，但这种想法与广播社有关。

也就是说，我觉得加入广播社是一件令人难为情的事。

我想起初中时，田径社有一个学弟说，他觉得每天早晚在家附近跑步，以此作为自我训练是一件很丢脸的事。但我实在想不通有什么可耻的。为了实现自己的目标而努力，何必在意其他人的看法。

我如今的想法跟那个学弟相似，这是因为对某件事的认真程度不同导致的。

正也是真的很想创作戏剧。

他翻开某一页，上面画着两个图案，有点像解答路程和速度的数学计算题时画的曲线图。

九厘米的横线被分为“起”“承”“转”“合”四个部分，以及“序”“破”“急”三个部分（**注：出自日本雅乐、舞乐的概念，常用于日本的能乐、连歌、香道、剑道、茶道、居合道、蹴鞠等，“序”为开端，“破”为承转，“急”为结尾**）。每个部分所占的比例各不相同。

“这是故事的基本构架，你应该听说过‘起承转合’吧？”

正也指着曲线图说道。

我记得在语文课上学过这个词。这不仅是故事的框架，也是写作文的重要技巧。不过，光是写满规定页数的稿纸，我就得绞尽脑汁了。所以写文章的时候，我从来没有这个概念。

“大致的意思是知道的。”

“立志成为编剧之前，我也跟你一样。顺带一提，我的语文成绩不差，但作文从未拿奖。”

正也干笑了两声。

“说到‘起承转合’，圭祐喜欢什么类型的故事？”

“我没怎么看电视剧，也不看电影，而且基本没看书。”

我说这句话的同时，觉得此种发言显得自己很蠢。不过，我以前可没有偷懒。离开田径社，不需要天天跑步之后，我就专注于备考。

得空的日子只有住院期间。

“漫画倒是看过。”

住院时，良太送来了一些漫画。我说了其中自认为最有趣的一部作品，那是一个以高中侦探社为舞台的故事。

“嚯，你喜欢推理类的啊。”

正也好像也看过这部作品。

“那么，如果用‘起承转合’来表示推理故事……”

接着，正也从书包里掏出笔盒，拿出红笔在笔记本的空白处写上“起”“承”“转”“合”四个字，每个字之间隔着一段距离。

“首先，‘起’是发生案件。接着是主角登场，侦探或者刑警。”

他一边说，一边在笔记本上写字。我目不转睛地看着纸上补充的内容。

起　发生案件

　　主角——侦探（或刑警）登场

承　推理，开始搜查

　　设置几个障碍

转　得到推翻不在场证据的提示或有用的信息

　　逮捕凶手

合　大团圆结局（Happy Ending）

　　虽然成功破案，却隐约有种不祥的感觉（意犹未尽）。

正也的总结浅显易懂。

“原来如此……不过，逮捕凶手不算‘合’吗？”

“我一开始也是这么想的，不过应该还是算‘转’。毕竟没有一部作品说完‘凶手就是你’，给凶手戴上手铐就完结了吧。”

听他这么一说，我想起漫画结局里确实会出现被害者一方的人，或者侦探在破案之后回归日常生活的画面。

“以桃太郎的故事为例，与鬼决斗的部分是‘转’，带着小伙伴小狗、猴子、山鸡和宝藏回到老爷爷老奶奶身边是‘合’。”

正也举了一个民间故事的例子。我看的书再少，也还是知道几个这类故事的。

“那么，如果是灰姑娘的故事，那么找到能套进水晶鞋的脚那部分是‘转’，举办婚礼是‘合’，对吧？”

“没错。话说，没想到你会提到‘灰姑娘’这个词。”

正也笑盈盈地看着我。

其实我原本想用浦岛太郎的故事（**注：日本民间故事。浦岛太郎是渔夫，因救了龙宫中的神龟，被带到龙宫，并受到龙王女儿的款待。临别时，龙女赠送他一玉匣，告诫他不可打开。太郎回家后，发现认识的人都不在了。于是，他打开玉匣，匣子中喷出的白烟使太郎化为老翁**）举例，只不过想到如果打开玉匣变成老爷爷那部分是“转”，后面的“合”又该指什么呢？因为想不出个所以然，所以作罢了。

“不过，‘转’与‘合’的区别确实很模糊，所以把这两部分合在一起的话，‘起承转合’就变成‘序破急’。”

正也指了指写在笔记本上的文字。

“哦，我是今天才知道这个词的。不过听完你刚才的解释，我就懂了。也就是‘起’‘承’‘转合’的意思，对吧？”

“没错。以九分钟短剧来说，我觉得简单地分为‘序’‘破’‘急’三段结构比较好，不过……也不是把每三分钟归为一段就行。”

正也轻轻叹了一口气。

“为什么？”

“你觉得一共九集的推理漫画，会用三集的篇幅来描绘侦探的登场画面吗？”

“无聊。”

“正是如此。教科书上介绍的‘序破急’分配标准，一般是1∶8∶1，或者1∶7∶2。不过我师父教过，不能有意识地划分故事的走向。原话不是这么说的，但意思差不多。”

“你师父？”

“嗯，这件事先放一边。即使内容再有趣，但如果没有把控好剧情走向和节奏，也无法编缀成引人入胜的故事。要让人在不觉间听得入迷、看得出神，拿书本来比喻的话，就是好看到舍不得合上。”

正也拿起运动饮料一顿牛饮，然后又一脸紧张地看向我。

“我从未体验过在九分钟内完成一件事。就算叫我跑九分钟，估计只会跑得气喘吁吁，没有其他想法。但是我觉得，圭祐的九分钟就像一场完美的表演，是一件达到极致的完整艺术品。”

良太跑步的身影在我脑海中浮现，就像“热带稀树草原上的风”。我一直追逐那道身影，起初是无意识的，后来则是有意识地将它烙印在心中，继而催生出自己的跑步风格。

“所以，我希望圭祐可以一边想象三千米赛跑的场景，一边看我写的剧本，告诉我开头跑得太快了，后半段要喘不上气了，或是冲刺的时机不对。我想通过写剧本，让身体记住自己的九分钟是什么概念。”

正也还是太高估我了。而且，我也不知道自己能不能一边想象跑步的画面，一边看剧本。

“求你了，加入广播社吧！”

正也双手合十，垂下头。

比起昨天他夸我的嗓音好听，我今天似乎更高兴，以至不想说出“我办不到”之类的话。

“虽然不知道能不能做好……反正我现在也没有其他想做的事情。”

看来我真的要加入广播社了。

“你是说真的吗?!”

我担心正也会扑过来，便赶紧从长椅上站起身。或许是因为社团活动结束了，青海学院的学生逐渐聚集在车站。

我突然想起自己是竭尽全力学习，好不容易才勉强考上这所高中的。而这些身穿青海学院高级中学校服的学生，每一位看起来都比我聪明得多。

“你学习得如此认真，就算没有我的帮助，应该也能写出很棒的剧本。而且与其找我，不如让更专业的学姐们……”

提出更有用的建议——我把这句话吞了回去。想起高三学姐们的表现，真不知道她们到底有没有干劲。

“当然，我加入广播社正是出于这个目的，所以也很期待学姐们写的剧本。”

正也把笔记本放回书包，接着捏着那本黄绿色剧本的一角，把它拎起来。我的书包里也放着一样的剧本。

“也不知道她们行不行。”

结果，我倒是先说出了这句话。

“虽然广播社的氛围跟我之前想象的不一样，但青海学院是全国大赛的常客，而且去年的广播纪录片成功冲入全国赛事，也就意味着学姐们创作的作品被选中了吧。她们看起来像是在瞎闹腾，说不定剧本写得很好呢。”

正也的回答很正面，也没见他做出挠鼻尖的动作。看来只是我在白操心罢了。

“也是。那个在新生教育大会介绍社团、声音很好听的学姐不在那里。感觉社长月村学姐也很靠谱。”

“圭祐，你真厉害啊，居然记得学姐的名字。我只记得住‘月’这个字，当下就决定用星期的排序来区分各位学姐。”

我忍不住拍了几下正也的肩膀。

“你跟我一样嘛。那个长头发的是‘星期二’，对吧？”

我还跟正也核对了一下。接着话题便转向讨论星期几的学姐是剧中的主角。

我原本只打算看一下剧本里自己登场的部分，不过既然正也刚才介绍了一些故事构成的概念，不如就运用刚才的知识，试着看完剧本吧。

还要一边想象三千米赛跑的画面。

我一口气喝完塑料瓶里剩余的运动饮料。

明明没做什么会出汗的事，却感觉水分一点一点地渗透到大脑深处。这种感觉真令人怀念……

不知为何，我觉得有点揪心。

第二章 情节梗概

过了一周。今天是星期一，我们与广播社那些高三学姐约好进行拍摄工作。

我在鞋柜处遇见正也。

“早啊……那东西，看完了吗？”

我尽可能用开朗的口气问道。

“嗯，看完了。”

正也用指尖挠挠鼻头。我也只能苦笑一声，表示果然不过尔尔。

“那么，要拒绝吗？”

我这句询问有五成是认真的。根据正也的答复，有可能变为十成。

“不，毕竟说好了。”

正也叹息道。上周末，他应该也曾多次这样叹息吧，至少是我的五倍。

可是，难道我们要以这种心情等到放学后吗？

“正也，你带便当了吗？”

“带了。”

“不介意的话，我们中午一起吃饭吧。”

其实跟同班同学一起吃午饭比较有利于加深同学之间的感情，但至少今天，我和正也急需一段作战时间。

“好的。那我第四节课结束后去你班上吧。”

说完，正也又叹息了一声，先往教室的方向走去了。看着他驼着背走路的身影，我不由得心想：之前，这小子的仪态有那么糟糕吗？

话说回来，现在可不能满脑子都是广播社的事。虽然只是开学第三天，但从第一节到第六节都排满了课程。

听说除了英语，每节数学课的前十分钟也有随堂小考。正确率低于百分之五十就算不及格，放学后也得留下来补习。

干脆今天突然考个不及格吧。我心里冒出这个愚蠢的想法，但不巧的是，小考是从下节课开始。

科任老师的自我介绍很冗长，我不禁开始神游，那个原本被塞在大脑角落的故事趁机膨胀起来了。

故事的标题是*Change*。

听了正也的讲解，我意识到通过“起承转合”和“序破急”来控制故事的走向是至关重要的。不过，故事本身的趣味不需要这些技巧，关键还是在于内容吧。

若用“序破急”来总结*Change*的故事，大概是这样——

序 一个外表朴素却立志成为偶像的女生，和一个相貌出众但热衷于烹饪以及手工艺的女生，都因为被他人以貌取人而感到烦恼。

破 有一天，在去其他教室上课的途中，两人在走廊相撞，结果灵魂互换。她们虽然不知所措，但都通过外表改变这件事，在自己身上发现以前没有注意到的魅力。

急 两人在图书馆偶然找到一本文献，从中得知恢复原状的方法。成功恢复之后，她们充分利用自己的新优点，度过了愉快的高中生活。

连很少看故事的我都觉得，这种内容就像直接复制其他逸闻趣事制作而成的。

去年有一部电影备受瞩目，虽然我没去看，不过据说正是讲述男女主角灵魂互换的故事。

就算只是高中生的比赛，但凭借这种故事，真的能晋级全国大赛吗？如果有人反驳道“你行你上啊”，我也只能回一句“抱歉，我不行”。即便如此，我还是敢断言——

这个剧本真没意思。

别说要联想到三千米赛跑了，我甚至不断叹气，呵欠连天，还看了三次时钟，心想原来九分钟这么久啊。

有那么一瞬间，我很想对正也怒吼：“别拿这种玩意儿跟三千米赛跑相提并论！”但又觉得最受打击的应该是他。想起那本厚厚的“创作笔记”，我有些后悔没跟他交换手机号码。

午休时，我和正也走出教室，来到紧急逃生楼梯前的厚重大门处，在门口盘腿坐下，打开便当盒。

我们的便当都很普通。便当盒的八成空间都是米饭，一成是鲑鱼或肉丸之类的主菜，还有一成是充当配菜的西蓝花和小番茄。两人的便当里都没有水果或甜品之类的可爱食物。

"'序破急'从某个层面来看，是一份荤素搭配均衡的饭菜。"

我试着用正也教过的词来形容便当，自认为口出妙语，正也却没有两眼发光。于是，我直接问关于*Change*的事：

"虽说这部剧的主角是两个女孩子，但你不觉得这种灵魂互换的设定是在抄袭去年那部电影吗？"

正也大概吃了一半饭菜，然后把筷子放在便当盒上。

"这跟时空穿越或超能力的故事一样，算是一种题材，不能因为之前有过类似的作品，就说它是抄袭的。在去年那部电影上映之前，也有一部关于男女灵魂互换的知名电影，还有一部父女灵魂互换的电视剧呢。"

"原来如此。"

我这下总算知道自己在电影和电视剧的涉猎范围有多么狭窄。漫画和小说肯定也有不少这种类型的吧。

"不过，也太缺乏原创的元素了。"

正也叹了一口气：

"会不会是想趁机跟风？"

我这番提问听起来像是在帮学姐们说话。

"不像。或许只是受到影响。"

"什么意思？"

"可以说是一种现象。一个人对从外部接收的故事感触太深，印象过于深刻，结果误以为那是自己写的故事。"

明明是别人的想法，却因为过于感同身受，不觉间以为那就是自己的想法……

"是不是不太好懂？"

我摇了摇头。

“一个人觉得自己所崇拜的运动员跑步姿势很帅，虽然没想过要模仿其风格，然而光是在一旁观看，就会不知不觉地使用相同的奔跑方式。你说的跟这个例子意思一样吧？”

就算我没点明名字，正也应该也能察觉我崇拜的运动员是谁吧。

“每次跟圭祐聊天，总觉得自己像是在拾人牙慧，怪丢脸的。曾经沉迷于某件事的人和普通人之间果然有不小的差距。”

这句话是夸奖吗？

正也拿起筷子，开始默默地吃饭。我该不会惹他生气了吧？我难道无意识间说了什么得罪他的话？

我绞尽脑汁都想不出个所以然，于是也默不作声，埋头解决自己的便当。

“其实我……”

正也盖上便当盒的盖子，开口道：

“看完*Change*的剧本之后真的很失望。内容没有任何亮点，台词就像说明文一样，都是又臭又长、没完没了的句子。”

我点了点头，意思是“你果然这么觉得啊，我也有同感”。

“不过，我刚刚才意识到，我并不是基于自己的经验做出评价的。也就是说，不管是抱怨还是失望，我都必须等自己也写出一部作品才有资格说。”

正也露齿一笑，难为情地挠了挠头。看来他又恢复成我所熟悉的样子了（但我跟他交好还不到一个星期）。

“不过，剧本终究只是设计图，说不定那些学姐都是演技派呢。她们或许正是打算通过拍摄技术，让平淡无奇的故事变得有趣。”

正也对于剧本的看法也是相当积极。

这时，通往紧急逃生楼梯的厚重大门突然开了。大门的打开方向是朝内的，原本倚门而坐的正也“哇哇”叫了两声，赶紧站起来。

一个女生轻轻走了进来，一只手里还拿着一个小小的手提袋。

“对不起。”

她说道，声音小得几乎听不清楚。她捡起落在脚边的大手帕，那是用来包便当盒的布。

“这个。”

她递给正也。

“啊，这个，谢谢你。”

正也显得格外慌张，一边挠头，一边接过手帕。对方连一句“再见”也没说，就逃也似的离开了。正也盯着那道背影好一会儿才重新坐下。

“我们也是‘奇葩’，新学期刚开始就坐在这里吃饭，没想到有女生会从紧急逃生楼梯那边出来啊。那个女生是几班的？”

“跟我同班。名字好像念作……Sakura。”

我只回答了她的名字，因为不太记得她的姓氏。

“你居然会记住别人的名字，看来你也很关注她嘛。”

“啊？”

“别装傻。那个女生很可爱啊。”

说完，正也遮羞似的拍了拍我的肩膀。

很可爱？她戴着眼镜，脸被刘海遮住了一大半，哪里可爱了……我心里刚冒出这个疑问，就立刻想起正也的要穴。

“因为声音吗？”

“那当然！怎么说呢，也不知道是不是因为得知她的名字，我总觉得她的嗓音既柔美又清透，让人联想到樱花花瓣随风飞舞的场景（**注:日语中,“Sakura”这一发音对应多个汉字词，其中最常见的是“樱”**）。

正也一脸陶醉。他竟然对那么小的说话声有如此多感慨，实在令我佩服。

“我不明白这种感觉。”

“那你怎么会记得那个女生的名字？”

其实，我是在几个小时前才认识同班的这位Sakura同学的。

第二节课结束后，我去了一趟洗手间。一回到教室，就看到两个女生站在后门那边聊天，堵住了通道。

我说了一句“借过一下”，接着从她们中间走过，这时身后传来一道声音：

“真是的，没劲。”

我以为是在说我，便回过头，结果看到那两人的目光停留在一个女生身上，她坐在自己的座位上看文库本（注：一般指A6大小的平装书）。

“居然跟Sakura同班，真是倒霉。”

两人聊天的声音本来就有点吵，对着某个人说坏话时还刻意提高了音量。

Sakura同学纹丝不动，继续看书。看得出她是勉强假装不以为意，我不禁觉得心里不舒服。

“怎么说呢……我不是想质疑学校的水平，不过青海学院有这种没口德的学生，真叫人失望。”

我叹了一口气，正也也深有同感似的重重地叹息：

“偏差值越高的人不一定越会做人。有一种说法是，那些在网络上发表恶评的，大多数是社会上所谓的精英。”

“确实是。”

“自以为是的胆小鬼。努力考上青海确实是好事。不过，她们心里有各种不安，所以为了让自己放下心，就找一个不会还手的人来欺负。”

正也的目光投向远处。有几名跟我们同级的学生站在笔直的走廊尽头。

“这里不是特别的地方，但什么人都有。她们就是想表现这一点吧。”

正也说完，我点了点头，同时突然想到一个问题：那些高三学姐在*Change*里寄托了什么想法呢？

放学后，我和正也都在各自的班级被同学们以炽热的目光注视着，因为几位高三学姐居然在走廊上埋伏我们。

除了社长月村学姐，从“星期二”到“星期五”的四位学姐兵分两路，站在我和正也两侧，带我们前往拍摄场地。

我感觉很不舒服，好像自己做了什么坏事被警察带走似的。更糟糕的是，每个擦肩而过的人似乎都看向我们，还一脸不笑。

学姐们应该是担心我们不愿意协助拍摄，就此逃跑，所以前来“押送”。可是被人这么对待，我想帮忙的心反而萎靡了。

“抱歉啊。因为我们实在找不到其他帮手。”

在我右边的“星期五”学姐面带歉意说道。她看起来是五人当中最稳重的。

区区两个男学生的角色，拜托男朋友演一下也行吧。我心里这么想，又隐隐觉得这五位学姐看起来不像有男朋友的人。连男朋友都没有，整天和一群女生腻在一起。唉，其实我也没什么资格夸夸其谈。

“很快能拍完。”

左边的“星期二”学姐开朗地说道。

“而且要是拍摄工作顺利，我们会把新生随堂小考的考点告诉你们，当作谢礼。还是说，你们觉得这种关照是多余的？”

这个提议实在令人感激不尽。

“拜托学姐了。”

我僵笑着答道，同时心生后悔。我明明是提供协助的一方，这样不就本末倒置了吗？不过“星期二”学姐没有继续跟我说话，而是停下脚步。

这里是学校正门门口。

拍摄场地就在这里吗？我想没必要问了，因为月村社长就站在门柱一旁，身边摆着一张折叠椅。椅背上斜放着一本速写簿，上面写着“下午三点半开始，广播社有拍摄活动，请各位同学配合”。

我和正也出场的部分，剧本开头就写明了拍摄场地“6 正门前”。这行字好像称为“场景”。

“我们还要去做些准备。”带路的四位学姐说完就往教学楼的方向走去，接下来轮到月村社长负责监视……不，是来对付我们。

“请问，我们不用做什么准备吗？”

正也向社长问道。

“感觉你们的校服太干净了，不过也行吧。先不管这些，台词都记住了吗？”

“记住了。”

正也答道，我也配合着点了点头。

“真的非常感谢你们。”

社长笑着行了一礼。其实她没必要这么做，毕竟我们的台词只有一句。

“不过，我还是再确认一下吧。”

我把书包放在脚边，拿出剧本。

“你都用马克笔标出来了啊。”

正也从旁边瞥了一眼。

我一边浏览句子，一边在脑里想象接下来要演的这一幕。

正也和我是放学路上的男学生A和男学生B……

我们两人正悠闲地走着，身后跑来两个女学生，是静香和明子。在擦肩而过之际，静香朝我们这边欢快地道了一声“拜拜”，明子则一声不吭。

我们停下脚步，有点手足无措地看着她们的背影。接着是台词。

少年A（正也）：“静香以前阴沉老实，最近好像变开朗了，而且会打扮自己，感觉挺不错啊。”

少年B（我）：“对对对。反倒是明子，以前既浮夸又吵闹，现在温和敦厚，也不化妆了。其实我更喜欢她现在的样子。”

以上就是我和正也的所有戏份。虽然每人只有一句台词，但那两句话基本概括了这个故事的中心内容。

从某种意义来说，我们算是很重要的角色。

“星期三”和“星期四”学姐回到正门前，各自拿着器材。

小个子的“星期三”学姐拿着一台手持摄像机，机型跟我家那台居然是同款，只是颜色不一样。家里那台是我小学六年级时买的，可以说是非常旧的机型了。

另一位高个子的“星期四”学姐手里拿的似乎是一台相机，她正在把它固定在架好的三脚架上。我忍不住靠近瞄几眼。

“请问，这是相机吧？”

我鼓起勇气问道。

"对，单反相机。"

"星期四"学姐答道，语气开朗。

"要用这个拍摄吗？"

刚问完，我就觉得有些难为情，这种过时的问题只有我妈妈这一辈的人会问。不过，学姐完全没有嘲笑我。

"当然，里面有视频拍摄功能。这次的电视剧拍摄工作主要由这台相机负责。它既轻又好用，更重要的是可以更换镜头，以此根据不同场景来改变拍摄手法。"

她兴高采烈地说明。

"这个像筒子一样的东西是什么？"

"这是外置麦克风。内置麦克风会把远处的杂音一起收录进来，但外置的可以选择录音范围。"

"还能选择范围啊？"

我想起妈妈拍摄的田径大赛视频。大部分家长总是在自家孩子没出场比赛的时候录下许多杂音，一听就知道是一些跟田径无关的闲聊。

"那台手持摄像机呢？"

正也加入我们的对话。他感兴趣的应该不止剧本。

"接下来要拍的第六场戏，近景画面靠这台单反，但最好也拍一些远景画面，所以使用两台机器。"

一听到她说出"近景画面"之类的词，我逐渐紧张起来，原来不是说说台词就可以了，还得有一定的演技啊。

我和正也拿起单反研究一下，身旁是月村社长。她坐在刚才放着速写簿的折叠椅上，打开一台小型笔记本电脑，似乎是在检查以前拍摄好的片段。

看到学姐一脸认真，我更紧张了。就在这时，"星期二"学姐和"星期五"学姐回来了。

"星期二"学姐将长发编成麻花辫，戴着黑框眼镜。"星期五"学姐是过肩齐发，头顶的头发用毛茸茸的粉色发圈扎成一个小发髻，而且似乎化了淡妆。

所有人到齐之后，月村社长开始说明四个角色的站位等问题，负责拍摄的学姐们也根据说明的内容，移动摄影机的位置。

“走的时候要放轻松一点哟。”

就算她提出这种建议，我们现在也只需用普通的方式走路。倒不如说，我还庆幸她没让我们快步走呢。

“圭祐，淡定一点啦。”

正也猛地拍了一下我的后背。他虽然嘴上这么说，但从刚才开始也深呼吸了好几次。

放学离校的学生们一直往这边偷瞄，这一点让我很是在意，不过幸好当中没有熟人。

“那么，第六场戏，先彩排一下。”

月村社长喊道，她们似乎没有准备场记板，跟电视上看到的不一样。

“开始。”

学姐用力拍了一下手掌。

少年A和少年B并肩朝着正门走来，姿势懒洋洋的。话说回来，为什么我们会这样默默无言地走在路上呢？难道是考试不及格……

静香和明子从后面一路小跑过来，超过了我们。

“拜拜。”

回头朝我们说这句台词的人是“星期五”学姐。正也看着两人远去的背影，微微歪着脑袋，说出自己的台词，我也赶紧接上去。

出生至今，我从未登场演过戏。上幼儿园时好像登过台，但那只不过是文娱活动的合唱节目。

我自知自己人生第一场戏的演技实在拙劣，以至于不由得想起这些事。要说哪里做得好，也就是没说错台词这一点了。

“很好，可以了。”

社长拍了拍手，同时用力叹了一口气。我和正也对视了一眼，彼此脸上都浮现一抹苦笑。

五位学姐都聚集过来观看拍摄画面，不过现阶段需要做这一步吗？

“拍得挺好的呀。”

"星期二"学姐的声音既通透又洪亮。是哪一点挺好的?拍摄的角度吗?

"也是……那就正式开拍吧。"

月村社长环视四位学姐，如此说道，最后又望向我们这边，隐约露出了死心一般的表情。其他学姐一边回应着"明白"，一边回到各自的岗位。

"我们也走吧。"

正也说完，我们便朝起始的站位走去。正也用右手食指挠了挠鼻尖，这表示他无法接受就这样迎来正式开拍。不过，他还是默不作声。

"第六场，正式开拍。"

社长喊道。既然已经走到这一步，只能拿出像样一点的演技了。

"开始！"

一道掌声响起，于是我们镇定地迈出脚步，尽量不让动作显得僵硬。

紧接着，"星期二"学姐和"星期五"学姐一路小跑过来，"星期五"学姐说了一声"拜拜"，口气与刚才一模一样。

我们停下脚步，看着她们的背影。

怎么回事?正也没说台词，只见他望着前方，沉默不语。莫非忘词了?我该不该替他说呢?

"停！"月村学姐喊道。

NG（注:拍影视作品时使用的术语,表示这个镜头不符合导演的要求，要重拍一次）了。她往我们这边走来，但脸上没有一丝责怪正也的神情。

"你忘词了吗?"社长温柔地问正也。

"我没忘。只是……"

正也欲言又止，社长微微蹙起眉头，问道:

"有哪一点让你感到介意吗?"

"每一点都很介意。"

正也直言道。

鹦鹉学舌表示强调。脑海中浮现一些无关紧要的念头，这表明我此刻很紧张。虽然心里想着别跟高三的学姐较劲啦，却什么也说不出口。

“第一点，谁是明子，谁是静香？”

用不着说得如此直接吧。

“怎么了怎么了，是我们出错了吗？”

“星期二”学姐说道，跟“星期五”学姐一起走了过来。

“这不是一目了然的事吗？敦子（注：本书中，作者只用读音“Atsuko”表示该名字，可对应汉字“敦子”“纯子”“厚子”“贵子”等。为了方便读者阅读，此处选用了其中一种较为常见的说法）是明子，Hikaru（注：此时圭祐与正也只知道这位学姐的名字读音，不知道对应的汉字）是静香啊。”

社长依次看着两位学姐说道。原来如此，热情的是敦子，耀眼的是Hikaru——现在可不是为此感慨的时候。

“现在两个人灵魂互换了，所以明子是稳重的，静香是活泼的，没错吧？”

正也确认了一遍。

“没错。”

“星期二”——敦子学姐两手拿起麻花辫回道，仿佛在说“所以我才梳了这种发型啊”。

“可是，静香那句‘拜拜’，听起来没有一丁点儿活力。”

正也的口气并不冲，只是冷静地陈述事实。但是月村社长看起来非常为难，我意识到一件事——在日常生活中，有很多事是不能这么直言不讳的。

话虽如此，敦子学姐还是一副泰然自若的神情。

“那是因为宫本同学只看了这一场戏。我倒觉得那句‘拜拜’，以Hikaru来说，语气算很活泼了。”

“别说了！”

放声大喊的人是“星期五”——Hikaru学姐。

“反正我这种人，再怎么努力都表现不出活泼的样子。”

演技被正也否定了，又被同级的敦子学姐维护，Hikaru学姐顿时泪如泉涌。

这是怎么了？上初中时，我似乎曾经远远看过类似的场面，但还是第一次近距离体验。

负责拍摄的学姐们也聚集过来，大家围在Hikaru学姐身边，不知所措。正也用右手食指挠了挠鼻尖。

真没意思。

我的视线与正在抽噎的Hikaru学姐相接。

“干吗？想抱怨的话就直说啊。”

她在说我？而不是正也？

不知为何，Hikaru学姐把怒火的矛头指向我。我该不会无意间把“真没意思”这句话说出口了吧？

这就难办了。我的腋下都开始冒汗了。

我觉得学姐演技挺好的呀——就算这么说，应该也会立马被看出并非真心话吧。

“圭祐……”

正也本想帮我说话，却挤不出下文。怎么了，正也？这时候倒是帮我说几句啊。我正想用眼神求助，又觉得有些奇怪。

我自己说不就行了吗？

就算在这里惹广播社的学姐们不开心，对我来说也没什么损失。要是我没有遭遇那场交通事故，而且已经加入田径社，遇到这种场面时，为了继续待下去，我应该会拼命压抑自己的真实想法，向她们道歉。

说不定学姐们正是因为不想离开自己最喜欢的社团，所以明明对于剧本、演技等方面有更好的建议，却宁愿缄口不言，就这样坚持到现在。

社团形成这种行事风格也是无可厚非，毕竟我前阵子依旧深信大部分文化社团都是依靠得过且过的人际关系成立的。可既然如此，就不要轻易说出某些词啊。

例如，全国大赛。

那句“我这种人”，是在练习演技无数次之后才说出口的吗？那些眼泪凝结了不甘心的情绪吗？因为经历过几十次、几百次训练，却还是得不到令人满意的成果。

我目不转睛地看着Hikaru学姐，斗胆问道：

“请问……”

“等一下！”

月村社长抢先接话，打断我的发言。

“町田同学没必要道歉。”

社长严肃地看了我一眼，结结巴巴地如是说道，就像奋力鼓起勇气，说出原本打算深藏于心的话语一般。

道歉？我又没做错什么。

“是我不好。”

社长朝我用力地点点头，仿佛在说“你的罪由我来扛”，然后看向围在她和Hikaru学姐身边的三位学姐。

“对不起，各位。”

她双手合十，深深鞠躬。

“大家去做准备工作的时候，我应该跟他们详细讲解一下这次的拍摄内容。”

说着，她轻轻吸了一下鼻子。

“要是让他们看看之前拍好的片段，宫本同学应该就不会感到混乱吧……”

话还没说完，月村社长竟也潸然泪下。她们到底在搞什么啊？我求助似的望向正也，结果他回了一个茫然的眼神。

“杏璃（**注：本书中，作者只用读音“Akari”表示该名字，可对应汉字“杏璃”“彩”“爱莉”“朱里”等。为了方便读者阅读，此处选用了其中一种较为常见的说法**）没有错。”

敦子学姐笃定地说道。杏璃——应该是月村社长的名字吧。也不知道该说是幸运还是不幸，这五人当中似乎只有敦子学姐的表达能力是正常的。

是的，社长并没错。错的是那个明明没什么演技，被稍微点评一句就歇斯底里的Hikaru学姐！

我在心里为敦子学姐助威呐喊。

“错的是秋山老师。学生之间难以启齿的事情，应该由他代劳，这不就是顾问老师的职责吗？”

居然把责任推到顾问老师身上了，我对此只能目瞪口呆。

“就是，就是。就算因为担任高一的班主任而忙得不可开交，新学期开始以来一直没有来社团露过脸，这也太奇怪了吧？”

负责用单反相机拍摄的“星期四”学姐也不满地说道。

“算了，反正他来了也没什么意义。总是说自己不擅长用电脑，不懂视频剪辑什么的，哪有老师会当着学生的面这么说啊？既然不会，一开始就别答应担任顾问老师一职啊。他当初肯定没有事先了解广播社的活动，认为自己身为语文老师，只要检查一下稿子就行。”

抱怨的话滔滔不绝。

“秋山老师也不会检查稿子。”

拿着手持摄像机的“星期三”学姐补充道。

“我递交剧本的时候，他只说了一句‘我没研究过这种东西’，然后简单修改了一些助词用法和错别字，就丢给我。”

看来*Change*的剧本是这位“星期三”学姐写的。

“唉——要是竹宫老师在就好了。”

敦子用响彻云霄的音量如此抱怨。一直沉默不语的月村社长和已经停止落泪的Hikaru学姐都点了点头，似乎赞同这个说法。

学姐们强聒不舍。

看来那位姓竹宫的老师是广播社的前顾问老师，但是去年已经离职，去国外参加志愿活动了。

竹宫老师是教理科的，擅长使用电脑，还经常用最新的剪辑软件来制作视频，而且会费心钻研剧本。此外，关于戏剧和纪录片的标题命名，他也提出了不少建议。

上一学年，秋山老师接任。此后，广播社便四分五裂。而这位秋山老师刚好是正也的班主任。

“说什么全国大赛，感觉没戏了。”

敦子学姐说道。听起来就像有人装腔作势地吹了一声口哨。

她们认为，自己的作品质量下降，都是顾问老师的错。这话听起来像是借口，但或许也有一定的道理。

如果初中的田径社顾问老师不是村冈……

村冈老师说上午练习长跑更有成效，所以每个星期给我们安排三次晨练。冬天时，天还没亮就得出门了。虽然天气冷得让人瑟瑟发抖，不由得抱怨为什么要这么早训练，但既然老师都那么说了，应该还是有一定的效果。因此，我依然会冒着寒风骑自行车奔向操场。

如果当时老师没到场，或者去讨教的时候，老师用一句“我是门外汉”搪塞过去，我肯定会心怀不满，再也不愿早起晨练。

村冈老师是专攻长跑项目的，但也会用心指导短跑，以及跳跃、投掷项目的运动员。为了弥补自己的不足，老师还会请一些专攻各个项目的田径同好者来定期辅导成员们。

与初中时代相比，上高中之后确实有许多事情得由学生自主完成。可是我总觉得，顾问老师当甩手掌柜也并不妥当。

话说回来，这场抱怨大会要持续到什么时候啊？

“请问！”

正也等得不耐烦，出声喊道，可学姐们似乎完全没听到。于是，正也快步走近学姐们围成的圈，拍了拍月村社长的肩膀。社长吓了一跳，回过头来，闲谈终于告一段落。

“如果不继续拍摄了，我们可以回去吧？”

“这个……”

月村社长欲言又止。

“等一下，不行不行。你们走了，我们怎么办？”

果然是敦子学姐率先做出回应。她和“星期四”学姐商量了几句，又说道：

“到静香说‘拜拜’那一幕为止都拍下来了，不如从少年A和少年B说台词那里继续往下拍吧。时间也不多了，就这样办吧？”

敦子学姐说完，社长也点了点头。

我叹了一口气，同时意识到此时感到最失望的人是谁。

“那么，大家拿出干劲，争取一次过！”

敦子学姐活力十足地说道，然后陪Hikaru学姐走出正门。我们对敦子学姐没有任何意见，刚才只是说出自己心中所想而已。不过此刻，事情却演变成我和正也在贬低学姐的演技。

我感觉学姐们似乎都在心里嘟囔：“既然你们刚才大言不惭，想必演技很好吧。”

我稍微瞪了一眼正也，想用眼神责怪他挑起这种事端，结果看到他正仰望天空，不停地念叨台词。估计他也意识到自己必须演得比我好。

我试着想象一下接下来要演绎的少年B的心态。

敦子学姐和Hikaru学姐背对着我们，分别饰演明子和静香。我演的是一个无精打采的男学生，但平时对女生还是有所关注的。就算身边的朋友不说，也能察觉两个女生有所改变。不过我在意的是明子的情况。

“一号摄像机，准备完毕。”我们身边的“星期四”学姐喊道。

“二号摄像机，准备完毕。”稍远处的“星期三”学姐也喊道。

月村社长用油性笔在速写簿上写下“第六场”一词，然后在一号摄像机前展示了一下便收起。

“准备，开始！”

社长用力拍了一下手掌。

正也顿了一下才开始说台词。听起来不像是在背诵剧本，而是发自内心说出的。

对了，午休的时候，正也被一个女生的嗓音吸引，当时我和他还聊了一会儿。依照那种感觉去演就行了吧？

我也说了台词。演绎时，我想象自己是在还嘴道：“我的判断标准不是声音。”

“OK！”

听到月村社长这声高呼，我长长地叹了一口气，感觉肩膀放松下来了。

敦子学姐小跑至我和正也跟前。

“你们挺厉害的嘛。”

确认过画面之后，月村社长、“星期四”学姐和“星期三”学姐也跑过来围住我们。

“宫本同学刚才的停顿和抑扬顿挫的语气，我也觉得很不错呢。”

被社长一夸，正也面红耳赤。

“町田同学的声音太好听了。”

社长说完，其他学姐也纷纷说“没错没错，我也觉得”，并点头表示赞同。

“对吧？太好了，不是只有我一个人觉得圭祐的嗓音好听。”

正也依旧满脸通红，高兴地补充了一句。

“也很适合当解说员呢。”

“星期四”学姐说完，“星期三”学姐加了一句“这个是重点”，于是敦子学姐有些来劲儿，让我念了好几个绕口令。

例如“东京特许许可局”“高速增殖炉文殊”之类的，都是一些比较拗口的句子，不过我都能顺顺当当地说出来，连我都诧异自己居然有这种才能。

话说回来，我想起社团活动的内容当中确实有一个项目是“播音”，于是不由得萌生一个念头，心想干脆试着练一下这个技能。

明明刚才我还满心不耐烦的。

敦子学姐朝旁边望去，说道：

“Hikaru，你也过来吧。这两个高一学弟的形象都不错，演技也挺好的呢。”

Hikaru学姐板着脸，似乎要和敦子学姐开朗的嗓音唱反调：

“这是在讽刺我吗？你是想说只有我一个演技不行吗？好啊，那我退出。让他们两个去找别人演静香吧。”

闻言，学姐们的表情都僵住了。Hikaru学姐朝教学楼的方向跑去，其余四位学姐赶紧追了上去。走在最后的月村社长突然停下脚步，回头说道：

“抱歉。你们今天先回去吧。”

说完，她再次迈步跑远了。

"女孩子真够麻烦的。"

正也嘟囔了一句。我们目送学姐们的背影，就像刚刚拍摄的那个片段的延续。

拍摄的第二天，我来到学校，站在鞋柜前发出"噗欸"一声怪叫，整个人僵住了。因为我的鞋柜里放着一个贴有心形贴纸的纸袋。

我赶紧把纸袋拿出来，也不看里面装了些什么，直接塞进背包。

把这种东西毫无遮掩地放在鞋柜前，也不知道有多少人看到了，我心里没有几分高兴，更多的是觉得难为情。

我慌慌张张地四下张望，结果和一个看向我这边的人四目相接，那人正准备躲到其他班级的鞋柜暗处。

"这东西，该不会是正也……"

"怎么可能是我放的啊？但是我的鞋柜里也放了一份。看到你的鞋柜里也有，就想看看你会有什么反应。"

正也笑嘻嘻地说道。他的反应肯定跟我一样，这点毋庸置疑。不过，既然他也收到了同样的东西，那么就能大致锁定赠送人了。

我从拉链大开的背包里拿出纸袋，看了看里面的东西。纸袋当中有一些独立包装的巧克力，跟我们上次拜访广播社时，学姐们用来招待的那种几乎一模一样。

还有一张折叠的信纸，但没有装在信封里。

"看看上面写了什么。"

在正也的催促下，我当场打开信纸。

写信的人是月村社长，文字娟秀，写道：多谢你们来协助拍摄工作，最后却没能向你们两人好好道谢，实在不好意思。她还夸赞了我的嗓音，说我可以成为第二个小田祐辅，他是一名声优。然而，我并不知道那个人是谁。

信上最后还写着：

昨天大家一起去劝说光流（注："光流"是"Hikaru"所对应的汉字），但还是没能让她改变心意。如今，各个社团都在努力冲刺最后一次大赛，所以实在很难找高三学生来代演。可以的话，想请你帮忙找一名愿意接手的高一学生。

居然给我们丢来一个大麻烦。

“要我去哪里找代演啊？而且是女生。”

我一边收起信纸，一边对正也说道。

“算啦，就当作她是让我们劝说一个人加入社团。”

正也似乎不觉得这件事难以达成。

“要是有从三崎中学毕业的女生就好了。”

我刚这么嘀咕了一句，脑海中就立刻浮现出某个女学生的身影。

“正也，你该不会打算去找那个女生吧？”

“被你看穿啦？”

正也有些害羞地挠挠头。

“自从我听到那道声音之后，就一直很想拉她进广播社。不过我实在没法像圭祐那样向她搭话，所以一直希望有一个合理的借口。”

果不其然啊。但不知道正也能否成功说服她。这几天的经历让我充分意识到自己容易被怂恿，以及被人牵着鼻子走。

说实话，一个会躲起来吃便当的女生怎么可能愿意当演员呢？如果让她帮忙做一些拍摄的幕后工作，倒还说得过去。

我说出这个想法，正也笑着回道：

“我一开始也没想到圭祐会轻易答应参与广播社的拍摄活动呀。”

“原来如此。”

虽然不抱任何希望，但为了好好完成星探的工作，我们还是通过鞋柜上的名牌确认了那个女生的全名。

久米咲乐（注：“咲乐”是“Sakura”所对应的汉字）。

随后，我们很快决定好在哪里向她搭话。

午休时刻，我们一手拿着便当，一手推开那扇通往紧急逃生楼梯的厚重大门。门后的空间是封闭的，被水泥墙围着。不过站起身时，可以看到教学楼后方那一片令人心旷神怡的绿植风景。

放眼望去，还能看到运动社团的活动楼。位于二楼角落的某个活动室大门敞开，室内有几个穿着学生运动服的成员正在吃便当，估计他们中午要练习吧。良太也在那里。

我猛地蹲下身子躲在围墙后，结果和一个女生四目相接。楼梯平台呈方形，她位于台面正下方，正在独自享用便当。

是久米同学。

“对不起，我马上去别的地方。”

久米同学才吃了一半，便急忙盖上便当盒。

“啊，不是，我们不是那个意思……”

我一时间无法好好解释。

“其实我们找久米同学有事。”

正也说道。面对自己很是在意的女孩子，他也能冷静地开口，这一点令我佩服。

“找……找……找我有事？”

久米同学则慌手慌脚。不知道正也接下来会如何劝说她加入社团。

“不好意思，打扰你吃饭了。我是五班的宫本正也，跟久米同学同班的町田圭祐一样，毕业于三崎中学。”

正也在久米同学面前正襟危坐，彬彬有礼地自我介绍。久米同学也微微挺直腰身，轻轻蠕动嘴巴回复了几句。估计是在介绍自己毕业于哪所中学之类的吧，但音量实在太小了。

“今天我们来这里，是有件事想拜托久米同学。”

“哦……”

听到正也这番毕恭毕敬的说辞，久米同学一脸为难地低下头。长发挡住了她的脸，所以看不清其表情。这是一道障碍，或许之前总是有人向她提出一些无理的请求。

我几乎要劝正也放弃了。

“我和圭祐都加入了广播社。”

正也完全没有察觉我的心思，继续说道，没想到久米同学微微抬起头。正也看了我一眼，似乎在说“你看，她有反应了”，然后再次转向久米同学：

“久米同学也一起来吧？”

说完，正也屏住呼吸，等待久米同学回复。看来他也相当紧张。

“为什么……找我？”

久米同学问道，依旧耷拉着脑袋。

“当然是因为你的嗓音好听啊。”

正也的音量提高了一个调。久米同学也抬起头，单手把刘海拨到一边，轻轻瞄了一眼正也的眼睛，然后迅速回避了。从正也的态度来看，久米同学应该明白他并非在开玩笑。

“我……可以进广播社吗？”

久米低语道，几乎可以说是立刻给出回复了。真没想到她会如此干脆地接受。

“当然没问题。其实是高三学姐们拜托我们两个找女生加入社团。”

趁她还没改变心意，我赶紧附和了一句。正也闻言却皱起眉头。

难道我说错话了？没错，加入广播社并不代表愿意当演员。不过久米同学似乎没发现我们两人对话的停顿有些怪异。

“其实，我昨天去了广播室。”

她说了一句令人无比震惊的话。正也也有些诧异。

“这样呀，那看来我们没必要来劝你。”

“不，结果我逃走了。”

一问才知道，久米同学昨天正打算推开广播社的大门时，就看到几位一脸不悦的学长学姐从活动室里走了出来，她吓得拔腿就跑。说不定那些人就是我们还没见过的高二成员。

“你打算加入广播社，应该是为了好好发挥自己的声音吧？”

正也问道，但久米同学摇了摇头：

“我不觉得自己的声音好听。反正你们很快也会知道，所以我不如先主动说明吧。我其实是一个动漫迷。”

所谓动漫迷，就是喜欢动漫的人。我心想：很抱歉，可是你看起来一点儿也不像。不过，这种话我实在说不出口。

“你知道一个名叫‘小田祐辅’的声优吗？”

“知道。我可是广播剧迷啊。”

正也兴奋地答道。最近似乎有不少人会谈论声优，但对我来说，那仍是一个未知领域。不过，我对这个名字还是有点印象的，月村社长曾在那封信上提及。

“你知道他是青海广播社的前辈吗？”

久米同学兴致勃勃地说道。正也激动地说了一句:“真的吗？”于是，她介绍了小田祐辅的一些经历，例如他曾获得朗读项目的全国冠军。

“我很崇拜他，希望能成为他的后辈。”

久米同学露出腼腆的笑容，如是说，接着突然望向我这边：

“町田同学之前是田径社的吧？”

为什么她会知道这件事？明明我只需要回一句“没错”，可是嘴巴一张一合，什么也说不出来。

“突然被人这么问，还是会生气吧？对不起。我上初中时也是田径社的。”

久米同学面带歉意，弯腰行礼。原来是这么回事。没想到她会回答得如此干脆。暂且不说这些，让久米同学道歉实在过意不去，明明是我不好，对“田径”这个词反应过度了。

“嚯，好厉害呀。”

正也佩服地说道。虽然不知道哪一点值得令人佩服，不过一提及“加入了田径社”，大多数的亲戚、街坊，还有初次见面的人都会夸一句“好厉害”。

“没这回事。我只是被朋友拉过去的而已，一直没有什么亮眼的表现，之后就退社了。”

久米同学摆摆手，满脸通红地否定道。

“你专攻哪个项目？”

我问道。

“急行跳远。”

听到久米同学的回答，我不由得有些困惑。毕竟我不够机灵，没能记住其他学校非长跑项目的女运动员的名字。

"不过，我的朋友专攻的是长跑项目。"

久米同学该不会有超能力吧？

"初二时，她参加了县级大赛的三千米赛跑，她哥哥也参加了同一项目的男子组比赛。我们去给他加油打气的时候，身旁的人好像就是町田同学，所以我才会这么问。"

我当时确实在那个会场。

"你那时候是去给山岸同学加油的吧？"

久米同学说中了，我便点了点头。

"我当时就觉得你有一副酥嗓，但是不记得你的长相，也不知道你的名字。从开学典礼那天以来，我就一直在想那个人是不是你，不过没什么把握。"

"酥嗓？"

我没有问久米同学，而是转向正也。总觉得她的语速越来越快，声音也越来越大，我有点跟不上节奏了。

"意思就是，你的嗓音让人听了浑身酥软。"

正也一脸泰然地回道。

"看来有人比我更早留意到圭祐的酥嗓呢。"

居然现学现用。

"哪里哪里，是我唐突了。"

久米同学赶紧低头道歉。

"话说回来，久米同学，我们是同级生，你说话不必那么拘谨啦。"

正也用轻松的口吻说道，久米同学突然一脸阴郁。她本来已经抬起头，几乎是正脸朝前，此刻却再次垂下头。

"你们正常交谈就好。不过，我不用敬语的话，就无法与人沟通（**注：日本人一般用敬语与辈分较高的人交谈，同辈分的人之间通常使用简体语**）。"

说话的音量也越来越小了。

"为什么？"

我问道。久米同学默不作声，这让我有些后悔提出这个问题。随后，她微微抬起头，说道：

“我也想像大家一样正常交谈，但不知怎的，我说话的方式总会让人觉得我很傲慢。因此，我越来越不明白如何跟其他人一样，如何正常交谈，有一段时间甚至不会说话了。”

我想起那些挖苦久米同学的女同学。因为高中也有这种不怀好意的学生，所以即使是面对刚认识的新同学，久米同学也只敢用敬语聊天。

“抱歉，我不了解你的情况。那就用你最习惯的方式聊天吧。不过，就算久米同学用普通的方式说话，我、圭祐，还有广播社的那些高三学姐也不会觉得你很傲慢。”

正也的语气依然很开朗，但还是用手指挠了挠鼻尖。他说得没错，那些高三学姐虽然有不少棘手之处，但看起来不会欺凌他人。倒不如说，她们像是有可能受害的一方。

“谢谢你。”

久米同学低头道谢，于是我们一边享用便当，一边重新介绍电视剧拍摄的情况。

“有件事必须事先说明一下。”

说完这句开场白，正也开始讲述出人意料的事情。

放学后，我和正也、久米同学三人来到广播室。

正也刚想推开那扇厚重的房门，就有四个人匆匆走了出来，其中有男有女，有的还朝我们瞥了一眼，但没人打招呼。他们看起来既正经又严厉，估计是广播社的高二成员吧。

我们道了一声“打扰了”，便走了进去，只见五位学姐都聚在靠内的房间。她们围着光流学姐，坐在活动室正中央的那张桌子边。劝说工作似乎还未结束。

“学姐们好。”

正也大声打招呼，学姐们便一齐望向我们。当然，众人的目光集中在久米同学身上。久米同学低头望着地面，估计是感到难为情吧。

“这位是高一（三）班的久米咲乐，她愿意接手静香一角。”

正也开门见山地介绍道，完全没留意久米同学的表情。

“呃……”

月村社长似乎不知所措。

“哟，有人愿意演呢。”

敦子学姐欢快地跑过来，从头到脚打量久米同学。

“挺好的，这完全就是静香的形象啊。对吧，铃香（**注：本书中，作者只用读音“Suzuka”表示该名字，可对应汉字“铃香”“凉花”“凉香”“纱花”等。为了方便读者阅读，此处选用了其中一种较为常见的说法**）？”

名叫铃香的“星期三”学姐凑了过来，*Change*的剧本是她写的。

“确实。不过，灵魂交换之后，能演出活泼开朗的感觉吗？”

铃香学姐有点担心地问道。久米同学猛地抬起头，单手把刘海拨到一边，说道：

“没问题的。还请多多指教！”

久米同学的声音大得让人吓一跳。拜此所赐，即便是我，也能明白正也所说的那种感觉了，嗓音确实既清透又悦耳。

“声音也很有穿透力，挺好的。”

“星期四”学姐也过来了。

“不过现在才开始记台词的话，应该会很辛苦吧？”

铃香学姐似乎还有些不放心。

“我全部记下来了。”

久米同学立刻回道。这下不仅学姐们，连我和正也都感到震惊。我们是午休结束后才把剧本交给她的，离现在才不过三个小时左右，而且第五、六节课还要上课。

“我很擅长记忆。”

久米红着脸回道，可能是有些害羞。

“简直完美啊。对吧，杏璃？”

敦子学姐对月村社长说道，她似乎相当中意久米同学。

“哦哦，嗯。不过……”

社长的回应很是含糊。她到底对哪一点不满意呢？

“既然她都记下台词了，干脆今天就开始重拍吧。”

“星期四”学姐提议道，铃香学姐对此也表示同意。两人走回桌子那边，打开一台小型笔记本电脑。

“又要麻烦你们啦。”

敦子学姐对我们笑道。

“等一下！”

表示抗议的人是光流学姐。

“我……还是……很想饰演静香。我想和大家一起努力……”

她的声音在颤抖，说完便趴在桌子上，“哇”的一声哭了出来。

“光流！”

敦子学姐赶紧跑过去，铃香学姐和“星期四”学姐也分别站在光流学姐两边，一边偷偷观察她的脸，一边把手搭在她的肩膀上。

“别哭啦。其实大家都很想让光流饰演静香这个角色的。”

“是啊。这是我们几个一起创作的最后一个作品，非你不可呢。”

安慰的话语渐渐转变成泪水的大合唱。

我们三人被丢在一旁，月村社长走到跟前，说道：

“抱歉。我们还是……”

她一脸愧疚地看着久米同学。

“我就知道会变成这样。”

正也说道。

“欸……”

社长一脸惊讶地回望他，但我和久米同学都不觉得奇怪。

午休时，正也向久米同学说明代演的事之后，又加了一句“不过，我觉得最后还是不会让你演的吧”。虽然我不明白是怎么一回事，但正也所预料的剧情如今就在眼前上演，我不禁深感佩服。

“难道社长根本没想到会发生这种情况吗？光流学姐就是仗着我们找不到代演的人，才会那样撒娇耍赖。您就没想过，如果我们成功找到帮手，事情会怎样发展呢？”

正也怒气冲冲。虽然事先跟久米同学说过有可能发生这种情况，但她以防万一，还是记下了台词。或许正也心里对此有些过意不去吧。

社长没有做出任何回应。

“还是说，您一开始就深信我们找不到代演的人，不过为了保住社长的颜面，还是委托我们去找，以示自己已经尽力。结果看到我们真的带人过来了，便心急如焚，对吧？”

听到这番话，社长还是默不作声。

“学姐们要搞这种感动戏码，还是要演什么青春剧，都是你们的自由，但请不要把我们拉下水。”

正也厉声说道。

“对不起。我果然无法胜任社长一职……”

月村社长热泪盈眶，敦子学姐见状，立刻跑了过来。

“不要只责备杏璃，我们所有人都会道歉。作为赔罪，我们可以为她写几场戏，也会增加你们的戏份，不要生气了，好吗？”

她泰然自若，轻盈地走到铃香学姐那边，在其耳边窃窃私语，接着朝我们回了一个“OK”的手势。

虽然久米同学代演的事泡汤了，但我、正也还有久米同学都决定留下来帮忙完成电视剧的制作工作。

我和久米同学都被安排了新角色，正也决定辞演，加入修改剧本的团队。

我饰演的是明子的班主任，在明子与静香交换灵魂之后，夸了她一句“最近成绩提高了呢”。

虽然我跟负责剧本的铃香学姐以及正也提议过，请一位老师来演绎这个角色会更具真实感，可是他们说参赛要求规定演出者只能是本校的学生。

这样的话，故事里的登场人物不就几乎是高中生了吗？他们决定让我在摄影时穿着月村社长哥哥的西装，只拍我的背影。社长还建议我说台词时稍微压低声音。这是我生平第一次练习如何不用天生的嗓音说话。

“像爸爸那样说话就行了。”

敦子学姐用轻松的口吻提议道，正也则有所顾忌似的向她说明我家的情况，还对我说了十几次“抱歉”，不过我其实完全不在意。

既然要饰演老师，那么想象一下老师的形象就行了吧。如此一想，最先浮现在我脑海中的人便是村冈老师。

我演戏时一直在回想村冈老师的形象，于是演技受到所有高三学姐的褒奖。不对，她们夸的应该是我的嗓音吧。

久米同学饰演的是静香的妹妹。放学途中，妹妹在车站上与姐姐偶遇，于是两人一起回家。她还有一句台词是“姐姐，感觉你最近有些改变呢。好像变活泼了一些”。

为了这一句台词，铃香学姐和正也在广播室的角落里争执了很长一段时间。正也认为“好像变活泼了一些”这句话是多余的，铃香学姐却表示这句话不可或缺。

“既然是电视剧，那就不必每一句台词都说得一清二楚，通过画面展示给观众不是更好吗？”

话毕，正也甚至开始指出某些不应追加的戏份。

“我们应该多信任演员一些。”

也不知正也那些话是从哪里学来的，竟然像一个专业导演或制片人那样，正经八百地说服铃香学姐，甚至修改了一些待拍戏份的台词。

或许是因为不甘心被单方面说教，铃香学姐也开始提出自己的改进方案。

我一边看他们较量，一边忙于填写文件。

我们一开始的计划是只在校内进行拍摄，现在增加了车站的戏份，所以必须提交一份申请文件，向车站那边征求协助。

那位负责拍摄的“星期四”学姐，名字好像是叫树里（**注：本书中，作者只用读音“Juri”表示该名字，可对应汉字“树里”“树理”“朱里”“朱莉”等。为了方便读者阅读，此处选用了其中一种较为常见的说法**）来着，原本应该由她填写这份文件，但考虑到以后还会有同样的需求，她便教我申请书的写法。

原来制作电视剧并不是写一写剧本，随心所欲地找场地拍摄啊。

接着，久米同学也被叫来一起写“音源使用许可申请书”，毕竟戏剧是不能没有配乐的。虽然剪辑工作还要过一段时间才开始，不过这种申请也不是今天提交明天就能得到回复，所以得提前几天交。

开拍前，以月村社长为主导，她们似乎已经定好各场景所使用的配乐，所以我和久米同学只需把指定的曲目写进文件。

当中，有些选曲出自我喜欢的歌手。那些歌曲是收录在专辑里的，并非很有名，我若无其事地询问挑选这些歌曲的人是谁，结果得知是月村社长。于是，我对社长平添了些许亲近感，不过心里还是多少有些不满。

申请书的开头要写明唱片公司的名字，“公启”二字已经印刷在纸上了。接下来要填写的是与申请方有关的内容，即青海学院高级中学的联系方式等，还有所用音源的歌名。总觉得有点紧张起来了。

歌手本人应该不知道我们使用专辑里某些配乐的事，但是通过这一接点，我竟有种与歌手之间的距离瞬间被拉近的感觉。

这可不是闹着玩的啊。我挺直后背，看着文件。

如果田径社成员的人数与长跑接力赛参赛人员的一样，我还会竭尽全力练习吗？

我在一旁观看光流学姐和久米同学的戏份时，心里一直在思考这个问题。当然，我也有任务在身，即拿着写有“青海学院广播社拍摄进行中。感谢各位配合”一行字的速写簿站在那里。

久米同学在教室里总是低着头，即便上课时被点到名字，回答问题也是低声细语的。除此之外，她几乎一声不吭。不过，她现在仿佛开启了体内某个变身的开关。

从彩排阶段开始，身穿初中校服的久米同学一收到“开始”的信号，表情就截然不同，变成一个喜欢姐姐且有点爱撒娇的妹妹。下一刻，光流学姐的表情也大有改变。

她摆出一副姐姐的架势，露出朝气蓬勃的笑容，朝妹妹挥手。她之前明明还在抱怨自己无法演绎性格活泼的角色，真是令人难以置信。

连说台词的水平也突飞猛进。

她当时之所以会发牢骚，是因为知道没有人能够代替自己。而现在有一个愿意代演的新生，就算有人讽刺她演技不好，她也无法恼羞成怒。更何况，那个新生也获得了新角色，别人难免会比较她们二人的演技。如果学姐依旧演不好，大家就会觉得换成那位新生更为合适。

说不定光流学姐的想法正是如此。

即便是久米同学没有参演的其他几场戏，光流学姐的演技也有所改进。这样一来，与她有对手戏的敦子学姐就不能一成不变了。

在紧急逃生楼梯吃便当的时候，我对正也以及久米同学说过“干脆从头开始重拍”，不过这种话也没必要刻意由高一的人来说。

因为光流学姐向其他高三学姐低声下气地说了一声“拜托”，正也也会借机提议修改剧本，所以铃香学姐才会抢先一步说要重拍。

我和正也出场的部分也要重拍，但大家都没有异议。

拍摄工作进行得很顺利，既没有发生大麻烦，也没有出现小摩擦。

嗓音获得好评的我获得两个各有一句台词的角色。我感觉自己表演得相当认真，可是如果有人问我还想不想演戏，我也不知如何回答。

比起这些，我更感兴趣的是戏剧创作过程中的视频剪辑工作。剪辑工作是在广播室接近门口的那个房间完成的，由于家里没有电脑，而且我对电脑的操作也是一知半解，负责拍摄的树里学姐便耐心地教我剪辑软件的操作方法。

“我认为从今年开始，全国大赛的难度会有所提升。作为最后一届经历过全盛时期的人，我得把前辈们传授的知识好好告诉学弟学妹们。”

树里学姐露出爽朗的笑容，如此说道。但这番话实在消极，明明比赛还没开始，她却说得我们只重在参与似的。我个人认为*Change*改得挺不错的。

“不过，去年的广播纪录片成功晋级全国大赛，学姐们那时候不是都去过东京吗？”

我问道，树里学姐则摇了摇头：

“那部纪录片是前年制作的，可以说是竹宫老师的临别之作。当时，比我们高一届的成员比较多，所以我们没法去东京。”

据说青海学院广播社规定，每个晋级全国大赛的项目组只有五个外出名额的经费。青海学院虽然是一所私立学校，但由于所有运动社团几乎都会参加全国大赛，所以经费方面管得很严。

“如果今年能去，我们就创下连续十年参加全国大赛的纪录了呢。可是这个辉煌的蝉联纪录，说不定会断送在我们这一届。”

树里学姐重重地叹了一口气。这个温馨的团队竟然肩负着如此大的压力，我大吃一惊。

面对这个重担，高三学姐们选择“逃避”，甚至准备了一个借口，把自己没能竭尽全力的过错全推到顾问老师身上。

“不过啊，最为难的应该是杏璃吧。要让电视剧这个项目冲进全国大赛，她已经压力重重，更何况夺冠那一年的社长还是她哥哥。”

树里学姐若无其事地说道，我倒是忍不住哀叹了一声。如果我也有一个哥哥在全国大赛上获得三千米赛跑冠军……光是想象一下，我就觉得侧腹一阵刺痛。

“刚当上社长的时候，杏璃也提出了许多方案，也常常指出一些做得不到位的地方。可是不知怎的，杏璃越全力以赴，那些认真做事的人就越不愿意跟随她。直到某一天，那些人集体退出，这里就只剩下我们几个微不足道的人了。”

树里学姐轻笑了几声，但我的表情早已僵住，因为月村社长走了过来，就站在树里学姐身后。树里学姐察觉我的目光所及之处，回头一看，顿时呆若木鸡。

然而，社长还是一如既往地淡定。

“我可不觉得你们微不足道啊。倒不如说，是我害怕大家都不愿意继续待在这里，所以越来越不敢坦诚自己的想法，我会好好反省这一点的。町田同学这几位新生只是和我们接触了一阵子，社团就有如此大的改善，所以我不会放弃全国大赛的。”

虽然提出意见的人是正也，但月村社长这番话让我由衷地感到高兴。树里学姐也吸了吸鼻子。

“话说回来，町田同学，你的入社申请书什么时候交给我啊？宫本同学和久米同学刚才已经提交了。”

听到这句话，我望向广播室内侧的那个房间，看见正也和久米同学正在其乐融融地聊天。

明明我和正也之前都是一起行动的，为什么他先提交了入社申请啊？还叫上久米同学！

我在心里抱怨道。漫长的广播社体验活动就此告终。

第三章 声音特效

四月份最后一个星期，长假开始的前一天，我们在广播室内侧的房间举行社团新成员介绍会和活动汇报会。

顾问老师秋山、五位高三学姐和四位高二学生，以及我、正也和久米同学都打开折叠椅，围着桌子坐。由于人数较多，我们绕了两圈，原本宽敞的房间显得有些狭窄。

“这三位就是今年新加入的成员。”

月村社长在众人面前宣布道。据不完全统计，有意愿想参加社团活动的新生，百分之八十加入了体育类社团。

就算不能以体育特长生的身份保送至青海学院，也要通过普通中考考上这所学校，然后继续努力练习田径。有一段时间，我曾担心这个目标无法达成，但后来才知道，原来还有很多人也抱有同样的想法。我不由得冒出一个念头，早知如此，当时或许会放下内心的芥蒂，向田径社提交入社申请书。

轮到我做自我介绍的时候，我并不怎么紧张。毕竟已经和这几位高三学姐相处了大约两个星期，还一起制作了电视剧。

“我是高一（三）班的町田圭祐。”

“哟，酥嗓！”

我已经习惯敦子学姐的插话方式了。

“我是因为这副嗓音才加入社团的，请多指教。”

甚至连这种话都说得出口了。

不过，当我望向高二的学长学姐时，难免隐隐担心自己是否有些得意忘形。每个人自我介绍之后，几位高三学姐都会喊一声“Yeah”，并热情鼓掌。相比之下，高二那几位只是板着脸，安静地拍拍手。

高二成员有两个男生，两个女生。其中一个女生就是在新生教育大会介绍广播社的学姐，她声音通透，说话像主播播报新闻一样。

秋山老师缩着肩膀坐在她身边。他是高一的语文老师，我几乎每天都会在教室里见到他。但是，老师此刻看起来有点不一样。个子不高的秋山老师讲课时声音高亢，精力充沛，现在却给人一种很不自在的感觉。

新生自我介绍完毕之后，高三和高二的人也依次介绍自己的班级和名字，接着便是活动汇报会。

首先由高三成员汇报电视剧项目组计划展出的作品的制作情况，负责发言的不是月村社长，而是敦子学姐。

敦子学姐的语气很是稳重，平时朝气蓬勃的风格收敛了不少，估计是有些紧张吧。身为后辈的高二成员们反而双手抱臂，摆出一副泰然自若的样子。

电视剧项目组已经完成所有拍摄工作，目前正在剪辑。社长和负责拍摄的树里学姐教了我如何用视频剪辑软件合成远景和近景的画面，以及添加配乐的方法。我觉得这些工作还挺有趣的。

高三成员汇报完，便轮到高二成员。其中一位学姐站了起来——不是声音像主播的那位。

这位好像是白井学姐来着，我总觉得这个名字让人联想到一件全新的白衬衫。她眼神犀利，个子高挑。我虽然没有被责备，却自然而然地低下头，不敢与其对视。

我顺势往旁边一瞥，发现正也和久米同学也驼着背，战战兢兢地瞅着那位学姐。

“我来汇报一下纪录片制作小组的进展。”

白井学姐说了这句开场白之后，“女主播”学姐开始给大家分发资料。高三成员刚才并没有准备这种东西。

广播纪录片项目组的作品名是《百叶门重启之日》。

车站前的商店街曾经热闹非凡，可是近十年，有一半的店面关门结业了。其中，有一些老字号和式点心店于去年重新开门营业。纪录片的内容是对这些店铺经营者的采访。

电视纪录片项目组的作品名是《尝一口番茄曲奇吧！》。

青海学院烹饪社参加由集市主办的当地特产烹饪赛，在甜品项目中展示自己的作品，并获得相当于第二名的“优秀奖”。该作品讲述了相关内容。

“两部作品都已完成，接下来只需要填写参加比赛的资料。请问各位有什么问题吗？”

白井学姐望向高三成员那边，如此问道，但她们都轻轻摇了摇头。

“那么，我们倒是有些事想问问学姐们。广播剧项目组的作品进度如何？”

听到这个问题，正也抬起了头。

“呃，这个……”

敦子学姐一脸为难地看着月村社长。于是，社长站了起来。

“我们这次打算集中精力，好好完成这部电视剧。”

“也就是说，你们只准备了电视剧，对吧？而且仍未完工。去年比赛结束至今，已经过了半年，你们在此期间都做了些什么？该不会光顾着进行无谓的争论，根本没完成社团的工作吧？”

白井学姐毫不留情地说道。社长默不作声，紧紧抿着嘴，一副泫然欲泣的样子。

“我们可是有举办社团活动的！”

敦子学姐反驳道。

“体育祭和文化祭的播报，去敬老会卡拉OK比赛帮忙之类的，每个月都有活动要忙啊。春假时，集市还有花卉节呢。”

“就是因为你们说自己很忙，新生教育大会介绍社团的视频才会由高二的人来做，我们甚至接下了介绍广播社的工作。”

“呃，怎么说呢……”

敦子学姐也不知道该如何回话。

“如果你们提前说一声办不到，把广播剧也交给我们做就好了。现在才说这种话，还能怎么办？”

一番穷追猛打之下，高三学姐们似乎连叹口气的余地都没有。

“请问……”

在紧张的氛围当中，正也小心翼翼地举起一只手。白井学姐依然一副勃然大怒的表情，瞥向正也。

“如果广播剧还空着，我想试试。”

正也直截了当地说道。

“现在才开始做，怎么可能啊？”

白井学姐百般无奈地嘟囔了一句，然后望向月村社长。

“让人家帮忙做了那么多事，结果连‘J赛’参赛要求的文件都没给他们看过吗？”

所谓“J赛”，就是JBK杯全国高中广播大赛的简称。

“等电视剧制作完之后就……”

“参赛要求我都看过了。”

正也回了一句，仿佛想掩盖月村社长那句含糊不清的回应。

“我用家里的电脑上‘J赛’官网查过了。今年全国各地的比赛日期都公布了，所以我知道制作时间只剩一个月。”

白井学姐一脸震惊，重新转向正也。

“但是，现在开始做的话还得写剧本呢。”

“可以的话，请让我来写剧本。我会在这个月内完成。”

“这个月？不是只剩三天而已吗？而且，广播剧剧本与电视剧的不一样，你知道吗？”

“我知道。我将来想当一名广播剧的编剧，所以才报考青海学院，这都是为了加入这个广播社。”

看着与白井学姐正面对峙的正也，我也觉得她的强大气场逐渐减弱了。因为正也的态度如此坦荡。

“广播剧，我们要做。”

出声的人是月村社长。

“新生这么认真，愿意全力以赴，我却想放弃，实在太丢脸了。”

“我同意！”

敦子学姐也神采飞扬地举起手。

“话说回来，其实这部电视剧也是花费一个月的时间制成的吧。”

“没错没错。反正要是赶不上，明年再参赛就好了。”

“我们一起努力吧。”

树里学姐、铃香学姐和光流学姐也牵起彼此的手，表示赞同。为了缓和高二学长学姐的尴尬场面，我拍了拍手，久米同学也跟着鼓掌了。

社团活动结束后，为了慰劳正也，我在前往车站的路上邀他一起去快餐店。正也立刻答应，然后猛地回头看向后方。

久米同学正独自走着。我们等待久米同学跟上来，问她要不要找个地方坐坐。

“我可以一起去吗？”

久米同学轻声反问一句，我用力地点点头。虽然广播社那些高三和高二的成员各自为营，但每个年级都很团结。看到此景，我再次深感自己的同伴就是正也和久米同学。

要是买汉堡包吃，估计晚饭就吃不下了。与初中相比，我的食量减了不少。

我叫正也不必客气，但最后三个人都只点了薯条和饮料。正也还点了一份限时优惠的巧克力酱，可以淋在薯条上。

“补充一点糖分，补充一点糖分。”

正也笑着说道，可是土豆和巧克力真的般配吗？

三人来到桌边坐下，正也立刻把薯条摊在餐巾纸上，挤上黑白两种巧克力酱。

“我看到我妹妹这样吃的时候也惊呆了，但没想到还挺好吃的。不介意的话，你们也尝尝吧？”

我不客气地拿起一根，小心翼翼地送进嘴里，味道居然还不错。“我再吃一根。”说着，我厚着脸皮，把手伸向淋了很多巧克力酱的薯条。

“久米同学也试试吧。”

正也说完，久米同学面带歉意，轻轻摇头。

“久米同学是不爱冒险的人吗？”

因为我性格也是如此，所以试着问了一下。

“不是的。其实，我在戒巧克力。”

“该不会是在减肥吧？应该不是吧。”

正也问道，却又自己否定了。久米同学很瘦，没必要减肥。

“是祈愿。”

我也做过这种事。

良太在康复训练时说过，刷新自己的三千米赛跑成绩之前都不吃面包。我听说之后，也决定戒掉自己最喜欢吃的金枪鱼。但不知不觉间，我忘了这件事。

虽然好奇久米同学的愿望，但要是让她说出口，说不定就跟吃巧克力一样，算打破规则了。

“如果是高级的巧克力也就算了，因为这种巧克力调味酱破戒，也太亏了。”

正也对久米同学这么说，接着伸手探向我那份薯条，放进口中。

“还是原味的最好吃。”

正也嘻嘻一笑，久米同学也微微扬起嘴角，从自己那份薯条里拿起一根。久米同学演戏时的笑脸相当可爱，没那么拘谨，平日的表情反而都很不自然。

“虽然我很想说不给你吃了，不过，看在今天正也那么努力的份儿上……”

我把自己三分之一的薯条放到正也的托盘上，接着问道：

“话说，你三天内能写完剧本吗？”

“其实，我春假时试着写了一个故事。刚好符合‘J赛’的要求。”

正也压低声音，像是在分享一个秘密，我却忍不住大声惊叹。从第一次见面开始，我确实感受到了正也对广播社的热情，但实在没想到他会如此用心，这让我不由得再次心生佩服。

“是什么故事？”

久米同学似乎也很感兴趣。

“本来是想装订成册之后再给你们看的，不过，先听听你们的意见也行。”

正也先说了这句铺垫之语，然后才向我们简单地介绍故事概要。

主人公X是一名高中男学生，能够听到他人的内心独白，但是只能持续十秒。某天，他听到自己心仪的女生在内心说了一句“X这人挺好的”，高兴得忘乎所以。其实那句话还有下文：但是Y比他更好。就是这么一个误会层出不穷的喜剧。

“挺有意思的啊。虽说其他故事也有能听到内心独白的设定，不过只能持续十秒这一点还挺新奇的。别的不说，我还挺想看看这个故事的，哦，这是广播剧来着，应该说想听一听才对吧？”

我坦诚自己的感想，正也的嘴角也浮现满意的笑意：

“我对这个故事还蛮有信心的。”

说完，他又朝久米同学瞥了一眼。

“我也想……听一听。呃，现在没看到剧本，我也不知道具体会如何演绎，不过主人公听到的话语，哪些是内心独白，哪些不是呢？该怎么区分？”

久米同学小心翼翼地询问道。“唔……”正也哼了一声，皱起眉头。

“这一点我倒是没想过……”

我也试着在脑海里只用声音呈现内心独白的部分。

“X这个人挺好的，但是Y比他更好。”

原来如此。如果是电视剧，观众就可以通过演员的表情和动作轻易看出主人公到底听到了多少内容。而且，剧组还能加上字幕，让观众理解剧情，但广播剧无法使用这些方法。

“举个例子，主人公能听到的部分，音调稍微高一些，怎么样？”

久米同学用有气无力的声音提议道。

“这个可以有！”

正也这么一说，久米同学的表情一下子开朗起来。

“或许还有一个方法，用其他人的声音来表示主人公能听到的部分。例如有一个家伙寄生在主人公的脑子里，由他去截取别人的内心独白，然后传达给主人公。”

正也当场就能想出这些点子，说不定他真是一个厉害的角色呢。

“嗯嗯，这个不错。就算只有十秒，能够听到他人内心想法这种事还是很恐怖，如果改成这种设定，感觉就没那么令人担心了。我能在脑里想象出小田祐……啊呀！”

久米同学满脸通红，看到我和正也都有些不知所措，她便双手掩面，连连点头道歉：

“对不起，我说了不着调的话。”

“哪有，久米同学提的建议大有帮助呢。虽然我信心满满，自认为写出了一部完美的作品，但自己也发现剧本里还有许多漏洞。”

正也说了一些安慰的话，久米同学这才稍微挪开手，仅露出一双眼睛。

“我还想请你们多给一些建议，稿子就用邮件发给你们啦。我用LAND创建一个高一的讨论组，我们在那里交流意见吧。”

正也从西装外套的口袋里掏出智能手机。他之前已经跟我交换过手机号码和邮箱地址了。

“圭祐，你的LAND账号是什么？”

“LAND”是一种可以免费创建聊天群组的软件，但我没有安装。

“还没有。”

应该说，我今后也不打算安装，因为不想被三崎中学田径社的同级生拉进群组。即便我敢和他们聊起过去的事，却还是没有勇气打听他们现在社团活动的情况。

“这样啊，那就算了。久米同学，可以把手机号码告诉我吗？”

“那个，其实，我没有智能手机……”

久米同学放下掩面的双手，一脸歉意，低着头说道。

“难道你用的是‘功能手机’（注：日本自主开发的多功能手机，但没有智能手机先进，而且仅限在日本国内使用）？”

“不是的。我没有手机。”

“真的假的？”

正也大吃一惊，久米同学则轻轻点头。我没出声，但其实也觉得难以置信。

虽然我也是上高中之后才买了智能手机的，但开学至今已经过了一个月，实在没想到还有同年级的人不用手机。是不是她父母管得很严啊？

我听到开门的声音，便望了过去，只见两个身穿青海学院校服的女生走了进来。我还没出声，对方就发现了我们，随即目瞪口呆。

“没劲。”

“她怎么会在这里啊？”

这些话应该不是针对我的。她们之前在教室门口挖苦过久米同学。

“区区一个‘咲话’。”

“败坏心情，我们去别的地方吧。”

那两人高谈阔论一番之后，转身背对我们。接着，其中一个人突然回过头——是那个和我同班的女生。

“町田同学，拜拜。”

她笑着挥了挥手。我不知道该做何反应，结果一声不吭，但对方似乎毫不介意，就这样走出快餐店。

“她们怎么回事啊？”

正也一脸嫌弃地说道。久米同学则是如同在教室时一样，看着地面，全身发僵。

假如正也和久米同学同班，当其中一个女生朝他挥手时，他应该会回顶一句“烦死了，蠢货”吧。这么一想，我愈发觉得对不起久米同学了。

那两个女生月“笑话”来称呼久米同学，想必不是什么可爱的昵称。

“久米同学不用智能手机，是跟她们有关吗？”

正也轻描淡写地问道，听起来不像是在生气，仿佛不想让久米同学回想起心烦的往事。

“上初中时还是用的，也试过在网上跟帖或发发表情，但是依旧玩不来。”

久米同学依旧耷拉着脑袋，声音几不可闻，所以这几句话只是我大致猜想的。

“那你怎么跟校方联系呢？”

虽然想不出体贴的话，但就这样沉默不语也让我无比难受。于是，我如此问道。上初中时，班里每个月都会分发一份纸制的当月计划表，不过上高中之后一般用邮件寄送。

“学校方面的事，我是用妈妈的邮箱查收的。”

“那我可以把稿子发到那个手机上吗？”

正也问道。没错，我们刚刚聊的是这件事。

“可以的话，麻烦你发到我爸爸的电脑上吧。我估计也没法长时间拿着手机看稿子，可以让爸爸帮我打印出来。”

久米同学面带歉意地说道，声音又变得有气无力。

“没法长时间拿着手机……”

正也嘟哝道，这句话并非询问，而是他无法理解其中的含义。但久米同学又努力挤出声音回答道：

“我一拿起手机，就会担心那些评论的帖子会冒出来，好几次甚至引发了过度通气的症状。”

我和正也都不知道该说些什么。空气突然安静。

“对不起，破坏了你们的心情。我爸妈也说是我太敏感，拿这件事取笑我，也骂过我，可我就是改不了。”

久米同学连连低头，道歉了好几次。怎么连父母都责骂她啊？我根本不觉得这是因为久米同学太敏感。那些人既然敢当着她的面泰然自若地撂狠话，那么会在网上没完没了地发些恶毒百倍的言论也不足为奇。

“我也没有用LAND。我虽然有智能手机，但总是沉迷于游戏，所以数学随堂小考分数可差了。”

我傻笑着说道。

“原来圭祐也一样啊。昨天的小考，我差一分就得留下来补习了呢。”

正也也故作夸张地嚷嚷。我们有一句没一句地抱怨那些高三学姐。我们明明协助了拍摄工作，她们却没说小考的考点。随后，我们三个散会了。

分开之际，久米同学带着些许笑意朝我们挥手，这让我松了一口气。不过，那应该是因为她有所顾虑吧。

周末，正也并没有把稿子发到我的邮箱。

过完黄金周前半段的长假，正也在返校那天上午才联系我。班会结束后，我收到一条信息。

“剧本完成了。午休的时候想请你来帮忙装订成册。第四节课结束后马上来广播室。”

我心想:这种小事，直接来教室跟我说不就行了？不过，这是因为我们班的数学课和英语课都不用随堂小考。说不定正也这会儿正摊开某一科的笔记本，拼命地复习功课呢。这么一想，我便回了一条“明白”。

久米同学没有手机，是不是该由我去跟她说一声呢？我刚往久米同学座位的方向迈出一步，信息提示音便再次响起。

“要对久米同学保密。”

真是千钧一发。我明白他为什么要用手机发信息了，但想不通对久米同学保密的原因。应该不是因为不想让油墨弄脏她的手吧？还是说，正也好不容易才写完剧本，害怕又被她挑出什么毛病。

自从正式加入广播社，每天午休我都和正也、久米同学一起在紧急逃生楼梯那里吃便当，所以总觉得还是应该先跟她说一声，却又想不出合适的说辞。第四节课结束后，我便拿起便当袋，偷偷摸摸地溜出了教室。这不就相当于我在排挤久米同学吗？我一边如此嘀咕，一边赶往广播室。

一推开广播室那扇厚重的房门，就看到正也、月村社长和敦子学姐。我失去抱怨的良机。今天轮到这两位学姐在午休期间为大家播放音乐，长假结束之后，高一成员也要开始值班了。

“圭祐，不好意思，我们马上去复印室吧。”

正也抱着一捆纸，是B5大小的复印纸和淡蓝色的图画纸，但没有拿便当袋。看来我吃不上午饭了。

“我们也可以去帮忙的。”

敦子学姐说道，然后与月村社长一起点了点头。

正也谢绝了学姐们的提议，离开广播室，往教师办公室隔壁的复印室走去。我手里还提着便当袋，向学姐们点头问好之后也赶紧追了过去。

“幸好我的班主任就是顾问老师。”

正也说道，还跟我说他一大早就向秋山老师提出借用复印室的申请，并获得许可。

然而，有人先到复印室了。我记得这位老师，新生教育大会上，就是他在指挥田径社做善后工作。由于没上过他的课，我并不知道他负责的是什么科目，也不知道他姓甚名谁。

老师见到我们，便看向墙上那个画着日历的白板。“午休，广播社”一行字写在今天的日期上。

“抱歉，我快弄完了。”

老师对正也说道，接着，他的目光直接移至我身上。

“町田圭祐。”

“到。”

突然被人念出全名，我吓了一跳，于是大声回应，就像公布长跑接力成员名单那时一样。

“你加入了广播社吗？”

“是的……没错。”

为什么这么问我？回答的时候，我的声音骤然一变，音量很小。

“这样啊。可……”

老师似乎还想说些什么，此时复印机发出“哔”的一声，停止运作。

“看来印好了。”

老师双手拿出一沓复印件，把复印机前方的空位让给我们。

“青海的广播社也是全国大赛的常客，要加油哟。”

老师笑着说道，然后走出复印室。

“为什么会知道我的名字呢？”

确认房门已经关上之后，我低语了一句。

“我记得他是田径社的顾问老师吧？说不定那些在长跑接力县级大赛上表现突出的运动员，或者有潜力的初中生，他都很关注。”

正也说着，把抱着的纸张放在工作台上。

难道老师的关注名单里曾经有我的一席之位？

“好了，时间不多，赶紧开始吧。”

正也拍了拍手，像是要转换现场的氛围一般。

复印纸和图画纸的下方似乎还有一个透明文件夹，剧本就装在里面。稿子是单面打印的，纸张大小是B5，文字竖排。页面上半部分是空白的，下半部分是20字×20行的剧本格式，粗略一算有二十页左右。

上初中时，正也曾经负责制作修学旅行指南，看来他知道怎么使用复印机，已经开始麻利地往机器里装入复印纸。据说这些纸是广播社用经费买的，月村社长分了一些给他。我在一旁看着，顺便拿起没有标题的第一页稿子，浏览了一遍。

我第一眼就看到一个电视剧剧本上没出现过的记号。

“正也，SE是什么？”

“Sound Effect，就是声音特效的意思。广播剧是通过声音来推进剧情的，所以，电视剧剧本里那些动作或场景的补充说明，在广播剧里得用声音来体现。”

“哦……就好比用‘闹钟响了’来表示时间，让听众得知现在是早晨，对吧？”

看到正也已经装好复印纸，我便把第一页稿子递了过去。复印机发出“嗡”的一声后，开始读取文件。

“那么名字旁边的那个M是什么？*Change*里倒是出现过N，你说过那是旁白。”

“M是monologue啦，就是内心独白。”

“原来如此。”

正也按下复印的按键，于是机器不断地吐出纸张。

“要印多少本？”

“我打算印十五本。”

广播社一共有十二名成员。除了那几位提供协助的高三学姐，他还打算派发给高二成员吗？

我把第二页稿子递给正也，并从复印机里拿出已经印好的一沓第一页。

我把那一沓第一页摆整齐，放在复印室正中的工作桌上。第二页、第三页……我一边重复着同样的操作方式，一边阅览原稿。

咦？奇怪……

“正也，这是之前你跟我们说的那个主人公可以听到十秒内心独白的故事吗？”

正也还是面朝复印机的方向，手也没停地回答：

“不是。这是我在长假时新写的作品。”

“这么说，你用三天就写出了这个？”

我出声惊叹，看到上一页已经复印完毕，赶紧递去第十一页。正也回过头，脸上露出从未有过的正经表情：

“之前跟圭祐你们说起的作品，是我花了很长时间写出来的，说不定完成度更高。但是，在那天之后，我脑子里又冒出另一个故事。当时就觉得，如果要专门为‘J赛’创作一部作品，我一定要写它。”

在广播社高一三人组光临过的那家快餐店里，我和正也都留下了不愉快的回忆。回家之后，我把那件事忘得一干二净，但在正也的大脑里，它却化作一个故事。

“虽然只看了一半，但也能知道正也是为谁写的。不过，还有不少人正在经历同样的烦恼，我想大部分人应该都能感同身受吧。”

正也盯着我看了几秒，接着用指尖挠了挠鼻尖，好像以为脸上沾染了油墨。其实这是正也的习惯动作。

“你能这么说，我就放心了。”

正也朝我露齿一笑，重新转向复印机那边。我实在摸不着头脑，刚才那番话有哪个关键词能让他感到放心啊？

看完最后一页稿子，我感到些许兴奋，心想自己说不定和一个很厉害的家伙成了朋友。虽然我的个子比较高，此时却觉得正也的形象更加高大。

正也把图画纸装进复印机，我则把稿子底下的最后一页递给他。机器吐出了那一页充当封面的纸张。

标题是《屏蔽》——

《屏蔽》宫本正也　著

SE　智能手机的闹铃响了。

圭司:“(语气疲倦)已经七点了吗……”

SE　闹铃声停止。

圭司M:“手机今天也没信号。算上今天已经是第五天了。”

SE　圭司走下楼梯，推开房门。
　　听到晨间新闻的播报声。

桃花:“哥哥，早上好。”
父亲:“圭司，现在电视正在播你就读的高中。我先出门了，再见。”

SE　父亲离席的声音。
　　新闻的音量变大。

主播:“国内第十二名确诊‘屏蔽症’的少年于昨晚进入国家机构接受监护。政府多番表示，会尽快查明此症状的起因，并制订预防对策和治疗方法。下一则新闻……”

SE　新闻的音量变小。

圭司M:“屏蔽症，学名是电波屏蔽综合病症。以发病患者为中心，半径一千米的范围内，手机会呈现无信号状态。这是一种神秘的病症，或者应该说是神秘现象。”

母亲:“没想到在近在咫尺的地方，居然有人得了‘屏蔽症’……先不说这些了，你们两个赶紧吃饭，不然会迟到的。”

圭司:“好好好。”

桃花:“我肚子痛，不吃了。可以请假吗？”

母亲:“哎呀，怎么了？不过期末考试快到了吧？最好吃了药就去上学，知道吗？”

圭司:“没错，没错。说不定你是因为讨厌考试才会肚子痛吧？只是心态问题罢了。反正就算考个鸭蛋，也能过得快活。”

母亲:“行了，圭司。”

圭司:“嘿嘿嘿……”

桃花:“（小声嘀咕）才不是呢……”

SE 钟声响起。

教室内一片喧哗。

皋月:“听说阿茂得了‘屏蔽症’，真是笑死人了。”

男子A:“本来他跟踪皋月就够恶心的了，现在还得了‘屏蔽症’。不过，听说收容所里面相当豪华，阿茂也不用来学校了，说不定他正乐呵呢。”

男子B:“永别了，阿茂！一路走好啊——”

皋月、男子A与B:“哈哈哈（哄堂大笑）。”

SE 教室门打开的声音。

圭司M:“阿茂是我的童年玩伴。我们之前是好哥们，但现在不是了……”

男子A:“哦，圭司，早啊。你家不是离阿茂家挺近的吗？是不是来了很多记者啊？”

圭司：“没有……”

皋月：“我家也位于阿茂屏蔽的范围内，不过没怎么看到记者呢。据说不仅手机，摄像机也会受到影响。例如画面一片黑，声音也录不了……”

男子B：“这简直是超自然现象了。”

皋月：“不过信号好像恢复了。昨晚我还用LAND聊了通宵呢。”

圭司：“昨晚？”

皋月：“我记得大概从九点开始就恢复了。”

圭司M：“我的手机今天早上还是没信号啊。”

男子A：“怎么？圭司的手机还是没信号吗？这么说，你该不会也得了‘屏蔽症’吧？你和阿茂感情好，说不定被传染了。”

男子B：“蠢货。如果他得了‘屏蔽症’，我们的手机现在应该也没信号啊。”

男子A：“啊，对哦。以防万一……我看看，嗯，有信号。真是万幸啊，圭司。”

皋月：“不要把圭司跟阿茂相提并论啦。”

男子A：“相提并论？喜欢美少女动画？还是想攻略的角色跟皋月长得很像……”

皋月：“真是的，别说了！”

男子A、B：“哈哈哈（一阵爆笑）。”

SE 铃声响起。

英语课。

圭司M：“阿茂从小学开始就一直单恋皋月，怂恿他去告白的人是我。而且，其实并不是皋月长得像他喜欢的动画角色，而是那个动画角色像皋月。”

SE 英语课进行中。

男子A:“老师，我也是‘屏蔽症’患者，接收不到老师的声音啦。”

男子B:“超搞笑。”

圭司M:“阿茂连偷偷给皋月拍照的勇气都没有，只敢买那个跟皋月很像的动画角色的手办（注:一种收藏模型），把它藏在书包里。可是上体育课换衣服时，手办被那些家伙发现了。此后……”

男子A:“唉，我也想被留在豪华机构里让人收容啊。”

男子B:“你没有智能手机就活不下去吧？”

圭司M:“没过多久，阿茂就成了被全班嫌弃的人。有时被人藏起鞋子，有时被人故意伸腿绊倒。虽然我没有直接参与那些欺凌行动，但是……”

男子A:“要是阿茂晚一天被抓，说不定我已经死了呢。”

男子B:“真的呢，都中毒了。我也是。话说回来，是不是全班都中招了？”

圭司M:“班上的人都在LAND的班级讨论组里发一些挖苦阿茂的话，为了避免成为唯一不嫌弃他的人，我也发过一句‘恶心’。”

SE 自行车的刹车声。

打开玄关大门。

圭司:“我回来了。”

母亲:“呀，你回来了。”

桃花:“（小声）欢迎回来……”

圭司:“你们要出门吗？”

母亲:“桃花下午就早退了，所以我打算带她去医院。”

桃花:“睡一觉就好啦。”

母亲:“不行。得让医生好好看一看才行。我们走啦，圭司。晚饭之前会回来的。”

圭司:“好。路上小心。”

SE 关上玄关大门。
　　圭司走上楼梯。

圭司M:“桃花的房门没关?咦?她忘了带手机。算了,反正去医院也用不上手机。对了,看看电波。果然没信号。桃花的呢?我只是想确认一下而已,没有恶意,不好意思啦……这是……什么?”

女子A:“桃花真烦人。”

女子B:“桃花真恶心。”

女子C:“干脆去死吧!”

SE 大声播放音乐。

母亲:“圭司,你这样会吵到邻居的。饭做好了,快下楼吃饭。”

SE 音乐中断。
　　圭司走下楼梯,推开房门。

圭司:“您回来了,爸爸。”

父亲:“回来了。学校那边的情况还好吧?”

圭司:“‘屏蔽症’的情况吗?还是老样子。”

父亲:“这样啊,那就好。听说桃花去了一趟医院?”

母亲:“医生说只是普通感冒。桃花的睡相可糟糕了,估计昨晚睡觉时露出肚子,着凉了吧。”

桃花:“嗯……”

SE 门铃响起。

母亲:“来了……你说什么?老公!老公!”

SE 杂乱的脚步声。

放下茶杯的声音。

母亲:“请用茶。”

工作人员:“不必麻烦了。”

父亲:“您说我们家桃花得了‘屏蔽症’,没弄错吧?”

工作人员:“是的。我们用NASA(注:美国国家航空航天局)开发的仪器检查过了。”

母亲:“桃花以后该怎么办?”

工作人员:“她将进入国家专门机构,由我们保护。”

桃花:“(带着哭腔)我……不去。”

母亲:“一定要去那里吗?”

工作人员:“由我们监护之前,那些得了‘屏蔽症’的人都会遭到旁人的诽谤和虐待。所以,最好尽快……”

圭司:“请等一下。”

工作人员:“您冷不防地做什么……”

圭司:“你们弄错顺序了。这么做什么问题都解决不了。”

父亲:“圭司,你这话什么意思?”

圭司:“抱歉,桃花。我看了你的手机,里面有很多很过分的留言,而且是从很久以前开始的。”

母亲:“所以她才说想请假……”

圭司:“桃花不敢找任何人商量,只能一心祈求不再看到这些恶语,希望那些人住手,认为要是手机没法使用就好了,对吧?”

桃花:“嗯……”

圭司:“所以,你才会患上‘屏蔽症’。”

工作人员:“怎么可能因为这种小事就……”

圭司:“这可不是什么小事啊。昨天被你们收容的阿茂也长期受到欺凌，很多人在网上发表过分的言论骂他，甚至包括他一直信任的好友……”

桃花:“哥哥……”

圭司:“他们不是患上‘屏蔽症’之后才遭到诽谤和虐待的。而是因为被人以恶行对待，才会得病！就算隔离受害者，也解决不了任何问题。不仅如此，这样只会催生下一个‘屏蔽症’患者。桃花就留在这个家，由我保护。”

工作人员:“可是，你说的那些数据还没……”

母亲:“这跟数据没有任何关系。桃花，对不起。妈妈没发现你被人逼入绝境，妈妈也会保护你的。”

工作人员:“这样我很难办啊。”

父亲:“请您回去吧。我们一家人会尽全力保护好桃花。不管对方是谁，我们都会豁出性命反抗。”

工作人员:“请稍等一会儿。我跟上头商量一下。”

SE 智能手机的连线提示音。

圭司:“咦？为什么你能使用手机？”

工作人员:“当然可以啊。信号已经恢复了。这种例子还是第一次发生，虽然只是我的个人臆测，不过……这或许能成为解决‘屏蔽症’的第一步。”

父亲、母亲、圭司:“桃花！”

桃花:“谢谢你们……”

工作人员:“那么，我先告辞了。”

圭司:“请等一下。请问，有没有什么方式可以联系我那位待在机构内的好友？”

工作人员:“写信的话可以送达呢。”

SE 关上玄关大门。

圭司M:“阿茂，我一定会给你写信的，一直写到你相信自己并不孤单为止。”

END

放学后，正也把午休时复印的剧本带到广播室。他先发了一本给久米同学，其余的放到广播室内侧那个房间的桌子正中央，高三学姐们围了过来，每人各拿一本。

“哟，真的写了呢。也有我们的份吗？”

高二学长问道，正也回了一句“请看看”，接着给每个人都派发了一本。大家立刻翻阅起来，我则开始观察众人的表情。我很紧张，不知道合上剧本之后他们会说些什么。虽然这个剧本并非出自我手，但这些人当中，我最在意的是久米同学的反应。

反观正也，他倒是一脸平静地重读自己撰写的剧本。

“写得挺好的啊。”

出声的人是敦子学姐。

“虽然‘J赛’也不乏一些呼吁停止欺凌的作品，不过这种带点科幻色彩的设定还真不多见。”

高三学姐们似乎都已经看完剧本，对敦子学姐的话表示认可。

“非要挑剔的话，如果能加一点恋爱元素就更棒了。例如，不要设定为兄妹，改成恋人怎么样？”

光流学姐说道。“这个主意不错！”树里学姐附和道。她们还积极地讨论起几个主角的关系是邻居街坊之类的。

我内心一阵烦躁，非常不爽。她们根本没仔细思考正也在这部作品里倾注了何种念想，就信口胡说。我真想狠狠地骂一句:“麻烦带着那种眼光去看看*Change*的剧本吧。”

“这部分不能随意更改。”

铃香学姐说道。她是负责写剧本的，所以或许能理解那种心情吧。

“我也觉得兄妹关系这个设定不能改动。因为这个故事的关键之一就在于家人之间的感情。”

说话的是月村社长。看到她认真发表意见，我松了一口气。

“没错没错。看点放在圭司和阿茂身上就可以了。”

敦子学姐开玩笑似的说道。真是受不了，这下我也只能叹气了。

正也脸上浮现了明显失望的神情。正如我觉得这个剧本写得很好，说不定正也对这部作品也是信心满满。在这么一小撮人当中都能引发各种各样的反应，不免让我萌生感触:发表原创作品这件事，不仅会给作者带来喜悦，还有为难、失望、醒悟等各种感想。

“不要胡闹了。”

高二的白井学姐开口了。她的声音铿锵有力，瞬间让现场安静下来。我之前曾在心里给她取了一个外号——“白衬衫”，叫她“学生会会长”也挺贴切的。但现在不是想这些事的时候。

“这可不是用来练习的作品，而是要参加‘J赛’的剧本啊。请认真对待。”

白井学姐一脸严肃地望着高三学姐们。

“我们都发表了自己的意见呀。而且，一说到从现在开始制作，吓得哑口无言的不就是你们这些高二的吗？那么，白井同学觉得这部作品如何呀？”

敦子学姐反问道，有一丝发牢骚的意味。

“描写欺凌的部分太多了，这样反而变成助长欺凌的故事。”

白井学姐说到这里便停了下来，望向正也。正也板着脸，本以为她会帮忙说几句，结果一上来就是批判，不过……

“我认为，剧本中提到的欺凌相关内容，所有学校都会发生。”

敦子学姐反驳道。我也有同样的想法，所以用力点了点头。

“我们这些学生应该大多都有这种感觉。可是，许多大人依旧不承认。明明有一个孩子丧命了，还坚称自家学校没有发生欺凌事件。明明孩子们曾经多次控诉，还佯装无辜，说自己什么都没发现。”

连不怎么看新闻的我，脑海中也能重现一些学姐所说的画面，而且发言人和案件场所各不相同。

“大人们并不关心如何解决欺凌问题，而是假装看不到、不知情，骗自己从未发生过这些事。然而，这部作品得交给那些大人评审。”

“原本视而不见的事情被人强行摆在跟前，可是那些大人依旧不觉得其中一部分原因出在自己身上。你想表达这个意思吧？”

敦子学姐点头表示理解。

“没错。所以，他们会从其他方面追究原因。”

白井学姐刚说完，树里学姐就打了个响指接话道：

“可不是嘛。他们只会把罪名推给不良书籍和不良电视节目。不管是老师还是家长，都企图给自己找借口，说是外来事物给孩子们造成不良影响。”

“明明是他们的教育方式出了问题。”

敦子学姐不悦地批评道，除了月村社长，其他高三学姐都笑出声。接着，她们都叹息了一声。

“难得写出了这么好的作品。”

铃香学姐低喃道，语带遗憾。

“但是评审人员未必都是这样的大人吧？”

光流学姐试探性地说道。我也是这么认为的。

“这倒也是。那些大人只是为了抹消自己的内疚情绪，才会那样高声标榜。”

敦子学姐做了个双手投降的姿势。没有一个人表示“即便如此，我还是想制作这种作品”。我偷偷朝正也瞥了一眼，看到他颓丧地垂下脑袋，盯着地面。久米同学也一样。受他们影响，我也低下了头，结果《屏蔽》的封面便映入眼帘。我们想把这部作品做成广播剧，让更多的人听到，这个机会是不是已经落空了呢？

“各位，先别急。”

我朝声源处望去。刚刚发声的人是月村社长。

“因为作品不符合评审人员的喜好就放弃，这不是太奇怪了吗？参赛要求上写的是‘贴近高中生的作品’。所以，作品不应该描绘大人们想要的那种理想高中生活，而是该用自己的话语传达我们这些高中生才能体会的事情。不是吗？”

我在大脑里反刍社长这番话。凭我一人是想不出这些话的，不过要表示同意也无需复杂的词汇。所以我用力点了点头。

“可是，既然要参赛，不是应该争取拿奖吗？我并不是否定《屏蔽》这部作品，或者应该说，我很惊讶居然能写得这么好。所以我才觉得大家应该坐下来好好商量可以改进的地方，争取让这部作品冲进全国大赛。”

白井学姐继续发表激烈的驳论。不过她认可了这部作品，这倒是让我心中悬着的石头落地了。

“如果是为了拿奖而改写这个剧本，那么拿奖就没什么必要了。”

月村社长回道，语调丝毫没变。

“宫本同学往这个剧本里灌输了一些信息，我们应该接收并倾注各自的想法，将它制作成广播剧传播出去。就算拿不到奖项，我想也没人会后悔。”

“又在找借口了吗？”

白井学姐抛来一个挑衅的眼神，但社长回以温柔的微笑。

“至少这次不是。有人告诉我，某些有趣的作品，就是要抱着被谩骂或被指责的心理准备，跨越底线之后才能创作出来。而如果因为顾虑他人的反应而随意降低自己的底线，等你遇到原本能跨越的困难时，也很难获得成功。”

说完，社长环视所有成员。

“至少，我哥哥那一年所做的电视剧就是这样的作品，不过标题跟《屏蔽》不一样。所以，我刚才说的那些话都是从哥哥那儿拾牙慧的，但现在我们也在挑战同性质的创作工作，这件事让我很兴奋。因此，我们合作吧，宫本同学！”

正也抬起头，与社长的四目交接，频频点头……我想，他应该是在点头。其实我的视野变得有些模糊，看得不是很清楚。接着，在敦子学姐的带头下，其他高三学姐们都激动地鼓起掌来，我赶紧趁机吸吸鼻子，用西装外套的袖子擦去微微泛起的泪花。

“呃，稍微插一句话可以吗？”

一位高二学长举手，站了起来。他叫什么名字来着？这位学长身材结实，皮肤也晒得很黑，比起广播社，似乎更适合去橄榄球社。

“我想参与这部作品。”

或许是这个提议过于出人意料，月村社长竟目瞪口呆地看着“橄榄球社”学长。

“当然可以，无比欢迎。”

“我也是。”

另一位高二学长也举起手来。他戴着眼镜，五官端正，有一种“才子”的形象。

“话说，白井也别端着一副要干架的态度，乖乖承认剧本很有意思，想一起参与创作，不就好了？像你这种形象，最适合演那个最后登场、做事死板的工作人员。小绿（**注：本书中，作者只用读音“Midori”表示该名字，可对应汉字“绿”“翠”“碧”“美登里”等。为了方便读者阅读，此处选用了其中一种较为常见的说法**）适合演新闻主播。”

“欸，我也可以参与吗？”

“女主播”学姐喜出望外。树里学姐擅自分配角色，不过人选相当合理。

“等一下，我们认真地定一下角色吧。”

敦子学姐站起身，拿来一块白板，从主角开始快速依次写下角色名字，然后在主角“圭司”一词下方写上我的姓氏“町田”。

“请等一下，主角是我吗？”

我赶紧问道。

“那当然。”

敦子学姐答道，一副“都到这一步了，还问什么”的口气，接着在“桃花”一词下方写上“久米”。久米同学只是默默地注视着白板，看起来不怎么为难。确实，从看到剧本的那一刻起，我就把桃花置换成久米同学了。

之后，大家从候补人员和推荐人员当中挑选配角，并分配工作。

父亲对应正也，母亲对应光流学姐，皋月对应敦子学姐，男子A对应“橄榄球社”学长，男子B对应“才子”学长，主播对应“女主播”学姐，工作人员对应白井学姐。在LAND上口出恶言的女子A、B、C则分别由月村社长、树里学姐、铃香学姐饰演。

月村社长和正也负责各种事务安排，录音和剪辑由树里学姐和我负责，配乐则是以铃香学姐和久米同学为主。

当然，导演还是月村社长。离地区赛仅剩一个月时间，三个年级的所有成员都投身于这场制作广播剧的挑战。

意外得到高二学长学姐们的协助，我感到非常满足，不过直到散会，我才想起自己没有确认最关键的那个人有何反应。

“太好了，正也。”

三人组当中，只有我像换了个人似的，一边兴致勃勃地说话，一边走向校门。回头一看，久米同学一如既往地落后了几米。可能她是担心在人多口杂的地方跟我们待在一起又会遭人非议吧，不过既然她没有智能手机，我也只能趁现在询问。

“久米同学！”

我停下脚步喊了一声，等着久米同学跟上来。

“久米同学看了《屏蔽》之后，有什么感想吗？”

“喂……”

看到我兴冲冲地这么问，正也扯住我西装外套的袖子。都到这个时候了，还有什么好难为情的。

“我觉得很有意思。嗯……虽然刚刚在那里不敢说，但敦子学姐提及圭司和阿茂之间的友情，我其实也觉得挺有趣的。我先走了，再见。”

说完，久米同学就跑远了。速度快得出人意料，这让我想起她初中时曾经参加田径社。不对，令人惊叹的不是她的速度。她刚才是不是说挺有趣的？

我无话可说，小心翼翼地看向正也。老天保佑，他可千万别感到沮丧啊。

“我问你啊，圭祐。假设被欺凌的人是你，一个没能提供任何帮助的同级生突然写了一篇文章，呼吁大家不要欺负圭祐，还派发给众人阅读。此时，你会怎么想？”

原来他在思考这件事啊。我忍不住想双手抱头。

“我写的时候很投入，但是放学后把剧本派给大家，自己也重看了一遍之后，又不禁深思是不是不应该写这种故事。我把久米同学拿来作范本，会不会给她带来伤害？”

正也在广播室时一直愁眉苦脸，一言不发，原来不是因为被学长学姐们的发言中伤，而是在意久米同学的感受。

“可是，大家已经着手制作了。”

我直视正也，如此说道。

“初二的时候，有一位高三学长被选为长跑接力赛队员之后，说什么‘让我出赛合适吗’‘最近总觉得脚踝有点疼’，当时我真的很不满。心想既然你有这种想法，就应该在名单公布前向老师申请退出啊。”

“抱歉……”

正也闷闷地道歉。

“我并不是在责怪你。那个学长也只是希望有人在意他，而不是想出风头。我想，他应该也是因为内心忐忑不安，才会忍不住说出那些话。在大家正要齐心协力向前迈进的时候，就算只有一个人抱怨了一句……其实我也无法贴切地描述……总觉得内心就会像被拉了一道口子似的。”

“口子？”

“好比一个装满水的气球。如果上面出现一道口子，其他人的牢骚也会从那里漏出来，紧接着，气球便会破裂。”

“圭祐的比喻总是很好懂……既然连高二的学长学姐都愿意来帮忙了，我也无暇因为这种事情犹豫不决。”

“没错。要是让‘学生会会长’听到这些话，她也只会嘲笑你，说一句‘我早就知道你不是这块料’。”

说完，我赶紧环视四周，幸好她不在。

“欸？白井学姐才高二，就当上学生会会长啦？”

正也惊讶地说道。

“不是，只是感觉很像，算是我私底下给她取的外号吧。而且，我刚刚也没指名道姓说是谁啊。”

“还真像呢。顺便问一句，你给其他高二的人取了什么外号？不，等等，让我猜一猜。”

正也一边走，一边开玩笑似的说着“肌肉男”“眼镜仔”“主播”等词语。

我不知道久米同学对《屏蔽》有什么感想，但我认为正也绝对无心伤害她。而且我相信，她也明白这一点。

后半段的长假结束后，广播剧的制作工作正式开始。然而，这天放学后，我没有去广播室，而是走向高一（五）班的教室。因为我的数学随堂小考差两分才及格，必须留下来补习。

我把这件糗事告诉正也，没想到他居然也得上补习班，于是二人只好挠着脑袋拜托久米同学。

“真没想到开学才一个月，就得来补习。”

补习班似乎没有规定座位，我便与正也并排坐在教室后方靠走廊的位置，随即叹了一口气。

“我这次是因为写剧本啦。”

正也一脸淡定地说道。

“你拿这个当借口？这么说来，我也是被逼无奈，因为数学是第五节课。”

“那又怎样？”

“也就是说，午休时我帮忙把《屏蔽》装订成册之后，就直接去考试了。”

“那还真是抱歉呢，对不起。”

他这么一道歉，我反倒觉得不好意思了。其实我只有那天午休有事要忙，前半段长假那几天有充足的时间复习。我租了很多热门的美剧DVD，一连看了几天，还对妈妈说自己在研究怎么制作电视剧。

补习班几乎座无虚席，这一点让我有些安心。交了作业试卷之后，我和正也赶往广播室。

我刚把手搭上门把手，正也便发出一声“啊”。顺着他的目光望去，只见大门上方的“ON THE AIR”亮起来了。

“他们在做什么呢？”

其实在门外说话应该没什么大碍，但我还是把音量压到最小，向正也询问道。

“谁知道。”正也摇了摇头。

没过多久，灯灭了。我们小心翼翼地推开门，走了进去，只见四位高三学姐和久米同学待在外侧的房间，隔着玻璃窗能看到月村社长就在内侧的房间。

“哟，重要人物来了。主角要留下来补习的话，想对一下台词都没办法呢。”

敦子学姐取笑了几句，我也只能挠挠自己的脑袋。

外侧的房间正中央平时放着一张桌子，现在，它被挪至墙边，立式麦克风占据了它原本的位置。月村社长站在麦克风前方，面朝玻璃窗。她手里拿着一本翻开的教科书类书籍，似乎正在朗读。

“请问这是在做什么？”

正也问敦子学姐。

“在练习录SE啊。不是有一段上英语课的剧情吗？”

“原来不能找一节英语课录音啊。”

“那样的话会录到很多杂音，而且会妨碍上课。只要铃声一响，由某个人念一段英语，在广播里也足以表现英语课堂的情景了吧？”

“原来如此。”

正也双手抱臂，点了点头。虽然他学习了很多剧本的相关知识，但对制作工作似乎还不是特别了解。

“话说回来，圭司是几年级的？”

铃香学姐问正也。说起来，剧本里没有注明这一点，正也闻言，“啊”了一声。

“对不起。因为时间过于紧急，我忘记写登场人物表了……他是高二学生。”

我还以为是读高一的呢。久米同学似乎也大吃一惊，不过——

“幸好我说中了。”

铃香学姐满意地点点头。

“为什么学姐会觉得是高二？”

正也问道。

“虽然台词里提到了‘期末考试’，但不知道是哪个学期的期末考。如果把作品发表的季节也纳入SE的范畴，那应该跟比赛时间一样，都是在夏季之前吧？假如是高一学生，从时间上来看，要被逼到患上‘屏蔽症’还是有些仓促。是高三学生的话，毕竟有些人忙于考试，全班一起欺凌某个同学还是有点勉强。我们几个高三成员讨论了一下，决定让杏璃朗读高二课本上的文章，是六月份左右会学习的内容。”听了铃香学姐的分析，我心悦诚服地点了点头。

“不过，其实我有不同意见。”

光流学姐补充了一句。

“因为桃花一说自己肚子痛，妈妈就断定她感冒了。另外，那种担心被未知机构收容的焦虑情绪让我感觉当时是冬天。”

光流学姐这番话也合情合理。

“对不起，我根本没设想过剧中的季节。”

正也深深地低头道歉。说来也是，《屏蔽》的剧本里完全没出现过类似“好热”“好冷”等表示季节的词语。

我试着回想自己翻阅《屏蔽》时脑中浮现的场景。可是现在平添了一些疑点，我反倒想不起登场人物穿的究竟是夏季还是冬季的校服。

“不过，如果要描写季节，我的设定是秋末，即高一第二学期。”

正也强调道。他果然一开始就把主人公设定为高一学生了吧？只是刚才突然有一个意料之外的机会，可以澄清自己的故事并非以久米同学为范本，他才会回答“是高二学生”，但最后还是决定不再逃避问题。不过，这些只不过是我的个人猜测。

“这也说得通呢。”

树里学姐说道。她把耳机挂在脖子上，手指继续操作电脑。

“的确说得通。那我去叫杏璃过来啦。”

铃香学姐朝内侧的房间走去。树里学姐从电脑上拔下耳机线，便传来一段流利的英语朗读声。

“这是月村社长的声音吗？”

我惊讶地与敦子学姐四目相接，开口问道。

“是啊。她代表我们年级参加了学校的演讲比赛。发音很漂亮吧？”

“我一时还以为是外国人在说话呢。话说回来，学校里还有这种活动啊？”

“是在秋季举办的。不过遗憾的是，去年夺冠的是比我们低一届的学生。”

“还有人比社长更厉害吗？”

“嗯嗯。应该是因为演讲的主题更好吧。杏璃讲的是一部对自己影响颇深的电影，对方的主题好像是身患重症的亲人如何努力对抗病魔……其实我不太喜欢那种内容……”

“过去的事就别再提啦。”

月村社长从内侧的房间走来，在鼓着两腮的敦子学姐身后说道。

“宫本同学，我也同意你的想法。去把高二的人叫来，大家一起对台词，重新调整一下体现季节感的部分吧。”

说着，社长又拍了一下手掌，就像在用场记板打板一样。

高二成员好像正在图书室整理纪录片的文件，敦子学姐打了内线电话，他们很快赶来了。

在他们抵达之前，我们几个高一成员听从社长的指示，在内侧的房间做准备。我们把麦克风挪到一边，为了能让所有人都围坐成一圈，又打开了一张备用桌，还摆好折叠椅。

“原来真的有随堂小考的补习课啊。”

“就是因为你老爱说这种风凉话，我们这些高二的才会被当成专门挖苦别人的团队。不过我也没上过。”

两名高二男生——“才子”学长和“橄榄球社”学长有说有笑地走了进来，跟在他们身后的还有两位学姐。所有人都带着《屏蔽》的剧本和笔记用具，坐到座位上。

“接下来开始对台词。不过在此之前，负责写剧本的宫本同学要补充一些内容。”

月村社长坐在椅子上，催促正也开口。

“呃……我忘了附上登场人物表。主人公圭司是高一学生，故事发生的时间是第二学期末。”

“事到如今才说。我本来就是按照这个设想看剧本的，就算你没补充说明也无所谓。”

房间里原本就有些闷热，这句严词让正也的额头冒出更多汗水。无须多言，出声的人就是白井学姐。

“一般来说，只有高一的人才会用那么幼稚的方式去欺负同学。这么一想，设定为第一学期未免太早，第三学期的话又即将面临分班，说不定主角能有更积极的思考方式。那么，只有第二学期是可行的吧？”

你说得很有道理，但是措辞就不能温柔一点吗？我在心里嘀咕道。还没开始对台词，我就有些郁闷了，也不知道她待会儿会如何评价我的表现。

虽然剧本只有薄薄一册，但每位朗读者对这个故事的感受各不相同。全体成员一起对过《屏蔽》的台词之后，我才萌生此种感慨。

除了主人公的年级和季节这些正也忘了写进剧本的基本事项，大家在其他方面的理解也有分歧。

在故事开头，我用为难的口气念第一句台词：“手机今天也没信号。算上今天已经是第五天了。”结果月村社长和正也同时露出纳闷的表情。我正好奇自己哪里说得不对，就听到久米同学说了下一句台词：“哥哥，早上好。”她那活泼的语气也让我很纳闷。因为在我的想象中，桃花备受欺凌，说话的语气应该是很沮丧的。接下来，母亲那句台词说得比我想象中更温柔，父亲告诉儿子学校上新闻了的时候，语气也完全不迫切。

饰演父亲一角的是负责撰写剧本的正也，所以应该是我的理解不到位吧。这么一想，我又渐渐失去信心，每次念台词时，都会怀疑自己的语气不合适。其实在后半段的长假里，我根据个人对此故事的理解，在家里做了好几次朗读台词的练习。

播报新闻的“女主播”学姐一开口就让人觉得她功力深厚。除此之外，两位饰演欺凌者的高二学长的演技也让我感到惊艳。虽然我演的不是受欺负的阿茂一角，但光是听到他们二人的对话，就感觉胸口火辣辣的，疼痛难忍。

在家里练习的时候，圭司部分以外的台词我也大致通读了一遍。我尝试以不怀好意的口气念欺凌者的台词，但远远比不上两位学长。因为我总是放不开，就算只是演戏，也不想说出这种话。可是这样一来又显得不够真实，阿茂也不会患上“屏蔽症”。

敦子学姐饰演的是那个既爱装可爱又讨人嫌的女生，她完美地表现出了这种气质，我不由得心生佩服。最后登场的是白井学姐。学姐那冷漠嗓音仿佛能让人近乎绝望，甚至给人一种错觉，若是被她这种人带走，这辈子就完了。这下我总算明白为什么她对待他人总有一种毫不客气的感觉了。

大家通读一遍剧本，再次开始确认每一句台词。

为了突出季节感，铃香学姐提议在圭司的第一句台词“已经七点了吗”前加上一句“好冷啊”。在手机闹铃之后说出这句台词，便能让读者自然而然地想象出主角从被窝里探出一只手的画面。

为了点明年级，主播新闻稿中的“少年”一词前也加上了“高一”二字。

我们添加了几句台词，修正了一些措辞方式，也对念台词的语气提出意见。例如，圭司那句“手机今天也没信号。算上今天已经是第五天了”，月村社长认为圭司并没有手机依赖症，所以不用说得那么为难，语气和“已经七点了吗”这句台词一样即可。正也点点头，表示赞同。

大家并不是盲从于某个人的建议，而是有商有量的。例如桃花那句“哥哥，早上好”，白井学姐建议用稍微阴沉的口气来说，但久米同学也表达了自己的理解，她认为桃花不想让家里人知道自己遭到欺凌，因此强行假装活泼，所以最后还是决定维持原样。不过，久米同学陈述自己的意见时还是很慌乱。

高三的学姐们也提出了一些意见，例如母亲的口吻在前半段剧情中应该严厉一些，这么做能让后半段剧情更加感人。

“看到自己儿子的高中上了电视，是不是应该更惊讶一些？”

敦子学姐这么一说，连负责撰写剧本的正也都修改了那句台词的措辞。不过，大家都能接受这个改动。

那两个欺负人的男生，到底对阿茂有什么不满呢？阿茂只是买了一个动画角色的手办而已，他们的态度有必要这么恶劣吗？是不是其中一个男生也对皋月有意思呢？而皋月是不是喜欢圭司呢？所以她才会那么夸张地否认阿茂对她有好感？

我们把讨论过的问题写在剧本的空白处，这么一看，倒觉得这个故事越来越丰满了。

我总是轻易将情绪表露无遗，说不定在家里也是一脸高兴的样子。《屏蔽》的录音工作已经完成了七成左右。那个周末晚上回到家，妈妈在吃饭的时候问我在社团里做些什么。我之前曾经跟妈妈汇报过广播社里的一些琐事，但由她主动提起还是第一次。看来町田家关于社团的话题从此解禁了。

“我们在制作广播剧。”

“嚯，感觉很有意思呢。是不是类似于用笸箩和豆子模仿海浪的声音，或是脚踩太白粉，制造在雪道上走路的声响？”

我不太明白妈妈说的是什么。估计以前都是用这种方式来制作声音特效的吧。

“现在已经不用这种方式了，也有音效专用的CD。不过自行车的刹车声或椅子移动声之类的还是得自己录音。我们在旧馆的茶室前面录上下楼梯的声音，之后茶道社的人给我们打茶喝。这应该是我第一次喝抹茶呢。”

“原来如此，圭祐是负责做这些的啊。”

妈妈开心地笑了。

“这些事也要做，不过，没想到吧，我可是主角的声优哟。”

我想多讨妈妈一些欢心，便直接挑明了。妈妈闻言，惊讶地瞪大双眼：

“那部作品会在哪儿发表？妈妈也能看看……不对，应该说，妈妈也能听到吗？是在文化祭上吗？”

妈妈很是兴奋地问道。我不禁想起她在田径大赛上铆起劲头帮我摄影的场景。

话说回来，普通人能听到我们的作品吗？广播室里虽然放着学长学姐们之前那些作品的CD，但都没给高一的人听过。

“因为怕你们会对得过奖的作品过于在意，被它牵着走。”

月村社长是这么说的。我本想跟妈妈说“或许可以借CD给您听听”，不过最后还是把这句话吞下去了。

毕竟太难为情了。连我自己听的时候都觉得别扭，这跟被人看到自己跑步的样子完全不一样。“等我去问问。”我急急地这么回道，把碗里的饭都扒进嘴巴里。

周末过后的星期一早上，学校召开全校集体大会，通报春季高中地区预选赛的总体结果。

我才知道，原来在长假期间和五月上旬的周末会举行这一类比赛。仅仅在一年之前，我那段时间也是每个星期都得去参加某个地方的田径比赛。

会上没有表彰仪式，毕竟几乎所有体育类社团都进入了前三名。因此只是点了个名，起立示意一下罢了。足球社、棒球社这类团体项目甚至只有队长起身。接下来是网球社的团体赛和个人赛……陆续起立的都是高二（一）班和高三（一）班的学生，他们是以体育特长生的身份保送进来的。其中，高一（一）班也有一个人被点到名字，站起身来。

山岸良太。田径，男子三千米赛跑，获得第三名。

没有附上一句“高一学生”。接下来公布了同一项目的第二和第三名，都是高三的学生。会上没有公布成绩，虽说是地区预选赛，但良太能跟高年级的人一起拿到名次，肯定是跑出了不错的成绩。是不是已经突破了九分钟大关呢？

太好了。

我被安排在班级队尾的位置，这与身高无关，而是因为我还没办法长时间屈膝坐着。因此，我只能看到良太的背影。他应该还是一如既往，一脸淡定吧。按理说，我应该感到非常高兴……可是，奇怪了？

我心跳加速，快得连自己都能察觉。这并非为良太表现突出而雀跃，而是仿佛有另一种情绪企图掀翻欢喜的心情。某种像暗黑乌云似的情绪……

冷静一点，冷静下来。

我在广播社里也很努力啊，也觉得很有意义。我可是广播剧里的主角呢。我们的目标也是全国大赛。我们每天都充满希望，觉得自己说不定真的能达成那个目标。

就算没遇上交通事故，就算进了田径社，我也比不上良太，还是会遇到这种情况。然而我转念又想：如果进了田径社，这朵乌云是不是就不会出现了？

放学后，我坐在桌子边，用电脑制作一份节目进度表。表格的格式是从“J赛”的官网下载的，我正在往表格里输入学校名字和作品标题。除此之外，还有很多文件需要整理，例如“CUE进程表”“权利处理一览表”等等。我填完一行字，发出一声叹息，这时正也来到旁边坐下。

“最后那场戏，要不要听听看？”

“现在先不听。”

回答的同时，我又叹了一口气。

“我问你啊，圭祐。你觉得什么算是成就感？”

正也的声音很温柔，似乎察觉到我情绪低落。我愈发觉得自己窝囊，避开他的视线，垂下头。

“老实说，我不知道。”

“我也不知道。”

我觉得他在撒谎。从开学以来，正也一直朝着目标一步一个脚印地前进。

“可是，大家已经着手制作了。”

听到这句似曾相识的话，我抬起头。

“比起之前你对我说这句话的时候，我们已经做了更多事。”

正也说得没错。这个气球满载着所有人的心意，差点被我弄破了。

“也是。”

我说道。看到正也露齿一笑，我重新转向电脑，然后又把电脑直接转向正也那边。

“《屏蔽》的故事梗概我写好了，不过创作主旨还是让你来写比较好吧。”

正也默默地盯着屏幕看了一会儿才开始敲打键盘。手速真快！

“现代社会中，语言能够借助电波传达给很多人。伴随着操作的简易化，语言是否也渐渐被人们忽视呢？在一切尚可挽救之前，是否应该在没有电波的前提下，重新思考一下语言的作用呢？带着这样的想法，我们创作了这部作品。”

如果我们能够凭借《屏蔽》晋级全国大赛，正也——还有我，会获得一种怎样的成就感呢？不，应该说，我们究竟能不能从中获得成就感呢？

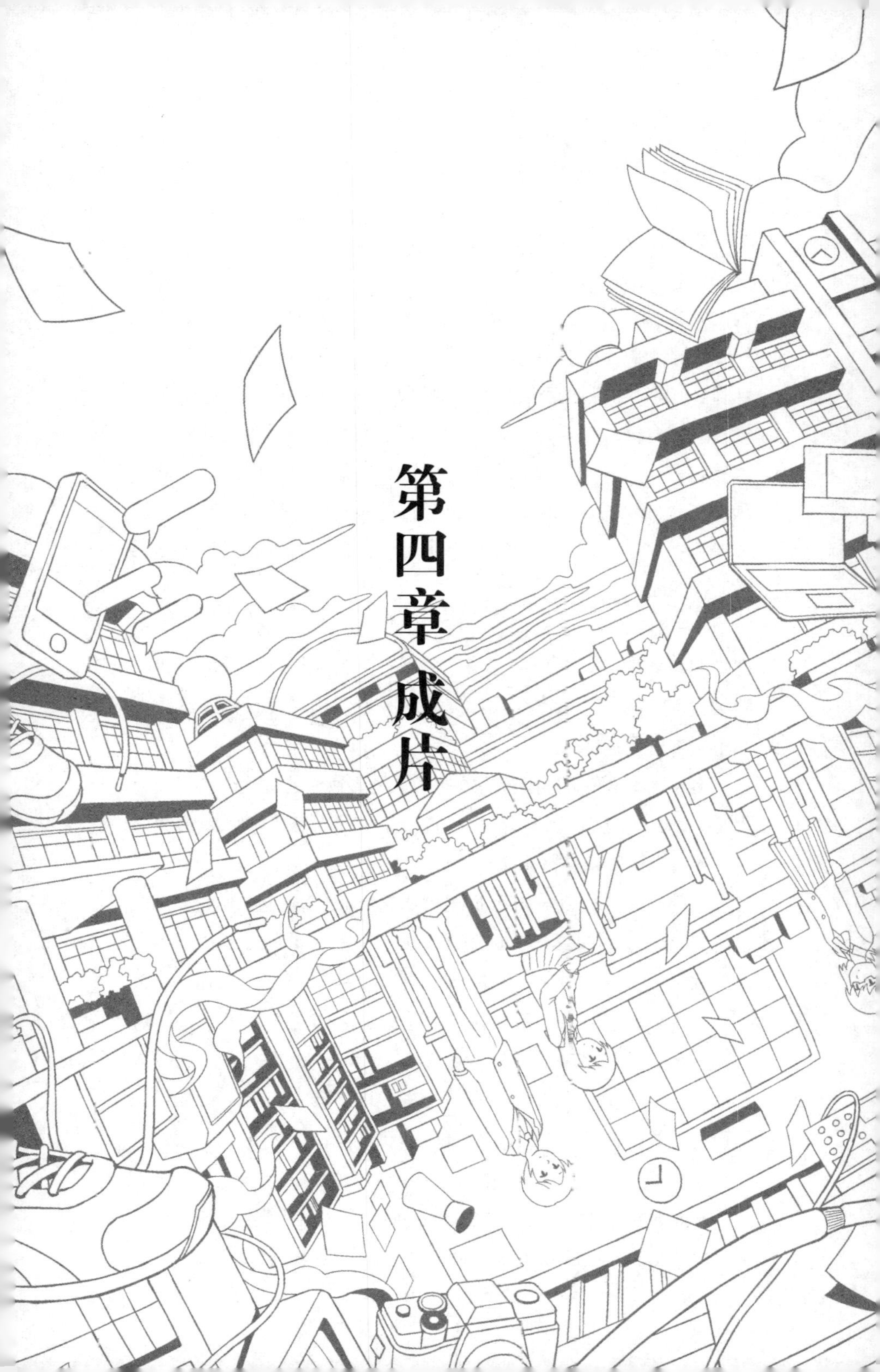

第四章 成片

我一边剪辑，一边把《屏蔽》的广播剧听了好几遍。

我照之前正也所说的，将它比拟成一场三千米赛跑，尤其留意呼吸的节奏，看看前三分钟会不会太拖沓，或者冲刺的时机会不会太早导致在抵达终点之前就精疲力竭。我如实说出自己的意见，然后月村社长、正也、树里学姐给我提了一些剪辑方面的建议，并说明操作方法。

对完台词后才知道，正也写的这个剧本，如果所有登场人物都投入感情，一字一句地念完台词，要比规定的九分钟多花三分钟。要是算上在台词中间加入的音效，还会再超时一两分钟。虽然我们也商量过要不要删减台词，但只得出一个结论：每一句台词都经过千锤百炼，无法继续缩减。

根据月村社长的提议，我们决定录三个版本。第一个版本是不要在意时间，用心朗读台词。第二个版本是投入感情，但用稍快的语速朗读台词，第三个版本是像读绕口令一般快速朗读台词。然后再用这三个版本进行拼接。

男学生A、B和皋月挖苦阿茂的场景用语速快的版本。为了让台词显得冷冰冰的，手机上的对话应该也会采用这个版本吧，感觉这样呈现的效果可以让听众自行想象出画面。

我的内心独白部分也决定用语速快的版本。树里学姐认为，剧本上的独白注有M的标记，如果像台词部分一样用心朗读，创作者本身知道怎么区分，但听众或许很难分辨哪些是台词，哪些是独白。

由于台词量很大，我们决定使用纯音乐作背景音乐，只在场景转换的时候加入演奏小提琴的音效。听说铃香学姐从三岁开始就学习拉小提琴，要她作曲很难，但类似紧张时刻的声音，撩起不安情绪的声音，强而有力的声音，等等，她都能即兴演奏出来。

我们挖空心思，各尽所能来制成这部《屏蔽》。

然而，每当我以为终于完成时，第二天总有人继续提出一些意见，又得再加工，连续好几天都是如此，根本看不到终点在何方。

赶在五月中旬的截止日期前，我们提交了县级大赛的报名表。青海学院的电视剧、广播剧、电视纪录片和广播纪录片各提交了一个作品，另外，高二的“女主播”学姐还报名参加了播音组的比赛。

“町田同学或久米同学要是明年也能参加播音组或朗读组的比赛就好了。”

高三的学姐们这么说，但现在的我还不觉得能凭自己的声音去一争高下。我问“女主播”学姐怎么不参加朗读组的比赛，她则告诉我，以个人名义参赛的话只能报名参加其中一组的比赛。

久米同学似乎对朗读组有些兴趣，还调查了今年指定朗读的作品。作品一共有五部，从已被电影化的热门文艺小说，到被选入教科书的古典文学，题材涉猎甚广，而且听说五部作品都要朗读。顺带一提，这些作品我一部都没看过。总觉得，我跟她从起跑线开始就不是一个水平的。

从五月二日开始，是接连四天的期中考试。上高中之后，这是第一次定期测试，我的志向不大，只要所有科目都在平均分之上就够了。有惊无险地达成这个目标后，到县级预选赛之前，我都能集中精力投入制作广播剧的最后冲刺。

都道府县大赛就是“J赛”的地区预选赛，每个地方的规定都有些许差异。有的是将事先收录了作品的DVD或CD提交上去，有的是比赛当天把作品文件带到会场。我们县是后者的做法。

“在所有项目组的作品里，还是这部最棒，对吧？”

县级大赛开始前一天的放学后，我们在广播室里头的房间里开了放映会和视听会。播放结束后，月村社长对着围坐在桌子旁的成员们这么问道。

看到高三的学姐们纷纷点头，我们几个高一的也点了头，同时还涌上一股不安的情绪，不知道会不会又有需要修正的地方。

“没错。”高二的学长学姐说道，他们的音调中传达了一种已经拼尽全力的成就感。

在此之前，不管是田径比赛或长跑接力大赛，还是考试，都是当天一决胜负，所以我会把最佳状态留在当天去拼尽全力。但是广播比赛不一样，大赛当天什么都不能做。

看到月村社长给DVD和CD包上缓冲垫，小心地装进大信封里，此时此刻我才有冲过终点的感觉。

我们县参加广播大赛的学校比其他县多，所以县级大会分两个星期进行。第一个星期是预选赛，第二个星期是决赛，会场不在同一个地方。

去年参赛的学校有八十三所，参赛人数是九百一十二人，粗略一算，每个学校大概有十一名参赛者，无论哪所学校的团队都不算很大。

并不是所有学校都报名参加了所有项目的比赛，戏剧和纪录片的项目分为电视剧组和广播剧组，每组差不多都有五十部作品，反观朗读和播音，很多学校都有好几个人报名，所以参赛者大概有一百七十人。

当中能够晋级全国大赛（也就是经由各个都道府县推荐）的学校，纪录片是电视组和广播组各有四个名额，戏剧是电视组和广播组各有两个名额，播音组和朗诵组则分别有六个名额。参赛学校超过一百所的话，推荐的名额也会翻倍。

我们县参赛学校的数量算是全国第三，不过数量排第二的县，参赛学校就超过了一百所，推荐名额也会加到两倍，所以实际上相当于五十所学校互相竞争。

也就是说，把这里称为竞争全国冠军的激战区也不为过。

顺带一提，每所学校可以提交多个戏剧或纪录片的作品，但比赛规定每所学校只能有一部推荐作品晋级全国大赛。比如说，就算某所学校在电视剧组独占了第一和第二名，也只有第一名的作品能够参加全国大赛。

自从知道有这个规定，我就在想早知道高二的学长学姐也创作一部戏剧类作品就好了，但是这样一来，他们说不定就不会来协助我们的广播剧了，所以我决定不多说什么。

评审人员是各个参赛学校的顾问老师，每个项目都安排了七名。

自从四月底那次集会之后，顾问老师秋山就没再到社团露面了。我们把需要提交给大赛组委会的文件放到他办公室里的桌子上，也不知道是过了一天还是两天，他把盖了校长印章的文件经由他班上的正也还了回来。仅此而已。

学长学姐们也不怎么提起秋山老师的名字。反正我们都没有中暑或脱水的症状，没必要担心我们的身体情况，这样倒也挺好的。

“高一的，明天的预选赛准备怎么做？”

月村社长把信封放进书包，像是突然想起什么似的，对着我们问道。准备怎么做？我不懂她的意思。虽然参与了这么多制作工作，但我一直觉得自己像是被当作实习生对待。

正也和久米同学也愣了一下。看到他们的表情，社长也意识到自己的话说得不清不楚。

“戏剧和纪录片的预选赛评审都是非公开的。”

也就是说，就算我们去了大赛会场，也看不到其他学校的作品。

“为什么呢？”

正也向社长问道。

“因为有一些作品是比赛当天才提交的，评审的老师们无法事先进行检查。说不定有些作品里会出现不雅的画面，或者是有些作品未经允许便使用了动画角色。”

“比如说，一些很激情的恋爱场面。”敦子学姐笑着插嘴了一句。

“别闹了。”社长训斥道。

“在预选赛阶段，作品是否能公开也是一个很重要的评审标准。所以，到决赛的时候就看得到了。”

原来如此，我只能点点头。不过这样的话，我的时间就空出来了。比赛会场在三崎市民会馆，离我家也很近。

“不过，朗诵组和播音组是公开评审的，你们可以去参观学习一下。”“女主播”学姐补充了一句。

于是我们三个高一成员当场商量了一下，最后一致决定，高一三人组也一起去会场。毕竟我也想体会一下广播比赛的氛围。

到了六月的第一个星期，县级预选大赛当天——

在集合地点三崎市民会馆前方，挤满了色彩缤纷的各个团队。每所学校的参赛者都穿了款式统一的POLO衫，就跟运动社团的队服一样，大部分都是赤、蓝、黄或绿等颜色。POLO衫的后背、胸襟或袖口处都印着一个标志，是校名的英文首字母加BC（Broadcast Club）。青海学院的标志应该是“SBC”。我理所当然地穿着校服来到会场，也不知道学长学姐们有没有定制这种服装……

我看了看周围，在会馆大门前的一棵大树下发现了树里学姐、铃香学姐和光流学姐，她们都穿着校服。正也和久米同学也来了，他们跟我的会合时间是一样的。接着，高二的“橄榄球社”学长也来了。

其他学长学姐好像是去了签到处。

“我们社团不做POLO衫吗？”

正也问了一句，也不知道是在向谁发问。

“之前好像是有的，不过我听说有一年忘了订，大家就穿着校服参赛，结果获得了全国第一。从那以后，就像是讨个好兆头似的，每年都是穿着校服参赛。”

光流学姐这么说道。

“就是杏璃她哥哥当社长那一年吧。看来这兄妹俩都一样，有些犯糊涂呢。”

树里学姐补充了一句。

“我倒是觉得有件像队服的衣服比较好。对吧，町田？”

突然被“橄榄球社”学长叫到名字，我不经头脑地大声回了一声“对”。说到队服……

三崎中学田径社的队服是深绿色的背心和短裤，这种颜色跟顾问老师村冈母校的田径社队服很接近。

初一那年，一放完五月份的长假，我就领到了队服，当时有种“终于成为田径社成员”的紧张心情。在田径大赛上，就算没轮到自己上场比赛，眼睛也会经常追寻着绿色的队服，高声喊出自己的声援。在长跑接力大赛上等着队友传递绶带时，若是我远远地看到领先的人是绿色队服，心里就会一阵雀跃，能量也随之倍增。

我妈妈或其他队员的监护人，也会从一旁为穿着绿色队服的运动员们加油。

如果广播社有队服，或许能更添一分自觉性或连带感吧。例如在进行电视剧拍摄时，不用特地在速写簿写上“我们是广播社”，大家一看服装就知道，感觉还挺方便的。

“我也想要广播社的POLO衫啊。难得我们的校名还带着颜色呢。”

正也看了看四周，这么说道。

“确实，蓝色是我们的颜色啊。”（**注：日语中，“青海”的“青”通常指的是蓝色**）

“橄榄球社”学长也看向蓝色POLO衫团队。

“可是，难道你们不想讨个好兆头了？”

光流学姐问道。

“完全没用！”

正也和“橄榄球社”学长同时回道，这两个人似乎还挺投缘的。

“反正在那一年之后都没拿冠军。”

高二的学长果然很严苛。

“那个麦克风的图案真可爱。”

久米同学像是说情似的，眼睛看向一个桃红色的团队。各队不仅颜色各异，连图案也是各式各样，有麦克风或摄像机之类的。有的还印着“一作入魂”（**注：意为倾尽全力创作一部佳作**）的文字。

我也一边思考自己想穿的样式，一边四处观察，眼睛却自然而然地停留在绿色上。

说起来，之前看社团介绍的影片时，青海学院的田径社队服似乎也是绿色的，可是其他体育类型的社团队服是蓝色的。

处理完签到事项之后，学长学姐们都加入了POLO衫的讨论。高三的学姐们都说很想要一件。白井学姐难得没有提出反对意见，一副过了这个周末就要去定制的气势。

唯独“女主播”学姐待在一旁，一边含喉糖一边背诵稿子。

关于POLO衫的激烈讨论持续到我们走进会馆，里头正在进行播音组的比赛。选手们走向舞台一侧等待上台，他们都穿着校服。我再次觉得青海学院的校服看起来很有型、很知性，应该不仅仅因为这是私立学校的校服，跟穿的人也有关系。

但是队服不在大赛正式上场的时候穿，不就没有任何意义了吗？

播音组的比赛形式和朗诵组的不一样，没有指定的书目，参赛者必须自行准备稿子。稿子的主题是"本校广播播放的内容"，时间限制在一分十秒到一分三十秒之间。播音组和戏剧组、纪录片组也不同，可以事先提交稿子，但提交后的稿子不能再做修改。

不爱看书的我曾经想过自己或许适合去播音组，但我并没什么信心写出一篇像样的稿子。

舞台中央摆着一支立式麦克风，参赛者要站在那里朗诵稿子。舞台后方摆了五张折叠椅供待机的参赛者落座。也就是说，并非等到自己上场的时候才要登台，从第一个参赛者上台开始，排在后面的五个人就得待在舞台上沐浴着灯光。

刚刚还觉得自己或许可以上台试试，现在我又不免觉得自己太不知分寸了。每一位参赛者的声音都非常悦耳。不仅如此，发音、语调、语速等，每个人在这些方面都有各自的用心。有的人像发问一般，有的人像倾诉一般，有的则是注重如何正确传达。

主题也非常广泛，从呼吁大家关注在SNS（**注：社交网络服务，包括社交软件和社交网站**）上发什么配图的现代话题，到人们经常忘记把塑料雨伞带回家的生活琐事，内容涉猎广泛。

参赛者们应该都是经过反复通读才写成这份稿子的，也不知道是不是因为紧张，有人超了时间，也有人说到后半段突然加快了语速。

在这些参赛者当中，"女主播"学姐坦然地朗诵着稿子。她准备的稿子是"假如每个星期选一天设为'无手机日'"。她呼吁大家思考自己对智能手机的依赖程度有多严重，通过发现其中的利弊，想想如何才能更好地使用智能手机。

学姐的朗诵中没有一丝说教的口吻，而是用了一种温柔的发问方式，节奏的分配也恰到好处。

看着舞台上的“女主播”学姐，我感觉她现在正沉浸于自己的正式表演，那种充分体会被紧张包围的舒适感，真让我觉得羡慕。

当天傍晚，比赛结果会贴在公馆的大厅里公示。每个项目晋级决赛的作品名和校名都会印在一张A4大小的复印纸上。纪录片项目的电视组和广播组一共有二十所学校晋级，戏剧项目的电视组和广播组一共是十所学校，播音组和朗读组则一共是三十人。

为了避开人海，我们都站在离得很远的地方，根本看不清纸上印了些什么字。

高二的学长学姐们一脸淡定，一副理所当然的样子，彼此击了一下掌。看了正也用智能手机拍下的比赛结果之后，我便过去加入高三和高一的那个圈子。

青海学院的电视纪录片、广播纪录片、广播剧和播音四个项目都晋级决赛，也就是说，只有电视剧项目的*Change*落选了。

由于看不到其他学校的作品，名单也没有公布分数和名次（听说要到后天才公布），所以我们也不知道到底是惜败还是完全比不上人家。虽然心里有些遗憾，不过我自己也莫名觉得可以接受，觉得“差不多就是这种结果吧”。但是高三的学姐们很是扼腕。

光流学姐和铃香学姐都哭了，敦子学姐和树里学姐则是一脸愤怒。

“难得得到你们的协助，真是抱歉呢。”

月村社长面露歉意，对我们几个高一的说道。她根本没必要道歉。

“会不会是因为秋山老师当评审，他故意给了个低分？”

敦子学姐这句话完全是在狡辩，除了社长，其他三位学姐都点了点头。

“跟那个没关系啦。”

社长的回答让我松了一口气，下一刻，她又说了一句让我困惑的话：

“因为七个评审当中要扣去一个最高分和一个最低分，合计五个评审的分数去竞争排名的。”

应该不是这个原因吧。难道社长也认为秋山老师打了最低分吗？

她们和老师的感情也算不上好，但是顾问老师应该不会那么做吧。

看正也和久米同学也是心里不太舒服的样子，我们悄悄使了个眼色，远离这些高三成员。

“虽说*Change*后半部分改得挺好的，但比赛果然没那么简单啊。”

正也摆出一副冷静的样子，但是他语气里那种愉悦已经呼之欲出，毕竟广播剧通过了预选，开心也是理所当然的。

“《屏蔽》能够晋级，真是太好了。”

我对正也说道。看到旁边的久米同学也点了点头，我心中的石头落下了。

“还好啦，通过地区预选赛本就在我的计划之内。”

正也撂下豪言壮语，随即脸上浮现陶醉的笑容。于是我们模仿高二成员，互相击掌一下，但态度稍作收敛。

然而……该怎么说呢？我并非不高兴，只是之前也没怎么想象过晋级后的欢乐场景。虽说以主角的身份参与了制作工作，却觉得像是别人家的事情。

此时我只想说一句：“太好了，正也。”

“要庆贺广播剧晋级决赛的话，也把我们算上嘛。”

一回头，就看到高三的学姐们并排站着，正中间是敦子学姐。也不知道是不是互相抱怨了几句之后心情转好，大家都展露出爽朗的笑容。我们没有理由拒绝，于是高一和高三的人再次彼此击掌了一下。

“我们的目标是全国大赛！”

敦子学姐发出欢腾的一声，其他四个高三学姐也接了一句“好”。这种瞬息转变的能力，我真该好好效仿一下。

话虽如此，在下个星期决赛开始之前，我们也没什么事非做不可。除了播音组那边留下的“女主播”学姐。

秋山老师也来和我们会合了，不过他只是用很小的声音说了一句“辛苦你们了”，没多久又不知道跑哪儿去了。

“他就不能跟我们说一句祝贺的话吗？”

敦子学姐嘀咕了一句，关于这一点我倒是很赞同。这场不算过瘾的地区预选赛就这样落下了帷幕。

星期一——在早上的课前小会上，各小组负责人进行汇报。一个姓“木崎”的女同学举手站了起来。因为她就是曾经挖苦过久米同学的人，我对她没什么好感。

“昨天我在LAND上通知过了，球技大赛的队员必须在这个月内敲定，所以请大家把想参加的项目报到我这里。所有人都要参加。大家要努力，争取拿下冠军！”

木崎同学一只手握拳并高高举起，活力十足地显摆了一番之后才坐下。

你的汇报只有这些吗？我都不知道有些什么项目。不过没人提出这些问题，该不会就我一个人没用LAND吧？

班主任老师也没做任何补充。难道你就只管发个通知，然后想当然地觉得大家都该知道吗？

就算这个时候举手问有哪些项目也没什么用，我现在连体育课都只能见习，想参加也参加不了。那么球技大赛那天我是不是可以缺席？再说了，我连大赛是哪天都不知道。

对了，久米同学！别说是LAND了，她连智能手机都没有。我悄悄转头看过去，但久米同学还是像她平常在教室时的样子，深深地俯下脑袋，用头发挡住脸，所以我不知道她现在是什么表情。

大概也是一脸困惑吧，但是她没向我求助，那么我还是没必要多管闲事去提那些问题。

比起这些，我更担心的是第一节课的英语随堂小考。

每天放学后，我几乎没做什么跟广播社有关的活动，要么请学习顶尖的学长学姐们辅导数学或英语，要么打扫广播室，悠闲度日。

明明是决赛之前的日子，换作是田径社，根本不敢相信能这么清闲。不过我并不是第一次有这种感觉。在考完青海学院的入学考试之后，除了学校的课业，我基本没拿过笔，就那样等待成绩发布的日子。现在的感觉就跟那时一样，不过我一点也不愿意回想起成绩公布之后的事情。

六月的第二个星期，决赛在县厅所在地正中的县民文化会馆举行。这个地方经常会举办一些国际交响乐团的演奏会或者知名歌星的演唱会，我们的作品也会在这里发布。

从离学校最近的车站搭乘电车到会馆这里差不多要一个小时。这次我们不在会场集合，而是在学校碰面之后，所有人一起前往会馆。那种长征的兴奋感渐渐涌上心头。

才到县民文化会馆就这样了，要是进了JBK大厅，那心情会变成怎么样呢？直到现在我才发现，自己虽然总是端着架子，觉得《屏蔽》是正也的作品，但其实对它也是满怀期待的。

这就是长征的效果。会场要说远也算远，乘坐公交车或电车的时间要说长也算长，足够我们积攒斗志。

虽说到了现场之后也没什么要做的。

抵达会馆后，最先着眼的果然还是那些POLO衫团队。或许是因为多了一层晋级决赛的滤镜吧，总觉得每个团队的人都比预选赛那会儿身形挺拔，形象也显得整洁。

登台的时候得穿校服，但或许还是POLO衫更具魅力一些。

“没有蓝色的。”

“橄榄球社”学长一边环顾所有POLO衫团队，一边说道。预选赛的时候还有两三个蓝色团队的，现在确实一个都没找到。

“这样的话，明年就由青海来担起这个蓝色吧。”

看来正也果然也很想要一件POLO衫。

宽敞的玄关大厅中央摆着一个金光闪闪的装饰物，看着就像一堆洋葱的皮。这部作品的标题是《闪耀的剪影》，外行人应该看不出它有什么门道。

我们在那个装饰物前方与秋山老师会合，每个人都收到了一份赛程单。

大厅那边上午有朗读组的比赛，下午则是播音组。

中厅那边上午是电视剧组，下午是电视纪录片组。

小厅则是上午安排了广播纪录片组的比赛，下午是广播剧组。

节目单上写了，每个项目都可以观赛。

各个展厅上午的赛程安排中，青海学院只有一部广播纪录片，所以我以为大家都想去看这场比赛……

“不好意思，请允许我去电视剧那边观赛。我必须亲眼确认一下是哪部作品比*Change*的评价更好，否则我接受不了。”

敦子学姐难得露出乖顺的表情，低头对着白井学姐说道。

“抱歉。这件事本应该是我拜托你去的。”

月村社长也站在敦子学姐身边低头说道，其他几位高三学姐跟着做了。

“别这样啦。明明平常都不愿意听我们提意见，别挑这种时候征询我们的同意好吗？又没人欺负你们，还摆出一副受害者的态度，别人看了还以为我们真的在欺负人呢。随你们喜欢去做就好了啊。”

白井学姐口气严厉地回敬了几句。也没必要说得那么狠吧。我内心一阵忐忑，但高三学姐们的目光早已离开白井学姐等人，彼此做了一个握拳姿势，轻喊一声“很好”。或许她们这种相处模式也算是一种和谐的搭配吧，根本用不着我们这些高一的担心。

“高一也派个人去吧？”

白井学姐转头看向我们。

“就当是去学习怎么创作明年的参赛作品。”

原来是这么回事啊。我内心表示理解。

该去哪边呢？在这样的氛围里，正也并没有自报姓名，估计是因为比起电视剧，对广播剧的兴趣更大吧？

“那就我去吧。”

“好的，拜托你了。久米同学呢？”

“我可以去朗读组看看吗？”

久米同学直接说出了自己的想法，这样一来，高一组就兵分三路去往不同的展厅观赛了。我只管跟着高三的学姐们走就好，所以感觉还挺轻松的。

“对了，町田同学。”

白井学姐喊住了我。

“把这个带过去吧。”

白井学姐从书包里拿出一个透明文件夹，从里面抽出一张白纸递给了我。

这张A4大小的复印纸上画着一个长方形表格，左边一列都是空白的，顶端一行的每一格分别写着“①企划、内容”“②结构、安排”“③取材方式、努力”“④演技”“⑤技术”，最后面的一格则写着“总分”。

这是评分表。

“也不能光是呆呆地看着吧。这表上每一项是二十分，共计一百分。你就试着以评审人员的角度评个分数吧。”

“这个表格……评审人员也是以这个标准评分的吗？”

“没错。虽然不知道是不是这样的格式，不过评审的几个必要标准都写在上面了。”

白井学姐用很无奈的语气说道。不过我也知道她为什么会无奈。我这个人，只有打开了要做某件事的“开关”，才会调动自己的意识并付诸行动。

看电视剧或看书的时候（不过这种事很少），就算看到了不知所谓的语句或不认识的汉字，我也是抱着“差不多是这个意思”的感觉，没怎么留意就略过了。

不过，白井学姐应该是那种时刻开着“开关”的人。她会将所见所闻全部吸收，再把这些内容作为自己的知识来活用。

话说回来，我在田径社那会儿也是不怎么关心外校的运动员。当村冈老师说起“某某中学的谁谁谁的跑步风格如何如何”时，我经常是满脑子问号，徒留一句“那人是什么风格来着”。

我之前就认定广播大赛那天没什么事情可做，内心的某处至今对这种文化类型社团还是有些轻视，所以今天连笔盒都没带来，简直太蠢了。就算撕裂我的嘴，我也不会跟白井学姐说一句“麻烦借我一支自动铅笔”。

“这些表，如果还有，能不能也给我们一些？”

月村社长向白井学姐问道。

“有啊。”

白井学姐面无表情地回道，然后递了五张纸给社长，跟刚刚给我的那种表格一样，还顺势也给了久米同学一张。

“本来是做来记录播音组的，不过我想朗读组应该也能用。”

久米同学一边连连点头，一边接过那张纸。正也应该也会在广播纪录片会场那边拿到一张吧。虽然我很怕白井学姐，但还是觉得她这个人挺厉害的。之前我从未遇过像她这样的人。

观赛前的准备齐全了，青海学院广播社的成员们便各自前往各个会场。

中厅正在进行电视剧组的比赛，各种颜色的POLO衫团队占据了八成座位。由于没有播放自家学校的作品，我们便并排坐到展厅里最后一排座位的中间。我坐在六人的最边上，身边是月村社长，还跟她借来了自动铅笔。

“你还真的只带了一个便当来啊？”

被敦子学姐这么一揶揄，我也只能挠挠脑袋。

舞台上降下一张白色的幕布，正对面的右边舞台上摆着一个麦克风，旁边摆着一张折叠椅。

影片播放前，一声嗡响彻整个会场，观众席的照明熄灭之后，一个穿着红色POLO衫的男学生从舞台一侧走上来，站到演讲台前。原来参赛者都要穿着POLO衫登场的啊。

“哔哔哔哔哔”一阵像是报时的声音响起。比赛就从这一刻开始了。

“一号作品，县立濑户东高级中学，作品标题是《启程之日》。”

红色POLO衫的男生说完便鞠了一躬，坐到旁边的折叠椅上，随即舞台上的照明也熄灭了。我有些讶异，难道在影片播放时，他要一直坐在那里吗？虽然现在一片漆黑，等到开始播放，他应该能完全看清观众们的脸吧。

幕布上映出了影像。

这部电视剧作品的标题是《启程之日》，从剧名所示就能想到，这是一个发生在高中毕业前一天的故事。

身为主人公的男学生一边说“明天就是毕业典礼了”，一边躺到床上。然而，早上醒来时智能手机显示的是前一天的日期。第二天是如此，第三天也是如此，一直重复毕业典礼的前一天。

主人公觉得奇怪，心想是不是还有什么事情没完成，便去书桌的抽屉里找找，结果找到了一张纸。那是高中入学的前一天写下的。

“高中三年里必做的十件事”。

要当上篮球社的正式队员；英语要考一百分；要交个女朋友……有几项倒是做到了，但没达成的还有三件：看完陀思妥耶夫斯基所著的《罪与罚》；用吉他作曲并填词；在最重要的人面前演奏那部作品。

创作者以喜剧式的手法描绘主人公在周而复始的毕业典礼前一天里如何努力地完成这些事，最后在女朋友面前演唱了自己的歌曲。但是到了第二天早上，日期依然是同一天。于是主人公投入更多的感情为女朋友演唱，然而女朋友说：

“这首歌的歌名不是跟启程有关吗？你是不是弄错听歌对象了？”

主人公打算高中毕业后离开故乡继续求学，他认真思考了一下，到底谁才是自己现在最重要的人，最后决定在家人面前高歌一曲。

第二天，毕业典礼的日子如期到来。

影片播放完毕之后，舞台上恢复明亮。红色POLO衫的男生从折叠椅起身，鞠了一躬道：“感谢各位观看。”说完便下了舞台。

不一会儿，会场也变得明亮，离播放下一部作品还有两分钟。虽然我也很想问高三学姐们的观后感，不过在这之前还是自己打一下分数吧。

我在表格第一列的第一栏写下作品的标题，接着对照横向的每一栏一一写下分数。

①企划、内容=17分，②结构、安排=17分，③取材方式、努力=15分，

④演技=18分，⑤技术=18分，总分是85分。

第一部作品通常会被视为评分的参照，差不多就是这种感觉吧？我没想太多，就这样打分，可是总觉得哪里不对劲。

接下来的作品是通过社团活动讲述了一个与友情有关的故事。为了那个因遭遇车祸而无法出赛的伙伴，一定要打赢下一场篮球比赛……总觉得这个故事似曾相识。

“加油，带上我的心意一起拼了。”

我心里萌生一种说不清道不明的情绪，那句话，是在自己能够归队的前提下才说得出口吧。对于自己无法出场的比赛，应该无法露出那样的笑脸为大家鼓劲打气吧。

带着这种想法，我的评分也变得严苛了。

再来是一个恋爱故事。一个朴素的女生在朋友们的建议下来了个大变身，变成年级最美的她模仿辉夜姬（注：日本神话故事人物。辉夜姬被一伐竹翁自发光的竹心取出。三个月后，辉夜姬由婴孩长成亭亭玉立的少女，引来无数贵族的求婚者，辉夜姬皆以难题拒之，最后飞升月球）的做法，让五个来告白的男生亲手写一封情书，以此进行竞争。这部作品笑料倒是有了，但总感觉缺了点什么。

接着又是一部关于社团的作品。这次讲的是剑道社，故事讲述的是一个当不上正式队员的成员满腹牢骚（在我看来是这样的）嚷嚷着要退出社团，于是众人一起说服他。

参赛要求规定作品主题要“贴合高中生”，演员也必须是自己学校里的学生，或许这是没办法的事，但怎么净是些高中生闹来闹去的故事啊？话说回来，*Change*跟这些也差不多。

下一部作品的标题是《送信》。又是恋爱故事吗？我不由得叹了一口气，不过似乎并非如此。身为图书委员的几个学生在整理旧书时，发现其中一本书里夹了一封信。信封上只写了收件人“小鸟游弥生”这个名字，不过由于这个姓氏很少见，他们觉得应该很快就能找到，于是一起去查毕业生名册。

然而，他们没找到这个名字。书上没有贴着借书登记表，应该是外面带进来的。而且那本书是三十年前发行的，早就绝版了。学生们在调查中得知，三十年前，学校周边一带因为台风引发了严重的泥石流，学校在长达三个月的时间里都充当灾民避难所。学生们四处打听当时那些知情人的下落，终于找到了“小鸟游弥生”的住址，于是把信投进了信箱。

我给这部作品打了九十五分。

再下一部作品讲的是一个女生亲自做便当给另一个女生。对我来说，这个主题还挺新颖的。

在那之后的作品又是一些关于男女恋爱或友情的故事，最后一部作品是以广播社创作戏剧为主题的故事。看到影片中众人在广播室里为作品题材争论不休的场面，我不由得感慨“原来每个广播社都会因为类似的事情引发矛盾啊”，可刚这么想，画面里突然开始载歌载舞，变成了音乐剧的风格。也不知道他们练习了多久，我光是想象自己表演这一幕的场景，就觉得吓破胆了。

观赏结束后，我和高三的学姐们走出县民文化会馆，前往邻近的公园。公园里有个区域摆放着一些木质的桌椅，可供大家吃便当。其他成员也约好在那里碰头，不过我们似乎是第一批抵达的。

“我们先吃吧。”在高三学姐们的催促下，我也打开了便当。

“町田同学的便当好有意思呀。”

听到敦子学姐这么说，其他学姐也纷纷说道“还真是呢”。便当里没放什么特别的配菜，甚至应该说，我带的根本不算是便当。盒子里装了五个不同口味的饭团，两个切成两半并且用保鲜膜包着的鸡蛋烧，鸡蛋烧里面加了香肠、芝士和菠菜。

“平常是普通的便当，不过我外出参加社团活动的时候一般是带这样的饭菜。”

我咬了一口饭团，是梅干馅的。田径大赛的时候没有安排午休时间是常有的事，为了赶上自己的比赛时间，通常是在比赛开始之前的一个小时就吃完饭，如果参加的项目超过两个，就得根据自己的情况，趁着比赛的空当赶紧解决。跟妈妈说了这些事之后，她便给我准备了这种风格的便当，说是这样方便我控制吃饭的时间和分量。早知道就跟妈妈说，广播社的便当跟平常的一样就行了。

“这便当很有效率呢。感觉参加入学考试的时候也适合带这样的，鸡蛋烧的小丸子看起来很好吃的样子。”

被敦子学姐这么一说，我不由得用指尖挠挠鼻尖，仿佛被正也的那个习惯动作影响了。

“话说回来，大家觉得哪部作品好？”

月村社长单手拿着筷子询问道。我隐约察觉自己受到众人的注目，于是赶紧吞下嘴里的鸡蛋烧，说道：

“我觉得那个《送信》不错。”

“哦——是那一部啊。”

敦子学姐回了一句，没什么兴致。本以为大家会嚷嚷着“我也是我也是”，正因为没有听到满场一致的赞同，我便不敢继续说些褒奖《送信》的话了。

“这个故事是挺感人的，不过感觉把这九分钟塞得太满了。比起这一部，那个讲女生之间的感情的故事更能打动我。”

光流学姐这么说道。她带的是馅料丰富的三明治便当，跟那部作品里出现的很像。

“我也觉得那部作品很不错。拍摄手法挺好的，一直以为是要送给某个男生，结果居然是一个女生，真是吓到我了。”

树里学姐接话道。

“对对对。看到一半的时候就觉得有些摸不着头脑，明明是要给参加篮球比赛的人送便当作慰问品，却在纠结用什么样的便当盒和袋子，心想干吗那么在意这些外在的东西呀？而且三明治里加虾仁和牛油果，应该是女生喜欢的口味吧？直到最后才恍然大悟，原来是这么回事呀。”

铃香学姐也兴奋地说着。

“你说的我都懂，不过除了送便当的对象是女的，说到底剧情还是很老套嘛。例如那些显而易见的尾随行为之类的。比起这部，我更喜欢最后那个音乐剧。没想到还有那种风格的。”

敦子学姐说道。

“参赛要求并没有禁止音乐剧吧。我想他们应该练习得很努力，不过剧情就过于俗套了。我觉得一开始那部《启程之日》最好。因为我也认为毕业典礼的前一天，应该感谢的就是家人。”

月村社长说道。

虽然那个送便当的故事得到了三票，不过大家的评价各异，不管比赛结果如何，可能都无法让每个人都信服吧。

“不过，我觉得比*Change*差的作品也不少啊。”

敦子学姐这句话让所有高三的学姐都点了点头。接着她们又针对其他学校的作品——例如内容无趣、剧情牵强等方面开始议论。果然如我所料。

看了所有作品之后，我也觉得*Change*的落选或许有些模棱两可。*Change*的剧情落入俗套确实无可厚非，虽然演技已经进步了不少，但比起其他学校，我感觉还是差了那么两三步。

不过我可不能在这里说出这种话。这个时候，久米同学的出现简直就像救世主一般。

“朗读组那边怎么样？”

没等久米同学拿出便当，我便开口问道。与此同时，久米同学的脸上慢慢展露笑容。

“不论男女，参赛者都有不错的嗓音，感觉就像在美梦里。我以前看书的时候从没有发出声音，不过现在倒觉得原来出声朗读，有助于更深刻地解读故事里的世界，所以我想在家也试试这么做。”

她一边说，一边拿出评分表给我，而不急着拿便当。表格上不仅写了分数，还写满了笔记，几乎看不到空白的地方。笔记的内容包括朗读台词和文章陈述部分时的区分方式，换气的时机以及故事的选段等。原来她并不是无所事事地听着啊。

“什么叫故事的选段？”

“就是从指定作品中挑一段内容，既能在朗读规定的一分三十秒到两分钟之内完成，又是自己想表达的。”

“原来是这样。我还以为跟语文考试一样，内容都是事先定好的。”

“出乎意料的是，就算是同一部作品，参赛者们选的段落都各不相同，这一点让我很惊讶。我以为能让自己深受感动的内容，其他人肯定也会有所共鸣呢。”

原来如此，我也想去朗读组见习一下。刚这么想，我又转变了念头，那些指定作品我连看都没看过，又怎么知道选的是哪部作品的哪个段落呢？

如果要我参赛，可能还是播音组比较合适吧。

吃完便当之后，月村社长从背包里拿出一个可爱的盒子，打开盖子后放在我和久米同学之间。

盒子里是一些手工饼干。原味的面胚做成心形或星形，上面简简单单地点缀了一些杏仁或巧克力碎，那模样看起来就让人一阵激动。

“这也是我们社团的传统。”

据说在县级决赛的前一天，全体高三成员会一起烘焙饼干。虽然第二天就是决赛，但该做的事都做完了，不找点什么事来做的话又觉得没着没落。于是在这样的氛围中，十多年前的那些前辈就想到不如做一做饼干。

“颜色烤得很均匀，感觉真好看。请问这是在哪儿做的？”

久米同学问道。

“烹饪室。你们都见过了吧？前年做了翻新装修，里面的设备可以媲美专业的烹饪学校了。”

“厨房料理台和架子的嵌板都统一用了蓝色，搞得挺奢华的，就像名媛千金们的烹饪教室。可我没去过。”

敦子学姐拿起一块饼干，调侃了一句。

“竹宫老师在的话，这会儿肯定会给我们一人买一罐咖啡或红茶，跟我们一起吃饼干。”

光流学姐低喃了一句。看来她又准备说些抱怨秋山老师的话了。就在这时，正也和高二的学长学姐们走了过来。

“你们已经在吃了啊！我本来打算跟大家一起吃饼干，才到这里会合的！”

白井学姐发出无奈的声音。高三的学姐们也觉得现在不适合说老师的坏话，便小声地说了一句“抱歉啦”。

“算了，我们吃便当吧。”

“橄榄球社”学长重重地坐到桌子一边，正也则来到我旁边坐下。在来这里的路上，他似乎也听说了吃饼干的事，于是一边看我手里的饼干，一边说“原来就是这个啊”。“给你吃吧。”我把饼干递给正也，又开口询问：

“广播纪录片那边，学长他们的作品怎么样？”

“你怎么一开口就直接问那个啊？一般不是都会问广播纪录片那边的整体情况吗？”

正也的喉咙被饼干哽住了，对我抗议道。我明白他话里的意思是“比起其他学校不怎么好”，觉得有点对不起他。

“从青海的作品开始说感想也行。宫本同学，不用客气，想说什么就说。”

坐在正也对面的白井学姐这么一说，我不由得摆正了姿势。

“以广播的形式来说，学姐们的《百叶门重启之日》跟其他学校的相比缺乏了一些心思。例如萧条的商业街和上了年纪的夫妇，与其用口头说明，还是通过影像来看更浅显易懂一些。所以我觉得，这个题材或许更适合做成电视纪录片……”

正也的声音像被榨干了似的，变得越来越小声——因为白井学姐的脸眼看着越来越紧绷，神色也变得凶狠起来。

“我倒不这么觉得。正因为知道是广播的形式，所以我们才会在最后设计了一段生锈百叶门开门声，以此来作为强调。那道声音应该能表现出店铺的陈旧感，而且大叔把百叶门从地上拉起来的时候喊了一句‘嘿咻’，这道声音也能让人想象出店家的年纪。这一点，我非常有信心。”

既然要生气，就别征询别人的意见嘛。我仿佛有一种自己被责骂的感觉，于是低下头。久米同学不巧正坐在白井学姐的旁边，她也俯下脑袋，就跟在教室的时候一样。

“白井，你别恐吓高一的人啊。那么宫本同学觉得哪部作品最好？”

“才子”学长以平稳的口吻加入了话题。

“我觉得《棒球假想观战》很有意思。一场高中棒球的县级预选赛决赛，在球场外单凭声音进行观战，想象比赛的情况。通过击球的声音和随后的欢呼声，可以得知击球手跑上了一垒。再通过之后的欢呼声，可以预测到底是出局了，安全上垒了，二垒安打了还是全垒打。我觉得这样的作品才算是广播纪录片。”

“我也觉得《棒球假想观战》最好。”

“橄榄球社”学长也站在正也这边。

“有一点，我觉得很不一样，就是第五局下半场那阵像是惊叫的欢呼声，原来不是盗垒成功，而是失手了。用这一点来体现开检讨会的场景，也是挺有意思的。”

“对对对，就是这一点。有没有检讨会，真的感觉完全不一样呢。”

正也高兴地回答道。两人果然很投缘。

“我倒是觉得它的主题立意不高。”

“才子”学长偷偷看了白井学姐一眼，如此说道。

“我也这么认为。算了，我们的检讨会等结果出来再说吧。”

白井学姐老大不爽地拿出便当，打开盖子。我一看，不禁心生佩服：“学生会会长”果然连便当也是那么完美。配菜是颜色丰富的各种蔬菜，摆放得像一个精心打理过的花坛，就算拿去拍食谱的封面也毫不突兀。

“这个便当，是白井学姐做的吗？”

“我妈做的。”

她面无表情地回道。

“白井的妈妈是烹饪专家呢，但白井自己不会做饭。去年的饼干，当时高一的我们也来帮忙做，结果唯独白井的面胚硬到无法下嘴。你当是在做扛饿的忍者干粮吗？”

“橄榄球社”学长开玩笑地说道。原来这个看似完美的人也有缺点啊。我的心情变得有些轻松了，只不过——

“别透露太多个人信息。好歹有点广播社成员的自觉吧。”

出声责备的人不是白井学姐，而是“才子”学长。

“说的也是。抱歉，白井！”

“橄榄球社”学长立刻双手合掌地道了歉。白井学姐倒是一脸无所谓，默默地吃着便当。她没开口抱怨，就是不生气的证据了吧？

坐在白井学姐旁边的“女主播”学姐没拿出便当，只喝了一盒纸盒装的蔬菜汁，眼睛一直盯着稿子。

“关于下午要看的比赛……”

月村社长刚说了个开头，已经解决便当的我便摊开节目表，摆在桌子的正中央，方便正也和高二成员们查看。

在大厅进行的播音组比赛，“女主播”学姐是第一号，打头阵。

中厅的电视纪录片组比赛，青海学院排在第三个。

小厅的广播剧组比赛，居然是最后上场的第十个。

“请问，这个上台顺序是根据预选赛的分数来决定的吗？”

我向月村社长问道。

“我不太清楚。每年上台的顺序和决赛的结果看似没什么关联，所以可能是按提交报名表的顺序，或是预选赛当天签到的顺序安排的吧。”

“应该是预选赛当天签到的顺序吧。我早到了一些，很快就签完了，社长倒是踩着点签的吧？”

白井学姐这么说着，拿起高三成员烘焙的饼干送进嘴里。

“早知道是这样，我应该晚一点去签到的。”

“女主播”学姐嘀咕道。

“打头阵的人不用在舞台上等那么久，不也挺好的吗？”

我说出了自己观看朗读组比赛时的感想。

“决赛的时候有一份课题原稿。”

“女主播”学姐这么说道，轻轻地叹了一口气，然后开始给我解释播音组决赛的情况。

决赛时，与预选赛时一样朗诵完自己的稿子之后，还得继续朗读一份大赛组委会准备的课题原稿。原稿要在正式上场之前的三十分钟，召集参赛者点名的时候才派发。由于原稿里省略了逗号，朗读时得靠自己费心思动脑筋。

这样一来，排在后面的参赛者就比较占优了，因为可以一边听别人的朗读，一边巩固稿子的内容。

“以小绿的实力，什么样的稿子都没问题啦。”

白井学姐铿锵有力地说道。说起来，“女主播”学姐的名字是小绿来着。

“没错没错。”“才子”学长也接话道。

“加油，未来的女主播。”

“橄榄球社”学长的嗓音富有朝气。看来大家真的很看好她。我愈发想为小绿学姐加油了。

“我们还有电视纪录片组的比赛，没办法过去帮忙加油了。町田同学和久米同学可以看完播音组之后再去广播剧那边吧？”

我和久米同学决定听从白井学姐的提议。

“正也有什么打算？”

“我想从头到尾看完整个广播剧组的比赛。”

这个答案如我所料。

小绿学姐先行一步回到县民文化会馆，配合观赏席的开场时间，我和久米同学也赶到了会馆。

有三个入口通往大厅，中间的大门旁边放着一块白板，上面贴了一张A4大小的复印纸。纸上的正中位置印着一行字：

“现在是○○高中的△△播放时间。从下个月五日起县民文化会馆将举办卡拉瓦乔展览会。米开朗琪罗梅里西达卡拉瓦吉奥是西洋美术史上最有名的一位巨匠也是意大利代表性大画家。其代表作有圣马太蒙召基督下葬等等。敬请各位市民光临会馆观赏。[注：○○处填入校名，△△处填入栏目名（虚构的栏目亦可）。]”

这是播音组比赛的决赛课题原稿。原来稿子派发给各位参赛者之后，也会贴在会场入口处向观众展示。话说，“蒙召”这两个字该怎么读来着？

“会馆告示板上最醒目的地方就贴着‘卡拉瓦乔展览会’的海报，或许只是利用周围的情况写了一份通知的原稿，不过这些内容还真会刁难人呢。”

久米同学盯着那份原稿说道。刁难……是指那些很难读的汉字吗？

我和久米同学离开告示板，朝大厅后门走去。楼梯只有几级，但踩在楼梯上的脚步声还是很响亮。

“卡拉瓦乔，卡拉瓦吉奥。虽然这两种写法都没错，但如果没留意到稿子里分别用了两个译名，说不定就会把这两处都读成最先出现的那个。参赛要求规定不能修改原稿的句子，所以这里会是一个扣分点。”

我真想立刻转身去找小绿学姐，把久米同学的话转告给她。可惜参赛者们已经在舞台边上等待，身为观众的我们不能进入那边。

看到原稿的时候，我根本没发现久米同学指出的那个问题。这正是默读的可怕之处。

如果没有出声朗读一遍就直接上台，像我这种人，大概读完“卡拉瓦吉奥”之后，会在内心发出“咦”的一声，甚至停下朗读吧？可是原稿上就是这么写的，就算继续往下读，也落入了朗读不顺畅的窘境。

但是，专业的主播不可能事先出声朗读过所有原稿，有时还会突然插播一些快报。能否恰当地应对临时到手的原稿，也是评分的一个标准吧。

播音组的比赛每过五个人会有三分钟的休息时间，为了换场时能够顺利离开，我们就坐在后门旁边的那一排座位上。虽然只能听完五名参赛者的情况，白井学姐还是给了我们一份评分表。

随着“嗡”的一声开场音，舞台上亮起灯光，上来了五位参赛者，他们先坐到台上的折叠椅等待。广播里提醒会场所有人关闭手机电源、停止交谈等注意事项，随后便念出了一号选手小绿学姐的名字。

学姐用力挺直背脊站起身来，走到摆在舞台正中的麦克风前方，手里拿着稿纸—— 一份是自己写的稿子，一份是课题原稿。

我带着祈祷似的心情，侧耳倾听小绿学姐的播报……

播音组前五位参赛者的比赛结束后，我和久米同学走出了大厅，彼此都默默无言。小绿学姐在久米同学担忧的那个问题上失误了。

我们来到正在进行广播剧组比赛的小厅，但这边还没到休息时间，我们只能坐在过道一边的长椅上，等着小厅的门打开。

这种情况下，我们能聊的话题也只有播音组的比赛了。

“小绿学姐把‘卡拉瓦吉奥’也读成‘卡拉瓦乔’了。”

久米同学很沮丧，就像是自己失误了一般。

“不过，在她后面的那一位，名字和姓氏之间的停顿也怪怪的吧？我感觉他好像念成了梅里·西达·卡拉瓦吉奥。而且……”

“而且什么？”

“比起决赛课题，我更关注的是选手自备的稿子。”

“什么意思？学姐自备的稿子不是读得很好吗？”

既然久米同学都没听出不对劲，我这种人或许也谈不上有什么好介意的。

“那五个人中有四人的稿子都与SNS有关。有的是关于LAND的，有的是关于照片的处理方式，学姐则是设定一个‘无手机日’。虽然具体内容不一样，但大概从第三个人开始，不免让人觉得‘怎么又是SNS’。相比之下，第五个参赛者说的是珍惜塑料雨伞，这种播报内容就显得新颖了。我当时也是一边听，一边点头，想起自己也落了一把伞在学校的事。”

或许有些评审人员跟我有一样的心情。

“确实是这样呢。预选赛的时候没想到居然有很多人都选了跟SNS相关的内容，可能是觉得这种内容比较容易拿到高分吧。然而关注点过于偏向那边，在决赛时反而显得不利了。”

听着久米同学的分析，我点了点头。选择题材或许比我想象的要复杂得多了。

小厅的门打开之后，我和久米同学来到占据了中间那一排座位的青海学院队伍会合。久米同学被安排在正也旁边落座，我也坐到她身边的位置。

小厅的面积不同于大厅和中厅，虽然也有舞台，不过观众席并不是呈斜坡状，座椅也不是那种固定式的沙发软座，只是摆放了一些折叠椅。

此时，第二部作品刚好播放完毕。

“小绿学姐那边怎么样？”

正也问我了一句。

“自备原稿的部分，我觉得完成得很好。不过决赛原稿就难说了。”

我如实说出自己的感想。我也很关心广播剧这边的情况，不过刚播放过作品的外校参赛者应该就坐在这附近，无法直接问出口。

“要不要看评分表？”

正也果然是超能力者啊。说着，他把原本放在膝盖上的纸张连同垫板一起递给久米同学，我也一起仔细地查看那份表。

两部作品都是七十多将近八十分。接下来的作品，我也要认真看看。于是，我从背囊里拿出皱巴巴的广播剧评分表，又向久米同学借了一支自动铅笔。

“嗡——”设置在厅内四个位置的巨型音响传来播放开始的信号。

舞台中央有一支立式麦克风，右前方摆着一张折叠椅。一个身穿黑色POLO衫的女学生从舞台一边走上来，站到麦克风前面。

“哔哔……”倒数五下的声音也很响亮。

“三号，河北高级中学，作品名是《我们这个宇宙社》。”

黑POLO衫女生一坐到折叠椅上，整个展厅便暗了下来。总觉得这个场景很奇怪，一大堆人聚在这里，一起盯着台上的幕布，但是没人在关注舞台情况，光顾着听声音而已。

因为是比赛，大家才会一起坐在这里，不过按理说，广播剧或许是一种适合独自欣赏的娱乐吧。

“五、四、三、二、一、零——”一句倒数之后，紧接着是轰隆隆的轰鸣声，我感觉整个人被太空飞船带进了一个异空间。

正如标题《我们这个宇宙社》所示，这部作品讲述的是高中宇宙社的学生们在夏季集训时前往太空的故事。剧中人物通过“现在高度是几万米”“已经冲出大气层”“哇，看到地球了”几句台词，就表现了抵达太空的场景。

他们灵活运用了广播的特性，这可是一队强敌啊。所谓宇宙社，平常都会做些什么活动呢？需要做哪些特殊训练呢？诸如此类的期待在我心中渐渐膨胀，然而主线故事讲的却是究竟是谁偷了谈话室里仅剩的一个贵重大福。

搞笑和吐槽的尺度恰到好处，对话也很有趣，但是这种内容也用不着非去太空不可吧？在广播室里也能成立啊。我免不了在内心这么嘀咕。

“快来，大家看看地球。那么完整美好的地球，上面根本没有划分那些引发纠纷的国界线。为这点小事就争来争去，地球会笑话我们的。”

利用大福说出这种台词不太对劲吧。这部作品最后还是给我留下了一点遗憾，打个八十分吧。

下一部作品的标题是《任务》，背景是深夜的学校。为了观测百年一遇的彗星，一个理科社的男学生独自待在学校的屋顶上，这时手机铃声响起。

来电没有显示号码，但他还是接通了，对方自称“弘树”，是比他高一届的学长，物理学得不错。主人公问学长有什么事。

“学校屋顶上被人安装了炸弹。已经报警了，我现在正在赶过去，不过可能来不及。只能拜托你了。我来教你怎么做，由你来拆除炸弹的定时装置。”

主人公翻找了屋顶，发现一个金属制作的盒子。打开盖子一看，里面有五种颜色的接线错综复杂地绞在一起。主人公靠手机接收指示，每剪断一条接线，大脑里就会重现一个人生中的重要场景。

剪断最后一条接线后，主人公告诉通话的那个人，定时装置已经拆除。但是就在那一瞬间，手机的另一端传来爆炸声。

“由真，不是说已经拆除了吗？喂，由真，你没事吧？由真！”

对方一直这么喊着，然而电话已经不通了，主人公也不知道发生了什么事。这时，有人来了。

“抱歉，我来晚了。看到彗星了吗？听说刚才某个镇上的高中发生爆炸。”

“不会是我们的高中吧？”

“当然不是啦。嗯？啊——喂喂喂。你这小子，干吗把我费心研制的外星人通信器给拆了呀？你倒是说啊，和弘！”

接着，主人公用一句独白结束了故事：

“是的，我的名字叫和弘，不是由真。”

……这才叫广播剧。

我双手在胸前交叉，紧紧地抱着两条上臂，浑身起鸡皮疙瘩。

会场变得明亮之后，我望向正也那边。只见他笔直地看着前方，整个人都僵住了，两眼似乎无法聚焦，嘴巴也呆呆地张开着。

“正也。”

我有点担心，叫了他一声。正也突然回过神似的，肩膀微微一颤，接着才看向我这边。

“啊，哦哦，怎么了？”

你没事吧——总觉得这句话不能问出口。

“赶紧打个分数，下一部作品要开始了。”

我试着说了一句不痛不痒的话，其实自己也还没给《任务》打分。

“欸？”我突然忍不住叫了一声。因为正也正把评分表揉成一团，塞进裤子的口袋里。

“写在纸上的话，脑袋里就会只记得写过的内容了。”

正也脸上露出之前从未见过的严肃表情。

我充其量只能判断作品是有趣还是无聊，正也却打算吸收一些更细致的东西。

受到了对手的刺激——这句话或许正好能够形容正也吧。

接下来的作品是《真锅会议》。“真锅”这个姓氏在全国并不是那么常见，不过在县内北部地区的小镇里似乎还是蛮集中的。剧中的故事讲的是某个广播社的所有成员都姓真锅，前半部分是众人的对话，互相埋怨容易叫错人的烦恼，后半部分是他们发起“真锅”的寻根之旅，最后感慨“真锅”这个姓真好，大团圆结局。

再怎么说，现实中应该不会出现社团所有成员都姓“真锅”的情况，或许是因为虚构的故事才能在广播剧组展出吧，但是我觉得这种内容比较适合做成纪录片。

当然了，如果“真锅”这个姓氏的起源也是完全虚构的，倒是可以算作戏剧类，不过，那些朴实的调查结果又让人不由得猜测是不是真的。

正如正也评价高二成员们创作的广播纪录片《百叶门重启之日》适合做成电视纪录片，创作者通过什么形式去传达或者呈现自己的想法，这一点或许也是非常重要的。

下一部作品的标题是《感谢》。主人公是一名男高中生，在暑假的篮球社练习中因为身体缺盐分晕倒了。在医院病床上醒来时，主人公发现有十个人围在自己床边，但他都不认识。

这十个人都对主人公说了一声“感谢”，可他根本不记得自己做了什么，唯独对一个穿着外校校服的女高中生有些印象。

他想起某天早晨在公交车站附近看到这个女生因为贫血蹲在路边，于是给了她一瓶运动饮料，还有一个装着自制梅干的瓶子。

女高中生告诉主人公，之后她在搭乘的公交车上看到一个男白领站着站着突然腿抽筋，于是在下车前把整瓶梅干给了他。

而那个男白领此时就站在女高中生旁边。

绕了一圈，原来围着主人公的所有人都被他那瓶梅干救助过。这就像是“刮风做木桶能赚大钱”（**注：日本谚语，原意是指因为刮风会扬起风沙，沙子落入人的眼睛会导致盲人增多。如果这些盲人都以弹奏三弦琴谋生，用猫皮做三弦琴的需求也会随之增加；猫都被抓去剥皮做三弦琴，老鼠少了天敌就会肆虐；老鼠多了会咬烂木桶，人们就得买新的木桶。因此，木桶会畅销，做木桶的人就能赚大钱。比喻一件事的发生可能会在意想不到的另一处引发或好或坏的结果**），或者应该说是“蝴蝶效应”，一些微不足道的言行举止在意想不到的地方造成影响。故事的最后是一个银行抢匪因为吃了梅干想起自己的奶奶，因此决定改过自新。这结局实在是匪夷所思。

接下来的作品是名为《告白模拟实验》的恋爱故事。主人公是一个女高中生，为了向心仪的男生表达心意，让自己的竹马朋友来当告白的练习对象。通过各种各样的模拟实验之后，她才发现自己真正喜欢的人是这位竹马。

虽然故事很老套，不过其中一个模拟实验的场景是我们县内实际存在的一座吊桥。那座吊桥由平家（注：平氏家族，日本古代的名门望族）逃亡武士所建，已经几乎朽烂了。剧中两人渡桥的那段戏非常有趣，我忍不住笑出声来。当时整个展厅里也传出了笑声。

如果同样的故事拍成电视剧，不仅得先去吊桥那边征询拍摄许可，那个一边哇哇大叫，一边往下坠落的场面，也无法让人产生会心一笑的心情吧。

光是听到一句“鼻血流得太多”的台词，估计每个人想象出来的出血量也不太一样。能够在自己接受的范围内一边想象，一边欣赏，或许也是广播剧的一个优点吧。

下一部作品是《爷爷和我》。主人公是一个男高中生，原本嫌麻烦，不想参加爷爷的七年祭法事，谁知道爷爷的鬼魂突然冒了出来，并且附在他身上。

前半部分是喜剧形式，主人公让爷爷在考试中帮他作弊，却怎么也无法得逞，后半部分的故事变得有些人情味，主人公看到自己的好友被人欺凌却视而不见，结果被爷爷呵斥了一顿。他想起爷爷生前经常说的一句话：

“学习不好也没什么，但是一定不能做一些老天爷都看不过眼的坏事啊。”

在爷爷的鬼魂的推动下，主人公救下了好友。饰演爷爷的是一个高中生，但完全没有不协调的感觉。如果是电视剧，就算在脸上画几条皱纹，头上缠一块三角布巾，或许呈现的效果依然是一个高中生在扮演四肢健全的鬼魂。这样一来，观众的关注点可能就会都落在角色形象，很难集中在剧情上。

从这一点来看，广播剧的自由度也显得略高一筹。正因为如此，晋级决赛的作品也不像电视剧组那边，剧中人物只有高中生，而且净是些关于恋爱或友情的故事。

下一个是一所女校创作的作品，标题为《请给她一个未来》。演员是清一色的女生，比起男女同校的参赛学校，似乎更显不利。不知道会是怎样的内容。

故事讲述一个女高中生得了白血病，必须找到一位骨髓捐赠者，但是她的亲人里没有一个人能配型成功。女高中生的好朋友们很想帮助她，然而由于她们都未成年，不能成为捐赠者。于是她们来到车站前号召镇上的人们去做配型检查。

她们的口号便是“请给她一个未来”。

从大赛主题的角度来看，我想这部作品应该是最接近“高中生”和“广播”这两个概念的，但也觉得有些可惜。关于急性骨髓性白血病、骨髓移植、成为捐赠者必须去做哪些检查等的剧情设计，却像是让那些扮演好朋友的学生们拿着医学书籍照本宣科一般。

如果是现实中的我，站在同样的立场上衔去讲述这些内容，大概也会有同样的表现吧。但是作为一部广播剧作品，不应该这样如实地呈现现实中可能出现的情况，还是需要加一些渲染手法吧？

举个例子的话，声音……下雨的声音！号召途中突降大雨，行人都加快了脚步，或许没有一个人愿意听她们的喊话，即便如此，她们仍然继续。

面对其他学校的作品，我倒是可以给出很多意见。

接下来，终于轮到青海学院的《屏蔽》了。

这一辈子，我从未透过麦克风听自己的声音，却饰演了广播剧里的主人公。

我在重听那些录好的音频时，一开始总是很难为情，感觉就像坐上云霄飞车一般，腹部深处涌起一种瘙痒的感觉，根本无法听清楚。

不过反复听了几次之后，也不知道是耳朵习惯了，还是胆子变大了，抑或是发现只有我一个人反应过度，才终于能够冷静地倾听这部作品。

话虽如此，当自己的声音在这个音响设备齐全的展厅里响彻四周时，我的内心还是闹起阵阵刺痒。不过，也只有刚开始的一分钟而已。

相较于其他学校的作品，我觉得我们这部作品的节奏把控得不错，剧情也很有意思。只是，我念台词的技巧太不像话了。社团里所有人都说我的嗓音好听，夸得我有些得意了，但是《任务》和《爷爷和我》里的主人公，他们的声音听起来比我的舒心好几倍，而且咬字也十分清晰。

尤其《屏蔽》这部作品里有很多台词都选用了语速快的版本，也不知会场里的人能不能听清这些话。虽说事到如今才来想当初也晚了，但是我不应该只是把剧本通读好几遍，在已经熟记所有内容的社团成员面前朗读台词。其实还有其他方法的，例如在家里念给妈妈听，确认一下其他人是不是真的能听清楚我在说些什么。

还有那些生气、哭泣等情绪激动的场面，不仅仅是我自己的戏份，其他所有人的表演方式是不是也再夸张一点会更好？毕竟广播剧里没办法让听众看到演员的表情，如果不在声音里加重情绪，或许很难向听众百分之一百地传递我们的想法。

即便如此，我还是觉得这个故事很有意思，绝对不会输给其他学校。

《屏蔽》播放完毕后，会场恢复明亮。我望向正也，见他正在把刚刚揉成一团的评分表重新抚平。他的表情看得我一阵毛骨悚然，感觉现在最好别找他聊天，于是我不出声地盯着。只见正也拿起自动铅笔，在评分表的背面很用力地写下一些字：

开头加一段学校因“屏蔽症”陷入慌乱的场景描写会不会更好一些？语速快的地方果然很难听清楚，要删减台词吗？

这是关于《屏蔽》的检讨。明明他听完《任务》之后，说什么脑子里只能记住写过的内容，所以不记笔记。估计正也的大脑里正冒出很多需要检讨的地方，还有接下来怎么改进的方法，多到他的脑子根本记不住，所以得写下来。

高三的学姐们都站了起来，随性地打着呵欠，伸伸懒腰。她们的评分表上，其他学校的作品都打了分数，唯独《屏蔽》那一栏依旧是空白的。

“我们换个地方，去中午吃饭的公园吧。”

月村社长说道。大概一个半小时之后，也就是下午四点，今天的比赛结果就会贴在前门大厅处公示。

“正也，社长说换个地方。”

闻言，正也手忙脚乱地一手拿纸一手拿笔，我把他脚边的背囊交给久米同学帮忙拿着。接着我们三个高一的也离开了小厅。

电视纪录片组的比赛还没结束，我们三个来到中午吃饭时的同一张桌子边落座，比我们先出小厅的高三学姐们也过来了，把几瓶不同口味的饮料放到桌子上。

“高三的请客。自己随便拿着喝吧。”

听到敦子学姐这么说，我向学姐们低头行了一礼，然后拿了一瓶运动饮料。正也也拿了运动饮料，久米同学则选了冰茶。学姐们都各自拿了一瓶，打开了瓶盖。桌子上还剩四瓶饮料。

“大家今天都辛苦了。”

在月村社长的带头之下，大家一起碰了杯，但是这么做合适吗？感觉白井学姐待会儿又会发火。

我们没有像中午那样热烈地讨论哪部作品最好，毕竟每一部作品都是《屏蔽》的对手，无法随随便便地发言。想到这里，我不禁反省自己中午冒犯了高二的学长学姐们那件事。

唯独正也一个人坐在桌边一角，又开始在纸上奋笔疾书，写下与《屏蔽》相关的内容。

我和久米同学坐在一旁，呆呆地听着高三学姐们聊起暑假补习的事情。

没过多久，高二的学长学姐们也来了。对于我们先喝了饮料一事，他们没说什么，向高三学姐们道了一声谢之后，四人碰了杯，一口气喝光了饮料。

高二的学长学姐们似乎也不打算讨论作品，而是百无聊赖地说着“明明是梅雨季，却一滴雨都不下”之类的话题。

光流学姐突然发出“啊”的声音，似乎想到了什么事。以学姐的为人来说，这句“啊”未免声音大了一些，所以不光是高三的人，连高二的学长学姐们都望向她。

“我们高一那会儿，好像是在这个时候才吃饼干的吧？”

“还真的是。你说的没错。”

铃香学姐表示肯定。

“我记得当时是大声说出竞争对手的校名或作品名，然后吃掉饼干，把紧张的心情也一同吞下肚。”

敦子学姐像是回想起当时的情形，很是兴奋地说道。

“怎么想都觉得那饼干应该是这么吃的嘛。为什么之前一直没想起这回事呢？”

白井学姐对着高三的人责备道。

“也不是忘记了，因为去年换了顾问老师，我们的作品全军覆没，本来也准备了饼干在这个时候吃的，但是那时的学长学姐们都没心思吃了。即便是我，就算现在在这里备了饼干，也下不了口啊。”

月村社长淡淡地回答道。到底是连年晋级之路就此中断，还是能够实现连续十年的晋级之梦呢？

距公布结果的时间，还剩半个小时。

决赛的结果就贴在县民文化会馆大厅的前门上公示。赶来查看的学生人数比预选赛的时候少了一些，正也一路冲刺，我则追着他的背影慢悠悠地走向大门。

与预选赛一样，每个项目组的结果都印在一张A4大小的复印纸上，共计六张排成一列贴在门上。比赛的结果以横排文字打印在纸上，不过与预选赛不同的是，决赛不仅公布了晋级的作品，还用表格的形式记录了决赛中每部作品的分数和名次。

我想看的是广播剧的结果。公布的顺序是按照出场顺序而不是分数，于是我的眼睛循着表格最底下一栏看去。

⑩青海学院高级中学,《屏蔽》,447分,第二名。后面是红色的“推荐”二字——

满分500分，我们拿到了447分。是十所参赛学校中的第二名。而且……是推荐晋级全国大赛的两所学校之一。

“正也！”

我大喊了一声，用力地往正也后背拍了一掌，站到他身边。搭在正也背上的那只手能感觉到他的颤抖。我看了看他的侧脸，发现他眼里蓄积的泪水越来越多，眼看着就要落下。我的鼻子也渐渐有些发酸。

身边传来好几次用力吸鼻子的声音。原来是月村社长，她已经泪流满面了。

其他四位高三学姐，平日里情绪甚是夸张，此时却只是眼中含泪，说着“太好了，太好了”，并轮流轻轻地拍了拍社长的肩膀。

我看见小绿学姐在另一头。她正在掩面落泪。

我看了一眼播音组的结果。打头阵的小绿学姐是第七名，能够推荐进入全国大赛的名额是六位，也就是说，她离推荐只差一个名次。

是因为把卡拉瓦吉奥误读成卡拉瓦乔吗？还是因为其他原因呢？就像我在初三那场长跑接力县级大赛中为那三秒之差懊恼不已，如今这种一模一样的不甘心不仅塞满了学姐的整个大脑，或许也充斥着她的整个身体。不对，学姐应该比我更不甘心，因为她的分数只比第六名低了两分。

站在小绿学姐身边的是白井学姐。她没有安慰小绿学姐，而是凝视着那张写了比赛结果的复印纸。她看的是电视纪录片的结果，还是广播纪录片的？

贴得离我较近的那张是广播纪录片组的结果，我刚想把视线挪过去，就看到白井学姐一个利落转身，背对着大厅的门，拨开层层人海跑向某个地方。原本跟在她身后的“橄榄球社”学长赶紧追了上去。

“才子”学长回头用目光追着那两个人，接着与我四目相对。看着他那张似笑非笑的脸，我不知道应该回以什么表情。

我再次看了一眼比赛的结果。青海学院，电视纪录片项目获得第六名，广播纪录片项目则是第八名。

纪录片项目能得到推荐的是排名前四的学校，或许不该说一句“真遗憾”，但是满怀自信拿出来竞争的作品没能获得期待的评价，还是会让人觉得惋惜。

广播剧组的第一名作品是《感谢》，这倒是让我惊讶了。要我说的话，《屏蔽》自然比这一部更好，就算《屏蔽》会输，也是输给《任务》吧。然而《任务》获得了第六名。该不会是算错分数了吧——连外校的我都会冒出这种想法，更别说创作了这部作品的人，说不定他们现在正懊恼得不行，浑身上下都被怒火或者是无力感团团包裹了吧。

聚在大门前的学生们几乎都在哭泣。有些是喜极而泣，但大部分应该是悲伤的泪水。有的人高兴地大喊了一声“太棒了”，但也没敢在这个地方太过闹腾。我想，这也算是在向竞争过的对手表示敬意吧。

正也、高三的学姐们以及久米同学都看过了高二成员们的结果，我们离开人群，穿过前门来到外头。一走出大门，高三的学姐们就互相搭着肩膀，高兴地欢呼出声：

“我们可以一起去东京了！”

第五章 即兴台词

广播剧项目组能够参加全国大赛了——在回家之前，我就给妈妈发了这条信息，所以现在饭桌正中摆着一盘堆成小山状的炸鸡。外人看到这盘肉估计会一头雾水，怀疑这个家到底有几口人吧。不过在我家，这个分量一个晚上就能解决——不，最晚也晚不过明天中午。因为妈妈和我都很喜欢吃炸鸡。在这桌庆功宴的座位面前，我心里却莫名有些烦闷。

这是为什么呢……

在县民文化会馆的大门前，秋山老师告诉我们，“J赛”最后评选的详细要求过几天会邮寄过来，作品的讲评则会本周内上传到大赛的官网上。明明我们成功晋级全国大赛，他的口气却冷淡得像是在汇报业务似的，或许就是这一点让我心里烦闷吧。

大家好不容易出来远行，高三的学姐们提议一起去咖啡厅，那里有很好吃的烤薄饼，而且可以顺便庆贺一下，但是高二的人什么话都没说就拒绝了。或者这也是让我烦闷的原因吧。

你们高一有什么打算——当被这么问道时，在我听来，就是在问我要选择跟高三的还是高二的人，于是我说自己坐了一整天，脚开始发疼，以此为借口拒绝了，但过后又有些内疚。我的烦闷也有可能是因为这件事吧？

连久米同学和正也都说要跟我一起回家，谢绝了邀约，难道是他们这种体贴让我深感抱歉，所以才觉得烦闷吗？不，应该不是。倒不如说，我觉得他们俩是搭了我的便车。

在回程的电车上，我对正也道了一声祝贺，但很快就换了话题，和久米同学一起跟他汇报播音组的课题原稿有多刁难人的事。这到底是为什么呢？

正也听完说道：“我连有这么一个画家都不知道呢。圭祐啊，如果你明年也想参加播音组比赛，最好从现在就开始朗读新闻哦。”说着还拿出智能手机开始搜索卡拉瓦乔，其实他对这个人根本不感兴趣。

因为他不想聊跟全国大赛有关的话题。

“我们可以一起去东京了！”

这才是让我烦闷的原因。最先说出口的人应该是敦子学姐，不过高三的学姐们都七嘴八舌地说道：

“可以去东京了！”“太棒了！”“像做梦一样！”

她们一边哭，一边重复着这三句话，连月村社长也一样。

一开始，我是一边看学姐们，一边感叹“太好了”，接着突然又想起学姐们说过，校方只能承担每个项目组五个人外出参赛的费用。

“说起来，圭祐。全国大赛和手术不会是同一天吧？现在去说的话，医院应该还能帮我们调整日期的。”

妈妈吞下一大块炸鸡后说道。看来不仅是我，妈妈在咀嚼的空当也思考了很多事情。

自从那场交通事故以来过了半年，今年八月，我准备再做一次手术。之前上体育课时，我一直在一旁见习，也是为这场手术做准备。如果手术成功，我就可以适当地逐渐增加一些运动，权当复健活动。

医生跟我解释过，做了这次手术，以后可以恢复到能跑步的程度，但关于这件事，在手术成功之前我决定别去想太多。八月份的第一个星期我就得住院准备手术，而“J赛”的最后评选是七月份的最后一个星期。

“没事，不是同一天。再说了，他们本来就不打算带我去。”

“可是，你不是演了主角吗？”

妈妈瞪大双眼，十分吃惊。

“如果是话剧比赛之类的，主角是绝对要去的，不过广播比赛只是在现场播放已经录好的作品。而且……”

我跟妈妈简单地解释了一下，校方能承担的外出费用名额刚好是高三成员的人数。

“是这么回事啊……真可惜。”

妈妈露出失望的表情，仿佛那个被落下的人是她自己。不过我对这件事倒是没有觉得那么遗憾。

因为对这部广播剧贡献最大的人，是正也。

吃完饭，我回到自己的房间，心里还是闷闷的。

“要不，你和正也，还有另外一个女生去一趟游乐园吧。就当是纪念了。”

妈妈一脸轻松似的说道，但我无法接受以此种方式来代替。不过说到底，妈妈似乎并不明白能够参加“J赛”最后评选是一件龙门难登的事。

罢了罢了，看到这么一个没血没泪的儿子，也难免她会如此心想吧。可能她觉得那个世界，即便没有才华，不用努力，只要稍微使点劲儿就能进入吧。

广播剧《屏蔽》这部作品是广播社全员出动参与制作的。当然，大家都很努力。演员、创作者，不论是哪个岗位的人，都竭尽所能，贡献自己的力量。我却觉得，这部作品能得到晋级全国大赛的极高评价，并非因为这是大家共同努力的结晶，也不是拜大家协力合作的化学反应所赐。

当年，三崎中学田径社在缺少良太的情况下出战长跑接力地区赛，但与那时不同，这次绝对不是一个凡人的奇迹。

能拿到这样的成绩，是因为有正也，有这么一张王牌。

这个状况就相当于腿脚没毛病的良太出战县级大赛，并且凭借他极具优势的神速获得了冠军，拿到了晋级全国大赛的参赛资格。那场全国大赛却不让良太出赛，也不带他去赛场，这种选项是绝对不会出现的。

虽说正也去或不去，都不会影响这场比赛的结果……

如果顾问老师每天都来参加社团活动，看到每个人都在做些什么，或许还能依照对作品的贡献度挑选五个人。然而，对于那位秋山老师，我完全不抱那种期待。

要是久米同学有智能手机……我总觉得她也在思考同样的事，就算只是互相抱怨几句，应该也能让心里舒坦一些吧？但是我无法将这种想法告诉正也。

我也想去JBK大厅——要是他这么跟我说。我又该如何回应呢？

星期一放学后，我们在广播室开了一个算是县级大赛检讨会的小会。跟往常一样，桌子旁围了两圈椅子，桌子正中放了两个盒子，里面装的是色彩缤纷的蛋糕。

据说这是秋山老师送来的慰问品，却看不到他的人影。

"'白蔷薇堂'的蛋糕好吃得不得了。以老师的为人来说，这份贺礼还算可以啦。"

敦子学姐一边嚷嚷，一边给我们分发纸盘和塑料叉子。

"这么多种口味，都不知道选哪个好了。不过，这次高一的人那么努力，就从低年级开始选自己喜欢的口味吧。"

敦子学姐提议道，树里学姐附和了一句"赞成"，于是两个盒子都被推到我们这边。

"正也先选吧。功劳最大的人是你。"

我脱口而出的这句话，也得到了久米同学的首肯。

"那我就不客气了。学长学姐们，我先拿啦。"

正也得意扬扬地站起身，看了看盒子里的东西，然后选了一个巧克力上撒着金箔粉的蛋糕。我把第二个选择权让给女生，久米同学拿了一块普通的草莓蛋糕放在盘子上。怎么不选一个更好的呢？我一边想，一边拿了一块蜜瓜奶油馅饼。

久米同学把盒子推向高二成员那边。

"完了。"敦子学姐看着我的盘子，半开玩笑地嘟囔了一声。我则是用手臂护住桌上那个装着奶油馅饼的盘子，说道："我不会让给你的。"

我知道高三和高一的人都很努力，尤其是正也。如果能像谦让蛋糕一样，把前往东京的权利优先让给高一的人，那该有多好啊——我不禁这么想道。

然而事情不可能那么遂人心愿的。或者这就是她们的计谋，为了搪塞只有高三成员能去东京的那份内疚，区区一块蛋糕，就让我们先挑吧。

我不会让给你的——这是她们想说的话。

东京之行这件事，也不知道月村社长会怎么开口。这个小会本应该是充满紧张感的，却在吃蛋糕的氛围中渐渐缓解了。而破坏气氛的话题一般都会在这种时候突然开始。

“这个超好吃！”

铃香学姐吃着三层芝士蛋糕，一脸陶醉地低语。“我试试。”在她两边的光流学姐和树里学姐都把自己的叉子戳进那个蛋糕，挖走了一口。

“话说回来，我昨天在网上查了一下，据说JBK会场附近有一家店的芝士蛋糕很好吃。”

树里学姐这么说道。

“欸——好想去呀。大家一起去吧。应该有一点点自由活动的时间去吃个蛋糕吧？”

敦子学姐兴奋地插嘴道，又向月村社长问了一句。

“嗯，这个嘛……”

就在社长模棱两可地点头之时——

“你说这话，是认真的吗？”

一道严肃的声音响起。

那个人既不是正也的朋友，也不是他的同级生，但她认为不把正也带去全国大赛这件事是不对的。而且，不对的事情就应该纠正——她应该是这么想的吧？

白井学姐站了起来。

“我以为前天学姐们是因为太过激动才没有想那么多，以为大家都能去东京。但是，难道直到今天，你们还是这样的想法吗？”

白井学姐气势汹汹地问道，高三的学姐们都放下了叉子。

“你们想尽可能地让五个感情好的人一起组队去，这种心情我也是明白的。但是《屏蔽》这部作品，是因为有宫本同学才做得成的。为什么擅自把宫本同学去东京的选项摒除在外？”

高三的学姐们都低垂着脑袋。不过唯独今天，我不会同情她们。虽然嘴上没说，但我还是用力地点了点头。

“可是，每年都是派高三的人去呀……”

敦子学姐含糊不清地回了一句，刚才口齿伶俐的模样已全然消失无踪。

“因为那些作品都是以高三为主力创作的吧？”

白井学姐总是那么义正词严。敦子学姐陷入沉默，其他学姐们也不敢开口了。

这简直是一场耐力赛。

高三的学姐们都心知肚明，正也的贡献是最大的。但是她们对此绝口不提，万一引起讨论就难办了。毕竟到那时，她们就必须决定踢掉某一个人。

如果被人逼急了，一不小心恼羞成怒，说出“我不去可以了吧”这种话，那可就当场出局了。

之后，即便周围的人一边哭，一边道歉，就像在说“真是万幸”，肯定也会让这个话题安心地结束。

保持沉默才是上策。这种方式真是狡猾。

估计正也预料到今天会发生这种情况，才坐到后面一排吧。我悄悄回头看去，发现他居然还在吃蛋糕。那蛋糕的分量大概三口就能解决，他却用叉子的前端一点一点剥下来送进嘴里。现在只有正也一个人在吃蛋糕。

“就算不开口也解决不了问题。居然连商量的打算都没有。你们就是因为这种德行，才会没能力靠自己的力量做出一部像样的作品。”

白井学姐说话毫不客气。“你说得太狠了。”旁边的“才子”学长责备了一声，但她还是继续瞪着高三的学姐们。

“要是纪录片项目组有一部也能晋级就好了。”

敦子学姐嘀咕了一句。毕竟她平常就很多嘴，或许是实在受不了一直这样缄口不言，结果一不小心说出了自己的心里话。我想她应该不是为了反击才那么说的吧……但是这句话说不得啊。

“砰”的一声，白井学姐两手狠狠地拍了桌子，抓起还剩一些蛋糕的纸盘朝敦子学姐扔了过去，接着冲出了广播室。

幸好，白井学姐扔出去的那块吃到一半的栗子蛋糕，只是掉落在了敦子学姐跟前的桌面上。

要是纪录片项目组有一部也能晋级就好了——其实我也这么想过。因为高二有四个人，这样就能让他们带上正也。但是，我用不着深思也明白，这种徒费唇舌的话绝对不能当着高二成员的面提起。

敦子学姐应该也知道自己搞砸了，证据就是她没有因为被人扔蛋糕这件事发牢骚。

“呃，我们高二的准备去找白井了，估计她应该在中庭或图书馆那边吧。”

说着，“才子”学长站了起来，转而面向月村社长：

“高二成员想说的话，白井基本都说了，所以剩下的就交给留下的人决定吧。不过请允许我补充一句，付出努力的人并不止宫本一人。先敲定让三个高一的去，剩下的两个空位用抽签的方式决定不就行了吗？只要留守的人多一些，也不至于像现在这么尴尬了。再见。”

这句“再见”仿佛是事先商量好的暗号，“橄榄球社”学长和小绿学姐也站起来，离开了广播室，吃剩一半的蛋糕还留在桌子上。

我觉得“才子”学长的提议是最理想的，但高三的学姐们肯定不会轻易接受。

敦子学姐、光流学姐、树里学姐和铃香学姐一句话也不说，都转头看向月村社长，一脸不知所措的样子。社长稍微把视线投向半空，然后摆出一副下定决心似的表情，开口道：

“宫本同学，你能不能代替我去？”

“欸？”不仅四个高三成员，连我也发出了惊讶的声音。

“其实，之前我哥哥带我去过JBK了，所以……”

“请别说了！”

正也平静但有力地打断了她的话。

“我从没说过自己想去东京。”

正也直直地望向月村社长。

“但是……”

社长开始支支吾吾。说来也是，不论是我、臼井学姐还是高三的学姐们，都没人问过正也的想法。

“不过嘛，如果所有人都能去，我当然会很高兴地跟着去，但是我没想过踢掉其他想去的人。所以，请不要拿‘为了宫本’这句话当借口，继续这种无聊的争论。”

“可是，这样合适吗？你真的不去吗？”

“我写出这部《屏蔽》并不是为了去东京。我是为了传递某个信念，而且刚好有一个机会可以把它写成故事，当作参赛的作品。能够晋级全国大赛，我实在很开心，就像做了美梦一般。不过这种开心的心情源自我的故事能有机会传递给更多的人，让更多的人听到它，绝对不是因为能去东京。”

正也用一种平淡的口吻如此说道，但是我能从他的话语之中感受到愤怒和悲伤，同时也意识到自己没有正视这个故事的真正含义。

就因为我可能去不了东京。

就因为在意这些事，我没敢联系正也。要是能在大赛结束后和他多讨论一下作品该有多好。聊一聊《屏蔽》，再聊一聊其他学校的作品。

就算是此时此刻，要是大家能一边吃着蛋糕，一边纯粹地分享《屏蔽》受到好评的喜悦，再开个检讨会讨论一下作品，那该有多好。

然而大家满脑子都只剩下去东京这件事。或许对于正也来说，撇开《屏蔽》，去东京这件事根本没有意义。

话虽如此……他真的同意不去东京吗？我又不由得冒出这个想法。他就不想看看从全国各地赶来的高中生们，在听到《屏蔽》这部作品时会露出什么表情吗？

“而且……”

正也继续说道。

“我总觉得自己今年还没资格去。如果凭着新手运气一下子达成目标，明年或后年遇到跨不过的坎时就会很容易冒出‘算了，就这样吧’的念头。所以这次我就不去吧。”

说完，他嘻嘻一笑，还用右手食指挠了挠鼻尖。在我看来，正也只不过是在努力让自己接受这个说法罢了。

“还有，按我自己给《屏蔽》的评分，应该是第三名。”

“咦?!”

月村社长叫出声来，我也很震惊。看到正也听完《任务》之后的反应，我认为他有可能也觉得我们会输给这部作品，但第三名又是怎么回事？

“我心中的第一名是《任务》，第二名是《告白模拟实验》。结果这两部作品的实际排名是第六和第七名，简直让人难以置信。正因为如此，在大赛结束之后我就一直在想，是不是还有其他事情比大赛的名次更重要？”

“我听完《任务》后也浑身鸡皮疙瘩，但是你给《告白模拟实验》打的分数比《屏蔽》高吗？”

我转过身，回头向正也问道。

“圭祐，你当时不是笑出声了嘛。我也笑了，整个展厅里都传出了笑声。我现在还没有自信写出一个能让人发笑的剧本。你看，我们不是也经常听人说吗？让人大笑比让人哭难得多了。”

“原来是这个意思……虽然台词里没有插科打诨也没讲冷笑话，但还是觉得很有趣。”

我一边点头，一边试着回想自己是否曾经成功逗笑过别人。记忆中是没有的。原来如此，确实不容易啊。

“不过，正也，我还是觉得《屏蔽》更有趣。我觉得，所谓的有趣，并非等于好笑。”

即便点了头，我还是觉得必须把这个感想说出来。正也又是嘻嘻一笑，不过没有挠鼻尖。

“宫本同学，你真的不去吗？”

月村社长一副乖顺的样子问道。

“真的。全国大赛就请高三的学姐们去参加吧。我今天不是想来说这些话的，本来还期待能跟学长学姐们聊聊《屏蔽》或其他作品的。”

正也若无其事抛出的这句话，让社长表情扭曲，低下头，仿佛被人揍了一拳似的。

或许社长是以自己的立场为正也着想，所以做出了那个艰难的决定，打算自己退出，换正也去东京。然而她还是没有看到事情的关键。

晋级全国大赛到底是为了什么？

“J赛”可不是为了乡下高中生的犒赏之旅而举办的。

“谢谢你，宫本同学……”

敦子学姐两眼通红，一边吸着鼻子，一边说道。看来学姐们也明白正也的信念了。

“我会给你买手信的。”

光流学姐说的这句话又差点让我的脑袋整个掉落。幸好刚刚没有以手托腮。

她们什么都没听懂……干脆由我来喊一句：“别管这些人，我们自己去东京算了！”

“谁在跟你说买手信啊？”

月村社长转向她们，训斥道。她的声音比白井学姐更具压迫感，甚至能在肚子里引起回响。

“如果是宫本同学去了‘J赛’，他可以从全国各地的参赛作品中吸收所有优点，甚至像是对待自己的作品一样去挑出别人的缺陷，然后把这些知识在下一部作品反映出来。如果是白井同学去，她会在时间允许的情况下到其他项目组参观学习，然后分析我们社团明年的发展和对策。还有町田同学、久米同学，其他的高二成员，不管他们哪一个去，都能为社团明年的发展带回一些信息。可他们把这个机会让给我们了。所以我们必须把‘J赛’的情况，至少要把《屏蔽》在‘J赛’现场播放的情况带回来，转达给大家。如果连这一点都办不到，现在就把这五个名额让给学弟学妹吧！”

最后，我们还是决定让高三学姐们去参加“J赛”。

敦子学姐提议做一些评分表带去东京，还决定在白井学姐那份用于县级大赛的表格上添加新的评分项。学姐们接二连三地提出新的建议，其中光流学姐的提议是我之前从未想过的。

“地方特色的体现程度”。

进入“J赛”的，都是全国各地学校过五关斩六将的作品。说不定有些作品有意识地加入了一些方言、观光胜地或当地存在的问题，有些作品无意识地体现了一些地方特色。

“我也想知道这一点。”

正也探出身子说道。

“我写《屏蔽》的时候是故意不在里面加入地方特色的，但是这种方式在‘J赛’上到底是有利还是不利，我非常在意。”

“既然要让全国人民都能理解，我觉得作品里最好不要有太浓厚的地方特色。不过好像有些评审人员喜欢看到一些唯有高中生才能体会的乡土之情。”

月村社长抱着手臂，点头说道。如果她不那么顾虑周围人，敢于说出自己的真实想法，我想单凭高三的人应该也能创作出一部很好的作品吧。虽然有些遗憾，不过对于学姐们来说，这并非最后一部作品。

“我想跟各个学校的人多聊一聊，而不是光听听作品进行研究。比如说，问问他们用的是什么样的器材。”

没想到最会摆弄摄像机和电脑这类机器的树里学姐会提出这样的意见。

“除了评分表，要不要再做一份问卷调查？”

铃香学姐提议道。

“那样的话，说不定人家不乐意单方面提供协助呢。做成意见交流表会不会好一点，像是可以送给对方的那种。”

敦子学姐这么说道。

我心中的烦闷还没有百分之百地消退，不过这种情形也足够让我接受了。

在我们敲定“J赛”评选专用的评分表和意见交流的最终模板时，高二的学长学姐们也回来了。敦子学姐向白井学姐道了歉，白井学姐也说自己不应该扔蛋糕。

在高三和高一（确切地说，是正也）的成员开始解释刚刚的讨论内容之前，高二的学长学姐们已经把视线落在桌上的表格，似乎也大概明白了。

“关于地方特色的体现，其实我也很好奇。”

白井学姐像一位顾问似的，手指一格一格地指着每一个项目，进行检查。

“还有，能不能再加一项？公立特点和私立特点。”

这方面又是我之前没想到的。

“公立还是私立对作品有什么影响吗？”

正也开口问道，像是要挤开几位有所顾虑的高三成员。

“我觉得对纪录片是有影响的。大赛选的不是各县的代表作吗？举例来说，高中棒球的县级大赛决赛中，对战双方一个是私立学校，一个是公立学校，都是跟自己毫无瓜葛的，那么你会支持哪一边？”

“嗯，这个，也是有道理的。不过，这与广播社好像无关吧。也不会有哪所学校为了‘J赛’，而从其他县市找来一些优秀的学生吧。”

“不过大家都默认私立学校的经费更多，使用的器材更好，不是吗？算了，你觉得没有就没有吧。倒不如说，我自己还想消除这个疑虑呢，证明两者确实没有关系。”

“好吧。这方面我也会确认一下的。”

随后，一个像样的小会终于开始了。“J赛”结束后，高三的成员就要离开社团了，不过考虑到广播社的活动，例如协助暑假期间的市民祭典，还有秋季举办的文化祭等计划都得继续推进，于是决定从七月一日开始，换成以高二成员为主导的新体制。

在场所有人一致同意，新社长由白井学姐担任。

接下来，高一成员也要正式开始社团活动了，我心中却没有丝毫期待。

广播社的小会结束后，我和正也两个人一起走去车站。路上，我一直在想该聊些什么才好。

“我说，要不要搞个庆功宴？下次放假的时候，我们约上久米同学，三个人找个地方好好玩一下吧？”

到头来，我的提议不过跟妈妈的一模一样。

“唔——抱歉，期末考试之前，我打算专心学习。期中考试考得太差，总得拉回一点分数。”

对方这么轻易拒绝，我只能点点头说一句“说的也是啊”。想起英语和数学的随堂小考，我和正也每次都是在危险边缘。

“虽然我爸妈也知道我是为了进广播社才就读青海的，但是成绩太差的话，估计他们会叫我退出社团呢。”

面对正也的苦笑，我也回以同样的表情。

“不过，谢谢你约我。去东京这件事，我想你应该为我操心了很多，不过我真的不觉得难受。等暑假再出去玩吧。我有很多电影想看呢。”

“是啊。”

我试着露出一个含糊的笑容，没跟他说自己要住院的事。如果在这个时候说了，他肯定会顾虑我，改口说还是下个星期出去玩。

我也得认真学习了，毕竟让妈妈承担了那么贵的学费。

更何况，这个星期，我的作业比正也的更多。我完全忘了还要写体育报告这件事。

虽说我腿上有伤，但体育课的分数也不能光靠见习就拿到。负责高一体育课的水田老师每个月都会给一个题目，我得以那个写一份报告，而且是整整五页B5大小的活页纸。虽然可以上网查资料，但如果发现照抄的部分超过五行，就得重新交一份。

四月份的题目是《广播体操》。

五月份的题目是《奥林匹克》。

我对这两个题目的理解都太笼统，写出来的报告也很杂乱无章，不过幸好都没让我重写。

六月份的题目是《长跑接力》。现在又不是这项运动的赛季，为什么要出这个题目啊？水田老师是足球社的顾问老师，这个月的体育课主要是在体育垫子上进行的。

“日本是这项运动的发祥地，海外称之为马拉松接力，不过‘Ekiden’

（注：即‘驿传’的日语读音）这个叫法还是约定俗成的”，等等，也不知道能不能把这些内容写进去。

不，就算不写这些，关于长跑接力，我能写的内容多到连五张纸都装不完。

我有一本初中时期的社团笔记。里面记着每一天的练习计划、用时、村冈老师的建议，等等，虽然将来也不打算再用了，但我还是没舍得扔掉。

我决定从这些记录里挑选出最后一年为初中生长跑接力全国大赛所做的练习内容。当时我把春季新人赛、夏季大赛的三千米赛跑，长跑接力区赛前的试跑、区赛、县级大赛等各个比赛的成绩做成了表格或条形图，用我自己的方式总结了自己和其他队员的成长。

过完周末，到了六月份最后一个星期一的早晨，我把写好的报告送到体育教师办公室，结果水田老师还没来上班，于是我把东西先交给在场的老师，请他帮忙转交。那位老师就是之前在复印室里跟我打过招呼的田径社顾问老师——原岛。

“哟，是町田圭祐啊。”

他又喊出了我的全名，还翻看了我提交的报告。

“标题写的是《缺少王牌的长跑接力大赛》？这个王牌，说的是山岸良太吧？”

原岛老师认识良太是理所当然的，只不过，为什么他能一下子就把我这份报告和良太联系到一块呢？

“咦？啊，是的。就是他。”

明明体育教师办公室里已经开了空调，我的额头却在不断冒汗。

“我对内容很感兴趣。对了，听说你暑假还要做一次膝盖的手术？”

老师抬起头，人还坐在椅子上，却直直地盯着我。

“是……是的。要做手术。”

我一边用手背擦汗，一边回答。

“如果手术成功，就能稍微跑一跑，顺便当复健活动吧。”

“是的……”

我内心一阵纳闷。手术的事，我是请班主任帮忙转告给水田老师的，同为体育科任老师的原岛会知道这件事也不足为奇。

只不过，手术之后的事，我并没有告诉青海学院的任何一位老师。

知情的人只有我和妈妈，还有……

"从初中到大学，村冈都是我田径社里的学弟，比我小一届。"

没错，还有村冈老师。在我因那次交通事故而住院的期间，他几乎每天都来探病。我没跟老师说起恢复的前景如何，或许是他从妈妈那儿听来的吧，也有可能是他直接跑去问了医生。

原来村冈老师和原岛老师同在一所大学的田径社，该校在长跑接力方面可是极具实力的。三崎中学田径社和青海学院田径社的队服，跟那所大学田径社的队服都是相近的绿色，就是出于这个原因吧？

就算是这样，我也不想继续聊下去了。

"那么，麻烦您把报告转交给水田老师……"

"我记得，你好像进了广播社，对吧？"

或许是没听清我那句含糊的话吧，原岛老师突然抛来一个问题，那口吻就像直接投出一记躲避球似的。

"是的，没错。"

"我听说已经确定晋级全国大赛了。町田也要出赛吗？"

要的。原来老师们对广播社的活动也不是很了解。

"不用。是高三的人去。"

"这样啊。不过也是，毕竟你才刚加入，应该还没正式开始参与活动吧。"

不，我参与得够多了——这句话我没敢说出口。到底还得在这里待多久啊？

原岛老师一度伏下视线，又突然瞪大眼睛看着我：

"我说町田啊，要不要加入田径社？"

原岛老师刚刚说了什么……

"我……加入田径社？"

晴天霹雳，突如其来，意外不断……我在匮乏的知识中寻找最能形容现在这种心情的词语，然而这已经表示我在逃避现实。

“或许你很难在高中阶段跑出好成绩，不过只要一点一点地坚持下去，到了大学或出了社会还是有希望的。”

“可是……”

跟不上练习的我，不会拖累社团的其他成员吗？即便是在个人项目的比赛中……不，这真的是我所担心的事吗？其实我是害怕那种无法尽情奔跑的焦虑被进一步地摊开摆在眼前吧。

“不过，既然你已经加入了新的社团，我也不勉强。但是希望你在暑假期间再好好考虑一下加入田径社的事。”

原岛老师投出的这一球，连同他的话一起重重地撞击我的胸膛，我根本接不住这一招。

“请问，为什么要找我这种人呢？田径社里应该有很多保送进来的运动员，他们明明都很厉害。”

就算我没遇到交通事故，也不知道能不能在这里有亮眼的表现。

“他说，你跑步的样子跟我很像。”

“啊？”

“大概是三年前吧，村冈突然给我打来电话，我还以为有什么急事呢。结果他说有个新生的跑步风格简直跟我一模一样，不过这个新生想专攻短跑，而且三千米的成绩也不是很理想，但他觉得这个人能成为一名不错的运动员。”

我的思绪大约停滞了半分多钟，一时之间无法理解老师的那些话。

“请问这个新生是指良太吗？”

“你装什么傻呢，町田圭祐？他说的是你。自从听村冈说你要通过普通考试渠道报考青海，我就一直很期待。”

顾问老师原岛劝我加入田径社，还说我跑步的样子跟他很像。

由于感受不到一点真实感，我开始慎重地思考。结果越思考越觉得是自己听错了，真实感也变得越来越淡薄。

从体育教师办公室到教室这一路，我是笔直地走过来的吗？在课上被点名提问时，我回答得还好吗？中午的便当是什么配菜也想不起来了，正也和久米同学好像给我推荐了很有意思的书，但我连书名是什么都记不住。

我觉得身体分裂出另一个自我，轻飘飘地浮在半空看着底下的自己，接着底下的自己也浮了起来。两个“自己”都脚不着地，感觉太不可思议了。

“发生了什么事？”

吃完午饭，从紧急逃生楼梯走回教室的路上，正也好像问了我这么一句。当时我是怎么回答的来着？

快想起来。现在必须把意识集中于现实中发生的事，否则我的脑子很快就会被自己穿着绿色队服、一直奔跑着的身影覆盖。

曾经看过一部电影，片中的主人公因为失去了重要的事物，结果沉浸在自己憧憬的假想世界里，无法回到现实中。就像我还没遇到那场事故，每天以长跑接力全国大赛为目标不停奔跑的那时候一样。

当时我觉得这部影片的主人公是一个逃避现实的懦夫，也完全想不通这部电影为什么那么热门，连我都会跑去看。不过换作现在的我，应该不会有那样的想法了。

如果可以进入那个能再次尽情奔跑的世界，我也不想再回来了——就算那是即将惊醒的美梦。

不过放学后，正也来到教室前等我时，我还是和他一起去了广播室。

推开那扇厚重的房门，走进去之后，我感觉其中一个浮在半空的“自己”稳稳地着陆，双脚站立。

依然漂浮着的那个“自己”则对我发问：

“喂，圭祐。这里就是你的容身之处吗？”

站立着的我，静静地点点头。

我伸了一个大懒腰，像是叫醒还有一半沉浸在美梦中的自己，然后走进了里头的房间，结果看到的是有点不一样的场景。

高二和高三的学长学姐们像开会时一样，都围坐在房间正中那张桌子旁，不过每个人都在盯着自己的手机。

而且，他们的表情都很严肃。

“今天也去上补习了吗？”

敦子学姐将视线从手机中抬起。

“不是。高一第七节有课，要说明暑假补习的事。”

正也作为代表回答了。旁边的我也跟着点头，其实脑子里只剩下三分之一的记忆。

我隐约记得说明的内容是，暑假从七月二十二日开始，不过到七月底为止，学校安排了暑假补习的课程，所有人都要参加。

“学姐们在做什么呢？”

我环顾了桌边的人，开口问道。

“评论出来了。”

月村社长单手拿着智能手机，如此说道。

“我还是跟老师说一下，借用复印室的电脑，把评论都打印出来比较方便阅读。”

说完，她准备起身。

“没必要啦。这些评论也不用反复看好几次，之后还想看的话，用手机查一下就行了。”

这道冷冰冰的声音来自新任社长白井学姐。她重重地叹了一口气，“砰”一声把智能手机放到桌上。毕竟是自己的东西，多少还是收敛了力道，不过也充分表达了她的不悦。

“我可以打开县级大赛的官网看看吗？”

正也一副迫不及待的模样，没等放下肩上的书包坐下来，就从裤子口袋里掏出智能手机开始操作。我赶紧学着他点进官网的首页，首先点击了广播剧组的结果。

贴在决赛会场上的那张表是按照出场顺序排列的，这次倒是按分数来排。获得前两名的作品标题以红字显示，看着还是挺令人骄傲的。

“呃……请坐到这里吧。”

我抬起头，只见久米同学搬了三张原本放在房间角落的折叠椅过来，还帮我们打开了。

对了，久米同学没有智能手机。

“谢谢。”

我道了谢之后坐下，然后把智能手机的屏幕朝向久米同学那边。

“我们一起看吧。”

我客客气气地邀请道。于是久米同学在我身边坐下，一边把长长的刘海分两边捋到耳朵后面，一边认真地看着屏幕。虽然她有手机恐惧症，不过就这么看好像没什么问题，姑且可以放心了。

“我也要看。”

正也反身坐到我身边，盯着我的智能手机。明明他自己也拿着手机，难道是在吃醋吗？最后，我们三个人脑袋挨着脑袋，盯着表格。

《屏蔽》的第一句评论是褒奖。

“以独特的设定为智能手机的社会敲响了警钟。”

我心想：也是，差不多就是这个意思。第二句评论也是夸奖的话。

“虽然不能百分之百地断定无信号是人为引起的现象，但可以说这部作品营造了一种真实感，非常精彩。”

就是嘛就是嘛——我越看越觉得高兴。不过，好评到此为止。

“如果开头能加一段人们陷入恐慌的剧情，或许更能唤起听众们对于失去信号的不安和恐惧吧。”

作品发表之后，正也的笔记上也写过这个意见。确实，如果有描写这种场面，故事的开头部分应该会更加精彩。不过看看下一条，也是最后一条评论怎么说吧。

“既然家人感情好，妹妹早点跟家长商量的话，不就没‘屏蔽症’这事儿了吗？解决的方式有点想当然了。”

“这话什么意思？”

我忍不住出声道。虽然设想过会出现一些批评意见，类似被白井学姐挑刺的那段欺凌剧情，只是没想到有人会这么说。

每个人接收故事的方式各有不同，即便是对这个领域一点都不精通的我也是知道的。所以我无法断定哪一个感想是正确的，哪一个又是错误的。

只不过，我无法接受这种说法。

“这种事怎么可能找家长商量？”

我听到一声低语，是挨着桌子的光流学姐发出的。她应该是从我那一句话看出我们看到了哪些评论吧。高三的学姐们也是一脸震惊地抬起头，看向光流学姐。

“初二的时候，我曾经被全班女生视若无睹。后来一个跟我上过同一所小学的男生帮忙告诉老师，事情三两下就解决了。以老师的立场，必须把这件事告诉家长。结果，我妈妈哭了……”

光流学姐的话，让高二的学长学姐们纷纷把手机放到桌面或膝盖下，静静地听着。

“妈妈觉得是自己的孩子很没用才会受人欺负，所以感到伤心。比起被人无视，我觉得让妈妈失望这件事更令人难受。所以我决定，之后要是再遇到同样的情况，绝对不能让人发现。”

“我明白你的感受。”

旁边的铃香学姐把手轻轻搭在光流学姐的肩膀上。

“跟家人的感情越好，就越不想让他们担心。不过，光流的妈妈……”

“我知道。”

光流学姐平静地打断了她，似乎是打算自己说出这句话：

“妈妈之所以哭，是出于其他原因，但我也是最近才知道的。”

光流学姐露出一个微笑，像是为了安抚大家。她环视所有人，最后视线落在正也身上。

“我把《屏蔽》的剧本放在家里的客厅，结果妈妈拿去看了。一边看，一边哭，还说什么‘父母最痛苦的事，就是没能察觉自己孩子的心情’。我问妈妈，我当年被人欺负的时候她也是这种想法吗？她回答是的，还说那个时候觉得对不起我。”

“然后，四年就过去了！”

敦子学姐高喊了一声，光流学姐莞尔一笑，又看着所有人，说道：

“圭司和桃花的妈妈是我演的嘛，所以，在练习和正式录音的时候，我的脑子都会浮现自己父母的脸，觉得能演这个角色真是太好了。同时也希望，那些像我一样跟父母之间有些误会的孩子们能听一听这个广播剧……该怎么说呢，我说不出什么总结的话语，不过你们也不必过于在意那些评论啦。”

对于这番话，我只能点头了。光流学姐能借助《屏蔽》解开与她妈妈之间的误解是挺好的，但从我的立场来看，知道她是以怎样的心情去面对这部作品和这个角色的，也挺不错。

高三的学姐们虽然之前总是想着东京之旅的事，但其实也是用很认真的态度看待《屏蔽》这部作品的。

“如果是文字形式上的对策，早在几十年前就有很多人都知道了。”

这次轮到月村社长开口了。

“要想解决欺凌的问题，必须让加害者明白不能随意践踏别人的尊严，还要懂得换位思考，尊重对方；周围的人发现了这种情况也不能假装看不见；受害者要找信得过的人商量，也能选择逃跑……光靠嘴巴说倒是简单，付诸行动的人却很少。所以，欺凌的问题才会一直存在。不过我敢断言的是，《屏蔽》这个故事确实提及了该如何行动。宫本同学，我真的认为这是一部好作品。”

说不定那些包含批评的评论，也并非都是不好的。

“不过，反正都拿到第二名了，不也挺好的吗？”

白井学姐这么说道，她的口气不像平常那么严厉。

“大部分评审人员都觉得这部作品有意思才会给出高分。只有最后那句评论企图贬低一个大家都褒奖的作品，这种评审其实不就是想假装自己很有眼光嘛，所以就厚着脸皮写了这种偏离主题的评论。”

她这种对谁都毫不客气的态度，还是一点也没变。

“就是嘛。《屏蔽》写得比他好多了。”

敦子学姐也表示同意。这两人能再次达成一致意见，到底隔了多久？不过我也赞成她们的说法。

《任务》的评论里称赞了按错电话号码这个剧情设计，但最后的爆炸结局得到了差评。

《告白模拟实验》被夸剧情幽默，不过从吊桥上坠落这一点也遭到批评。

“我没去广播剧组的比赛，但没想到评论净是这些无聊的观点。”

“才子”学长似乎一直在看纪录片项目的网页，他一边刷着手机，一边说道。

“都是一些刻板的意见。这就是JBK吗？”

“橄榄球社”学长说道，还伸了个大懒腰。

“这就是JBK啊。”

“才子”学长朝“橄榄球社”学长的侧腹给了一记手刀。两人像在讲相声一样，我不由得发笑，再次意识到“J赛”的J，指的就是国营广播局的J。

这也难怪，爆炸和坠落的剧情都不能过关。

“评论说第一名的《感谢》就像一场情感绶带接力赛呢。”

“橄榄球社”学长强调了“情感”这个词。“原来如此啊。”大家都备感无奈，齐声叹息。虽然我也叹气了，但让我失望的地方应该和其他人不一样。

别随意把绶带接力赛拿来做比喻啊。

接着，大家又用各自的智能手机查看其他项目组的评论。

电视纪录片《尝一口番茄曲奇吧！》被人指出，学生们在进行企划会议时居然没有出现意见冲突的场面。

“实际上就是没冲突，我能有什么办法啊？烹饪社六个成员一起做的那份企划书有很多不错的点子，大家在讨论时也是尊重彼此的意见，互相吸取对方的优点。难不成是想让我们捏造一些场面吗？”

白井学姐整个人都沸腾了，我甚至以为她头上都要冒出白烟了。

“算啦算啦，冷静一点。那些偏题的评论就无视吧，那些中肯的意见就虚心听取一下。例如这个评论是说，最好能更详尽地报道一下番茄曲奇的味道。”

“橄榄球社”学长安慰道。

“确实，我们光顾着强调营养那方面了。”“才子”学长也点点头。

白井学姐似乎还想抱怨几句，不过只是鼓起两颊，闭口不语。

接下来是广播纪录片《百叶门重启之日》。有一个评论写道：以地方复兴的主题来说，地方特色的体现稍显不足，剪辑方式也没什么新鲜感。

“和式点心店铺的招牌商品难道非得是八桥点心（**注：京都圣护院的名产**）或枫叶馒头（**注：形似枫叶的日式蛋糕，中间的馅料有红豆、奶油、巧克力等多种口味，是日本广岛县的宫岛特产**）吗？因为这里不是黑豆的盛产地，就不能做黑豆大福来卖了吗？”

白井学姐再次沸腾起来。

“这一点还能接受啦。说的也是呢，这个主题让十年前随便哪一所高中的人来做都算合适，既然黑豆大福跟店铺的重新营业有关，我们是不是应该多挖掘一下这个商品的制作过程，或者是当地人对于大福的喜爱之类的？”

听到“才子”学长这番说服之语，白井学姐小声地嘀咕了一句“你说得也有道理”。

此外，两部纪录片作品的旁白都获得很高的评价。

负责这些旁白的人是小绿学姐，然而，即便受到夸奖，她还是丝毫没有表现出高兴的样子。看来播音组的比赛结果还是重重地压在她心头上吧。

小绿学姐的发音和声音表现力、节奏感等技术都备受好评，原稿素材的选题却得到了很严苛的评论：

“在那么多关于SNS的题目之中，这个内容没有任何亮点。”

只能说，这句话太狠了。不过不仅是个人评论，在总体评价那里也写着“延续去年的热度，以SNS为题材的题目还是那么多”，纵观所有评论，有很多参赛者得到了跟小绿学姐一样的点评。

该怎么好好安慰一下小绿学姐呢？在这种尴尬的氛围中，敦子学姐那活泼的嗓音突然出现：

“最后就剩电视剧的啦。”

就算是没能进入决赛的作品，其名次和分数也会被记录在案，并且按照报名登记的顺序上传一句短评。

“剧情似曾相识，演技不错。”

就这么一句话。不过谁都没有抱怨。敦子学姐甚至对后半句感到非常满意。

“或许是我想错了。”月村社长独自低喃了一句。

大家都朝她注目，不知道这话是什么意思。

“之前的学长学姐们说过，若是接触了过去的获奖作品，很容易受那部作品影响，从而做出类似的东西。若是把作品里采用的元素照单全收，很容易被牵着鼻子走，所以最好别去看，也别去听那些作品。我也一直坚信这个道理。其实，好好欣赏那些以前的作品或许才是最重要的。当然，我也不是在责怪学长学姐们……”

社长想说的话，我都能理解。虽然不知道她是看到播音组总评里那句“延续去年的热度”才想到这一点，还是在此之前就一直这么认为了。

没有人反驳社长的话。

“也对。就算不看以前的作品，到头来，我们还不是得去接触其他电视剧或电影嘛。既然要看，倒不如抱着积极的态度去欣赏以前的获奖作品，这样反而能学到一些东西。”

从白井学姐的语气来看，她似乎很久之前就有这个想法了。

“也就是说，如果A作品拿到了冠军，明年就创作一部比A更好的作品。不是在A的基础上加工，而是要尝试挑战其他学校没做过的新题材。”

“才子”学长望向我们几个高一成员。

“除了这些，我能不能再提一个建议？”正也举起一只手说道。

“请便。”“才子”学长催促道。

“‘J赛’的获奖作品和参赛作品当然要看，不过请大家也多去听听广播。除了广播剧，广播里的CM（注：电视广播广告）也有很多心思，跟电视里的不一样，可以从中学习怎么创作戏剧。用智能手机或电脑可以听到各个地方的广播，我想应该能给纪录片的制作派上一些用场。”

学长学姐们似乎觉得正也的话有一半是在说笑，不过还是积极地为他鼓掌了。总觉得，各个年级之间的距离在一点一点地缩小。

本以为大家会顺着这个趋势讨论明年的作品，这时，“橄榄球社”学长从脚边的纸袋里拿出两本册子。

“我打算去定制POLO衫，所以跟体育社团借来了商品目录。”

“太棒了！去‘J赛’也来得及穿了！”

敦子学姐发出一声欢呼。

“颜色和设计的图案得让高二和高的一先选。”

白井学姐皮笑肉不笑地叮嘱了一句。

“来拿呀，高一的。”

被“橄榄球社”学长一叫，我赶紧朝桌子那边走去，又突然停下了脚步。等到POLO衫做出来后，不知道我还在不在广播社。

星期五，一来到学校，木崎同学就走到我的座位，像是已经等我等了很久。对了——我立刻想到原因，赶紧对着她双手合十，说道：

“抱歉！你要问球技大赛报名的事，对吧？”

“看来你还是记得的嘛。”

木崎同学对着我微微一笑。

太好了，她似乎没生气。

“不好意思，能不能让我在一旁参观就好？在八月之前，我还是要在运动方面节制一下。”

用不着连我要做手术的事都解释给她听吧。

“是在公布成绩那天遇上交通事故了吧？听说犯人还没抓到，真是够呛呢。我理解的！”

什么犯人不犯人的，这句话稍显多余了。不过发生意外的十字路口那里至今还立着一块招牌，以寻求当时的目击证人，这也是没办法的事。

虽然之前对木崎同学没什么好印象，但直接聊了几句之后，我倒觉得她是一个活泼的女生，让人感觉挺舒服的。

“话说，町田同学，你不用LAND吗？”

“嗯。感觉挺麻烦的。”

“我们班上就你没有用LAND呢。”

她满脸笑意说出的这句话，让我感觉话中带刺。明明并非只有我一个人没用LAND。

“而且，你一到午休就出去了，感觉很难打交道，大家好像都觉得这样不太好呢。你最好还是用LAND吧，免得又有人说你坏话了。”

原来如此，已经有人在说我坏话了。这个人一边笑眯眯，一边八卦，说一些带有恶意的信息，而我居然有那么一瞬间夸奖了她，这可真叫我后悔。

“你不是有智能手机吗？”

我不想继续搭理她了，却想不出逃避的方法。

“这个班上没用LAND的人，应该不止我一个吧？”

我尽自己所能挤出严肃的表情问道。

“奇怪了。还有谁没用啊？”

挖苦过久米同学的人，怎么可能没有留意到久米同学不在LAND的班级讨论组呢？

挖苦之后的招数就是无视吗？

“久米同学应该也没用LAND。”

我若无其事地说道，尽力不让语气听起来像在责备。

“有这回事儿？”

木崎同学的脸上没有一丝怯懦的神情。她依旧笑眯眯的，刚朝我跨了一步，缩短两人之间的距离，突然又狠狠地瞪视着我。

“町田同学跟那个‘咲话’感情不错啊。你们该不会在交往吧？”

“不是。只是在同一个社团……”

你在怕什么，圭祐？我在内心呵斥了自己一句。但是光看到木崎同学那副骇人的表情，我就开始声音嘶哑，连后背也渐渐变驼了。

“町田同学也是广播社的吗？就是那个自己搞些什么戏剧出来恶心别人的社团吧？笑死人了！”

木崎同学一边拍手，一边夸张地大笑。

这人有毛病啊？我感觉腹部深处涌起一股怒火，却有另一个“我”

在劝自己别去搭理她。

“原来町田同学是那一卦的呀？这倒也是，跟那‘咲话’也是蛮配的呢。你跟‘咲话’会用LAND聊天吗？”

我撇开脸不去看那张令人作呕的笑脸，结果发现久米同学就站在门口。她很不安地看着我，一脸愧疚的表情，一看就知道应该是在担心我受她牵连，遭到别人攻击。

久米同学可能又会选择自己一个人吃便当了。拜她所赐，广播社也被人挖苦了，说不定她还会就此离开社团。

不过，久米同学希望我出来庇护她吗？或许她也想尽量避免把事情闹大，免得校方去联系家长。

不对，圭祐。那是你自己的借口。

到头来，你就只能在戏里理直气壮地彰显正义吗？没人给你写剧本，你就什么话都说不出来了吗？

所以《屏蔽》的评论里才会被人写上一句“解决方式有点想当然”。那并不是指评审委员们不明白欺凌现象的现状，或许是他们了解之后发出的一句讽刺吧：反正在现实生活中，你们什么都不敢做。

难道戏剧只是一个理想世界吗？那么创作戏剧又有什么意义呢？把那个世界带到现实来吧，圭祐！

“我……我没有跟任何人用LAND聊天，就算要用，我也不会加入这个班的讨论组。别人辛辛苦苦做出来的作品被你们拿来取笑，拿来挖苦，还无视人家，给她取难听的绰号。与其要我加入这种无聊的对话，还不如让你们讨厌我。”

我用力地喘了一口气。刚才，我一边稳住情绪，以免自己太激动，一边小心斟酌措辞表达自己的想法，应该没有显露出一点妥协或谄媚的态度。

但木崎同学整张脸都涨红了。这是生气的表情，毕竟她以那种方式在人前丢了脸。她用两手捂住自己那张红彤彤的脸，结果下一秒竟“哇”的一声大哭起来：

“町田同学，你好过分。为什么非得这么骂我呢？我不过是想加你的LAND，真过分……”

她肯定一滴眼泪都没流吧。那种像在说绕口令一般的流利语速，和扯着嗓子的哭喊声，仿佛在叫嚣着“来啊来啊，班上的各位都来听一听”。

如果我此时不道歉，说不定会被视为恶人。证据就是，两个跟木崎同学交好的女生赶了过来，一边问“没事吧，还好吗”，一边抚摸她的后背。

“町田同学，你太过分了。快向她道歉。”

你看，这就开始了。她们用恶狠狠的眼神瞪着我。班上的人也正看着这边。久米同学则在教室后方低着头，整个人都僵住了。

早知道就该随便说几句敷衍一下的。事到如今才来犯这种胆小如豆的病。不对，应该是嫌麻烦的病吧。话说，有这种病吗？

可是，圭祐，你千万不能道歉。别说道歉了，就算你还有什么不满，也不能挑这个时候说。

“差不多就此消停吧。”

身后传来一道声音。本以为那句话是针对我的，回头一看，只见发声者看的是木崎同学那边。那是坐在我前两排的堀江同学。我对他完全不了解，以至于能立刻想起他的名字，都让我觉得是一个奇迹。

“我从刚才开始就在听你们说话，木崎同学的话听着就让人觉得不对劲。什么大家都在说町田同学的坏话啦，广播社让大家恶心之类的。”

这也是令我不悦的原因。如果她是讨厌我这个人，或者是对广播社没有好印象，堂堂正正地说出来就好了，偏偏要用那种狡猾的说法。

不过因为我没用LAND，就算心里觉得没有这回事，可能多少也会心生疑虑，觉得全班人真的都是这么想的。

而且像木崎这种人，就算我问她“真的全班都这么觉得吗”，她也会若无其事地回我一句“没错”。

“发过这些信息的人，不就是木崎同学和其他几个女生而已吗？如果说我已读不回就被视为跟你们意见一致，那我退出这个班级讨论组算了。本来就是为了联络课程和活动才加入的，没想到被人用来攻击别人，那我可不干。”

堀江同学自始至终都是一副平静的语气，木崎同学倒是听到一半就开始肩膀发颤，当真哭了出来，泪水都从指缝间渗了出来。

她的两个朋友也是嚷嚷着“带手帕了没有”，同时慌里慌张地在短裙的口袋里翻找。

堀江同学一脸困惑地看向我，似乎在问我该怎么办。可是我完全不知道怎么应付女生。

“大家都坐回座位吧？看来开学才三个月，大家就都忘了吧，班会开始前有十分钟是早读时间。”

这个如救世主一般出现的飒爽身姿，就是我们的班长。班长像滑行一般站到我们和木崎同学等人之间。

“虽然我觉得有LAND也挺好，不过町田同学，我不要求你向木崎同学道歉。与其要一句当场赔罪，还是从今以后别再说人坏话和挑拨离间更重要吧？如果又有人在LAND的班级讨论组里发一句恶言恶语，那我也退出。当然，包括直接说坏话或无视他人的行为。如果有人对木崎同学这么做，我的态度也一样。这样可以吗，木崎同学？”

木崎同学依旧双手掩面，微微地点了一下脑袋，然后跟着两个朋友走回自己的座位。在经过久米同学面前时，有那么一瞬间，久米同学似乎屏住了呼吸，不过木崎同学连看也不看她一眼。即便如此，久米同学还是一副稍微松了口气的样子，坐到自己的座位上。

我是不是该向班长说声谢谢呢？两人四目一相对，班长露出一口白牙笑道：

“喜欢戏剧和动画的人多的是。不论是演员、声优还是编剧，创作这些东西的人都有很多粉丝，这些梦想成为一名创作者的人却被轻视，被称为宅男宅女，这是为什么呢？”

如果是刚入学的我，听到班长的这个问题应该只能摇摇头表示不知道。说到底，我原本也是属于轻视宅男宅女那一方的。但是现在的我认真地参与过两部作品的制作，感觉能有别样的回答方式，不过我没信心能说得很好。

“我想他们是真的觉得恶心吧。有大部分人虽然喜欢戏剧或动画，却认为自己和另一个世界的人们不一样。这一类人，尤其是那种会蔑视比自己地位低的人，如果看到身边有人打算往那个方向发展，就会觉得那个人是欠缺考虑的。他们会这么想也不奇怪。那种感觉就像是看着一个人撑了一把伞，想从屋顶上飞下来。”

听完我这番艰涩难懂的解释，班长居然会一脸认真地点着头说道“原来如此”。旁边的堀江同学也一样。于是我继续说道：

“但是，那个打算飞下来的人，是真的相信自己能成功。如果总是在意周围人的眼光，那就什么事都做不成。如果能进入自己憧憬的那个世界，被当作宅男宅女又如何？差不多就是这个意思吧。”

在我的脑海里，正也就是一个正要展翅飞翔的人。我把这样的他形容为“宅男”，就算没有一丝贬义，还是觉得有些对不住他。于是我在内心小声地道了歉。

“被当作宅男又如何……跟我家老哥说的话一样。看来我没必要去插嘴的。我记得‘J赛’的参赛作品会在文化祭上播放，对吧？我会好好期待的。再见。”

班长扬起一只手，随后走回自己位于前排中间的位置，那道挺直的背影看起来真是风姿凛凛。

“小田同学真是酷啊。”

堀江同学陶醉似的目送那个背影。你也很酷啊——但我太难为情，不敢说出这句话。

先不管这个，班长的名字……

“小田同学的哥哥，该不会是……”

“听说是个声优来着。我没怎么看动画，不太清楚。”

堀江同学看起来就不像是对那方面感兴趣的人。我也只知道一个名字。不过，喜欢那个人的是……

我猛地回头看向久米同学，像是有一个大新闻要告诉她。她却一副吓到的样子垂下了头。也是，久米同学都不知道我们的话题已经换成了小田祐辅。

吁——我重重地呼出了一口气，坐到自己的座位上。虽然我刚刚住放肆了一回，不过安心的情绪也占了九成，心想反正这样也好。剩下的一成是担心这么做会给久米同学增添麻烦，这种情绪，叫作后悔吗？

我本来还期待吃午饭的时候，久米同学会跟我说些什么，然而她没来紧急逃生楼梯。

见久米同学没出现，正也很担心。我告诉他，久米同学被我们班长小田同学找去谈话了。虽然听不清他们聊的内容，但可能是在约她一起吃饭吧。

小田同学的哥哥就是青海广播社的前辈声优小田祐辅。我把这件事也告诉了正也，他一脸亢奋地叫出声来：

“有这种事？那久米同学不就很高兴啦？”

我心想，如果她能高兴就好了。可我想知道的是，久米同学到底对我有什么想法。我当着大家的面帮她说话，她会觉得是一种困扰吗？还是会有一点点高兴呢？

不想跟我一起吃便当也无所谓，但至少跟我说一声啊。

我绝对不是在期待她能说一声谢谢，就是觉得心里不舒服。这种心态仿佛证明了我在渴求她的回报，让我意识到自己的小肚鸡肠，于是又忍不住想叹气了。

话说回来，我不打算告诉正也教室里发生的事。现在的我，已经能够理解当初他默默写出《屏蔽》这个剧本是一种什么心情了。

“从明天起，我们也在教室里吃饭吧？”

正也用手背擦去额头上冒出的汗珠。也是，天气这么热，跑到紧急逃生楼梯里吃午饭说不上有多舒适。

从七月份开始，每个教室都会开启空调。而且期末考试就要开始了，午休的时候最好还是尽快解决便当，把剩下的时间都拿来复习。

“正也在班上有朋友吗？”

我装出满不在乎的样子问道。

“有啊。我们会互相借阅图书或漫画，还建了一个LAND的讨论组，只有班上的男生才能进组……”

正也闭上嘴，一副突然想起什么似的样子。

“没关系。虽然我不用LAND，但还是有朋友的。例如堀江同学。”

我越是笑得粉饰太平，就越感觉到眼前的正也在一点一点地离我远去。

期末考试期间，一旦放学后不去广播室，我就几乎没什么机会能跟正也碰面。偶然在走廊上遇到，时间也只够短暂地聊一句“复习得怎么样”“感觉不太妙”。

高二的学长学姐们知道我们经常要上补习，出于好意也免除我们在午休时间负责播放音乐的当值。

我和久米同学之间也只是打个招呼。她和木崎同学的关系还是有些尴尬，但两人也稍微聊过球技大赛的事。至于那场球技大赛，我最终决定以裁判或记分员的身份参加。

我并没有退出广播社，只是这一次大赛的参赛作品的制作已经告一段落了。不过，通过创作，我再次意识到自己和正也、久米同学之间已经结成了牢不可分的一体。这种让胸口突然裂开一道大口子的感觉，我并不是第一次体验。更重要的是，我本来已经死心了，以为这种感觉不会再有……

在教室里待的时间越长，我和班上的男生——尤其是堀江同学，说话的机会就越多。现在我们彼此都省略了“同学”的称谓。堀江在初中时是网球社的，上高中之后加入了橄榄球社。他似乎认为，在以后的人生里肯定还有机会能打网球，所以他想尝试一些唯独现在才有机会接触的新玩意儿。

班上有很多人跟堀江一样，上高中之后就加入了新社团，男生女生都是。经常听到有人抱怨，在高三成员退社之前，高一成员，尤其是初学者都不得使用球场，要等今年暑假结束后才能正式开始参与活动。也有另一些人说干脆回头选择初中时玩过的社团。还有人说要在暑假做出决断，这是最后的机会了。

不过，等到考试最后一天结束，大家都是一副迫不及待的模样，散落到各自社团的活动场所里。

我也打算去广播室。因为要做手术，我得去说一下自己暑假期间无法参加活动。

就算暑假里没有社团活动，到七月底之前还有一个全校所有人都要参加的暑期补习课程，所以我还得去上学。今天上完补习之后，我便去了广播室，因为当地一家报社要来采访。高三的学姐们为了出战“J赛”，准备后天出发去东京。

接受采访的不只是去东京的那五个人，而是广播社所有成员。我和正也都嚷嚷着没做好心理准备，但我并没有那么紧张。毕竟在初中的长跑接力县级大赛之前，我就接受过采访。我既不是王牌也不是队长，所以只是说了几句打气的话。让我感到不可思议的是，距离那次采访仅仅过了一年。

在广播室里头的房间里，桌子收了起来，折叠椅则是按人数摆成一圈，大家再照年级的顺序坐下。当然了，顾问老师秋山也在场。

报社记者还是上次来采访长跑接力的那一位。与我对上视线后，他似乎有些纳闷。每天跟那么多人见面，难道他还记得我吗？虽然内心这么想，不过我没出声。采访开始了。

首先是关于《屏蔽》这部作品。月村社长介绍了制作的过程，之后的提问集中在正也身上。高一学生在短短三天内写出一个剧本，这件事似乎让记者很感兴趣。

正也很紧张地说着，不过眼睛里开始渐渐放出光彩，热情地倾诉他对广播剧的热爱，直到记者说了一声“谢谢你”，委婉地打住了他的话头。不过下一个问题，让正也皱起了眉头。

“这部广播剧想传达一种什么思想呢？”

这是很常见的提问。在电视上也经常看到，在新电视剧开播时，主要演员总会被问到同样的问题。

“这一点不用创作者自己来说，而是要让听众自己去感受，所以我不回答这个问题。作品当中包含我们希望听众接受的信念，但并非强制他们去接受。如果听众们感受不到，那就说明是我能力不足，我会在下一部作品继续投入这个信念。”

正也的回答应该不是报社记者所期待的答案。

我想通过这部广播剧传达的思想是，希望大家一起来消除那些利用SNS实行欺凌的现象。

如果正也这么回答，说不定这句话会被拿来当标题。但是，他不会当着久米同学的面这么说。

我想，就算久米同学不在场，他的回答应该也不会改变吧。

正如正也所说，想从广播剧里听到什么信息，是听众的自由。

记者还问正也跟谁学习了写剧本的方法，结果正也回答，一个面包店的阿姨曾给他提过一次建议。这种莫名其妙的答案让周围的人都惊呆了。

接着就问到这个了：

“对于‘J赛’最后评选，有什么期待？”

闻言，高三的学姐们低下头，空气中流淌着一丝尴尬。不过正也昂首挺胸，摆正姿势，说道：

“这部《屏蔽》是大家齐心协力努力创作出来的，接下来我们只需关注它能冲多远就行了。”

没错没错。我也大幅度地点着脑袋。不管《屏蔽》的结果如何，这份期待的心情都不会改变。

接下来被提问的人是秋山老师。

“能够晋级全国大赛，我想顾问老师的指导也是很重要的。请问在指导的过程中，你最着重于哪些方面呢？”

相对于提问人的笑脸，社团的成员们，尤其是学长学姐们的表情显得很可怕。秋山老师慢慢地环视所有成员，然后才开口说道：

“祝贺大家晋级全国大赛。还有，对不起。”

说完这句，他转而面向记者：

“我什么都没做。我去年刚成为教师，今年是第一次当班主任，身心都忙到自顾不暇了，几乎没有时间关心社团的活动……不，其实是那种连年晋级全国大赛的压力几乎压垮我，我才会在无意识当中准备了这样的借口。”

广播社的所有成员都是一副惊呆了的表情。我应该也露出了相同的表情吧。大概是因为一直以来，我们都深信大人这种生物是不会主动道歉的吧。

不过报社的记者倒是没有一丝惊讶的神色。

“也就是说，您的学生们在没有老师帮助的情况下，从企划到制作都是自己完成的，对吧？这可真是厉害。我这么说可能不太合适，不过这部作品也能算是老师的发表会吧。”

虽然被人这么称赞，秋山老师还是一副满怀歉疚的样子低着头。看着他这个模样，我并不觉得这位老师不靠谱。

采访又回到了学生身上。高三的学姐们畅谈了一些抱负，随后记者转向我这边：

“你之前是三崎中学田径社的学生吧？”

我明明不觉得紧张，却用几乎要破音的声音回了一句“是的”。

“之前在长跑接力方面有那么突出的表现，为什么在高中反而选择了广播社呢？”

记者笑容满面地问道。我捏紧了膝盖上的拳头，手心狂冒汗，几乎快要滴落下来。到底该怎么回答？

“他是被我强行拉进来的。因为我对他的嗓音一见钟……不对，应该说是一听钟情。”

回答的人是正也，声音比自己接受访问时还要清晰响亮。

“嚯，是因为嗓音啊。你演的是哪个角色？”

“是主角。”

我用有气无力的声音回道。

“这可真是了不得。你的声音听起来确实很舒服、很悦耳。虽然那场长跑接力比赛惜败了，听说是因为十多秒之差错过了全国大赛，却没想到你这么快就在新的领域再创辉煌了。”

“呃，算是吧……”

虽然我心里完全不这么觉得，但还是用一句模棱两可的话回应了记者。其实我自己根本没有完成大业的真实感。

即便如此，在所有人都回答完问题后拍的那张纪念合照中，我还是把那件刚做好的POLO衫摊开举在胸前，竭尽全力挤出笑脸。

补习课上，我望着窗外，不由得想着：明明这旦是大晴天，东京那边却在下雨啊。我会冒出这个想法是因为“J赛”最后评选从昨天就开始了。

我的智能手机里保存了月村社长的手机号码，不过跟我汇报最终评选情况的人是正也，他加入了高三学姐们的LAND讨论组。

暑假期间学校不设铃声，老师一般都是看手表安排下课的时间。九点十五分刚到，正也突然冲进我的教室。

“喂喂喂，我们班还没下课。”

就算被老师训斥，正也还是爽朗地回了一句“对不起”，十分兴奋的样子。教室里的氛围一旦松懈下来，就很难恢复了。老师原本还打算再讲解一道题，现在也只好放弃似的结束这节课。

“到底是怎么了？”

正也跑到我的座位上，我有点刻意地皱起眉头，做出一副向大家道歉的模样。对不起啊，各位，我的朋友跑来捣乱。

“不得了，真的不得了了。啊，久米同学也快点过来。”

正也举手招来久米同学。

“《屏蔽》冲进半决赛了！”

正也兴奋得面红耳赤。我顿了一拍，也发出“哦哦哦”的惊叹声。“好棒啊！”久米同学也高兴地两手合掌。

最终评选第一天是四分之一决赛的阶段，晋级全国大赛的所有作品都在昨天进行现场播放，今天早上公布了晋级半决赛的学校名单，从九十八所学校中选出前二十名。

在全国大赛上，《屏蔽》也受到了好评……

“我打算去一趟东京。”

脸颊依然通红的正也说道。

“去……去东京？”

突如其来的宣言让我回过神来。久米同学也是一脸受惊的表情。正也当着我们的面从口袋里掏出一张纸，摊开来展示。

那是数学期末考试的试卷，他拿了一百分。明明我们都是按照一样的步调上补习课的，我却好不容易才能达到平均分六十五分。

“虽然我嘴上那么说，但其实心里还是很想去东京的。”

正也一边说，一边把试卷折好放回口袋，有点害羞地挠了挠头。

“我和爸妈说好了。如果《屏蔽》能在全国大赛上挺过一轮，而我在最不拿手的科目上考到全年级第一，他们就全额负责我的交通费和住宿费。”

比起《屏蔽》能够晋级半决赛，这件事反而让我震惊。这种约定可不是那么简单就能做到的。像三天内写出剧本那件事也是一样，正也这小子为了达成目的，总能发挥出超人的专注力。

“你什么时候出发？”久米同学问道。

“我打算搭今晚的夜班大巴去。”

“可是半决赛是在今天吧。”

“嗯。青海的作品在上午发表，所以现在坐新干线（**注：连接日本全国的高速铁路系统**）过去也赶不上了。”

“那你……”

为什么还要去——我吞回了这句话。明明是为了亲眼见证《屏蔽》在全国大赛上播放的情况才去东京的，赶不上的话还有什么意义？但是如果我这么说，就相当于认定《屏蔽》这部作品只能到半决赛就止步了。

正也像是完全知道我的心思似的点了点头，又嘻嘻一笑：

“我打算明天早上和学姐们一起等待半决赛的结果，然后直接去决赛的会场。你们知道吗？四分之一决赛和半决赛都是在涩谷纪念馆办的呢。”

我不知道这件事。久米同学则是想起什么似的，发出“啊”的一声。

“JBK会场只办决赛那一场。我们离那里又近了一步，一定得去看到最后啊。”

正也的心似乎已经飞去了东京。也不对，他的心应该是一直与《屏蔽》同在吧。从撰写剧本的那一刻开始，一直如此。

“啊，不过我没找你们一起去，真的很抱歉。毕竟这次考试，我到最后也没什么信心能过。”

看着满脸歉意的正也，我和久米同学同时挥了挥手道一声“没关系没关系啦”。

晚上八点半，我一走进三崎客运站的候车室，就在最后一列长椅处发现了正也的背影。他穿着广播社的蓝色POLO衫。

我也穿着一样的POLO衫来了。我憋着气悄悄靠近正也背后，“啪”一下拍上他的肩膀。

“哇……哇啊！什么嘛，是圭祐啊。”

正也半蹲着，放心似的喘了一口气。我来到他旁边的位置坐下。

“难不成，你是来送行的？”

“给你送消夜啦。可惜不是可爱的女孩子给你做便当，对不住啦。”

我把背囊放在膝盖上，从里面拿出一个纸袋，递给了正也。

“这是……”

“说是说消夜，其实就是三明治啦。一说到三明治，三崎中学的人肯定会先想到学校后面那家‘熊猫面包’吧？”

“你这么费心，跑去给我买吗？”

“从我家骑车过去就二十分钟。以我现在的腿脚状况来说，确实可以说是费心了。”

我露齿一笑。虽说和正也交好也有四个月了，我们却都不知道彼此的住址。

“谢谢。”

正也看了看纸袋里面，发出开心的欢呼声：“是牛蒡丝三明治啊！”

“阿姨托我转告一句，说是祝贺你呢。”

“为什么跟我说祝贺？”

“采访的时候，你不是说有个阿姨教过你写剧本吗？”

我抱着“要是搞错了可真尴尬”的心情，试着问阿姨：“请问您是教正也写剧本的师父吗？”结果竟然猜中了，这反而吓到我了。

“是这样啊。谢谢你。我本来打算在成为专职编剧之前都不去见师父的。可是又很想让她知道这件事，采访的时候也说得很有干劲的样子，可惜面包店的那一段没写进去。真是太好了。”

正也又一次把脸凑近装面包的纸袋，深深地吸了一口气之后，合上纸袋。

广播里通知去往东京的大巴已经抵达停车场。

我和正也一起走向去往东京的乘车处，这时，一辆小汽车驶进了交通岛。小汽车鸣了一声喇叭，在我们身边停下。

从副驾驶席上下来的人是久米同学。她穿着蓝色的POLO衫，跟车内的人说了一声“请在停车场等我”，那应该是她妈妈，然后朝我们这边跑来。

“太好了，我赶上了。”

久米同学单手提着小纸袋，把它递给目瞪口呆的正也。

“这个给你在大巴上吃。啊，不介意的话，町田同学也请收下吧。”

她把手里提着的另一袋也递给了我。我和正也往各自的纸袋里看了一眼。柔和的暖空气中飘散出一种甜甜的巧克力香味。

“我做了一些布朗尼。”

久米同学有点害羞地说道。

“你特地……”

正也应该是想说一句“特地为我做”吧，但说到一半就打住了，毕竟我也收到了一份。

“我想宫本同学应该挺喜欢巧克力的。我自己没试吃过，没什么信心，不过我是完全照食谱做的，所以应该没什么问题。”

久米同学以极快的语速这么说道，可能是怕输给羞涩后就说不出话来吧。

“谢谢你。”

也不知是不是气势消退了，正也用指尖挠挠鼻头，小声地回应道。不对，他只是害羞了吧？

虽说是顺便收了一份，但我也向久米同学道了谢，声音比正也的还小。原来在情人节以外的日子里收到女生送来的巧克力，竟是一件那么令人激动的事。此时的我肯定也是满脸通红吧。

久米同学一如往常，渐渐低下了头，但很快又抬起脑袋，把长长的刘海拨到两边。

“有句话，我一直想着非告诉你不可。”

久米同学两眼笔直地凝视着正也。

“宫本同学，谢谢你为我写了那个剧本。一开始我也觉得‘为我而写’的念头太不要脸，太难为情，所以什么也不敢说。不过在制作广播剧的过程中，我又改变了想法，觉得一定要表达一下感谢的心情。可是听着完成版的广播剧，我又开始觉得不是为我创作的。或许我是促成这个故事的契机，但这部作品不是为了救赎一个人，而是宫本同学基于内心的正义感，为了很多在SNS上遭受欺凌，并为此苦恼不已的人而写的。若是这样，我向你道谢就会显得自己实在太狂妄了。我一直在烦恼该怎么做才好。不过，换作另一句话，我就敢说了……”

“另一句话？”

正也似乎听得忘了呼吸，询问的声音显得有些嘶哑。

“祝贺你的《屏蔽》晋级半决赛。还有，去东京，不对，去JBK会场的路上请注意安全……就是这句话。”

久米同学的样子看起来相当羞涩，不过脑袋是稳稳上扬的。通常来说，道谢的时候应该低头鞠躬才足以表达自己的诚意，不过换作这位总是轻易低头的久米同学，像这样不躲避对方眼睛的态度，更能表示她的勇气和觉悟吧。

“谢……谢谢你。”

正也只说了这一句。他用崭新的POLO衫袖子擦去满脸汗水，汗水里也混杂着一些眼泪。

“正也，你好歹带一条毛巾吧。”

我从自己的背囊里拿出一条毛巾，绕到正也的脖子上。

“放心，这是没用过的新毛巾。”

我一边嬉闹，一边擦拭正也的汗，然后对上了久米同学的视线。

“我还要谢谢町田同学。谢谢你帮我说话。”

这简直是意料之外的一句话。我根本没想过她会来道谢，惊讶得张大了嘴巴。

“帮你说话？”

正也从毛巾里探出脸。到头来，我还是没跟他说起班上发生过的事。虽说挑起话头的人是久米同学，可这下我该怎么解释呢？

“班上有个讨厌我的女生，想把町田同学拉进LAND的讨论组。但是他当着大家的面说，不想加入那种会发信息说人坏话的讨论组。”

久米同学用牙白口清的语气回答了正也。正也则是一脸佩服地看了我一眼。

明明这不是难为情的事，我脸上却不停地冒汗。我差点就想开玩笑让正也把毛巾还来，不过此时此刻，或许我也得认认真真地表达一下自己的想法。

“这都是多亏正也写了这部《屏蔽》啦。从广播剧里接收到的那些信息，我想不能就这么在剧里不了了之地画上句号。虽然我说那些话时看起来是在耍酷，不过是这部广播剧推了我一把，是这个故事的能量促使我去做的。”

我如此说道，眼神没有一丝闪躲。正也的鼻子微微颤动，眼睛里突然喷出泪水，还用力地抱住了我。

“喂，慢着，你等一下……”

我有些不知所措，不过又觉得这样也无所谓，抬手拍了拍正也的后背。渗进我肩膀上的湿润，是只有竭尽全力、拼命努力过的人才会流下的泪水。

虽然我觉得让我这种人来承受这些泪水有点对不住他，但仔细回想一下，在长跑接力地区赛拿到冠军时，我也曾和所有队员们这样抱头痛哭。

而且现在的我，眼泪也已经涌到眼眶边缘了。即便是我这种人，也可以哭泣。

我突然听到了一道快门声。正也和我同时看向声源处，只见久米同学拿着智能手机摆好架势。

“啊，对不起。我觉得这一幕挺好的，就……”

我和正也同时从彼此的身体上放开手。眼泪也一下子缩了回去。

“久米同学，那是你妈妈的手机吗？”

正也有些慌张地问道。

“不，是我的。”

“欸！”我和正也同时惊叫出声，视线抛向那台智能手机。这是最新款的机型，背面光滑锃亮，没有一丝划痕。

“补习回家后，我让妈妈给我买的。”

“你用了，还好吗？”我询问道。

“还是有一点战战兢兢的，所以不打算用LAND。但是我实在很想直接从宫本同学那里听到《屏蔽》的半决赛结果，所以决定买一部手机。妈妈也很为我高兴。很奇怪吧，一般来说，给自己孩子买手机，家长们都会面露难色，我们家却是……就好像把这件事当作我往前迈进了一步，就这么答应了。”

往前迈进了一步……看着久米同学此刻的模样，我也有这种感觉。她不仅买了手机，也不再低垂着脑袋，聊天时也能好好地看着对方的眼睛了。

“一有消息，我就通知你们。”

正也带着几分兴奋这么说道，从背包里拿出了智能手机。我也拿出自己的，和久米同学交换了手机号码。

广播里通知去往东京的大巴即将发车。虽然不是假日，但从外面看去，车里还是有九成座位都坐着人。

我们决定最后用久米同学的新手机，在大巴乘车处旁边的“去往东京”告示牌前拍一张纪念照片。客运站的工作人员确认乘客人数后，帮我们按下了快门。

“社团的小伙伴吗？这就是青春啊。来，笑一个！”

或许工作人员这声口号让人很是舒心，照片中我们三个人所呈现的，是彼此从未见过的、最美好的笑脸。

正也上了车，大巴便发车了。他坐在最后一排，回头朝我们挥手。我和久米同学也一直挥手，直到大巴再也看不见为止。

希望他能走进JBK会场，不，他一定能去——

终章

暑假最后一天的傍晚，我来到了暌违将近一个月的学校，在教学主楼前的长椅坐下，这里可以看到整个宽阔的操场。现在，我能够花上一段时间在这里观察田径社的练习，大概是因为腿上的手术很成功，后续的恢复情况也很顺利吧。

这一个星期以来，我每天早上都在家附近的公园周边跑步。路程大概有三千米，一开始是徒步行走比较多，但现在渐渐可以坚持跑下来了。

虽然与在田径社那时相比，如今的速度根本不值一提，但是最让我高兴的是，能够重新奔跑的这一天终于来临了。

在这里看着他们练习，我再次萌生了一个想法……

“久等了。”

身后传来一道声音。我回头一看，就见到山岸良太站在那里。以前的良太给人的印象多是皮肤白皙、身材瘦削，不过现在日复一日的训练跟他晒得黝黑的模样相辅相成，感觉整个人都结实了。

“不好意思，你这么累还约你出来。”

我让出长椅一边的空位，良太利落地在我身边坐下。

“圭祐能约我出来，我可高兴了。之前都没能好好聊天，实在难以想象我们上的是同一所学校。而且你连做手术的事都没跟我说。”

良太微微噘起嘴。他摆出这种态度，应该是因为我昨晚发了信息，把自己这条腿的现状告诉了他。在放心的同时，良太也在为我事后才告知的事闹别扭。

“这个，怎么说呢，算是一个惊喜吧。其实我原本打算在体育祭之前都一直保密，然后突然让你看到我跑步的英姿。”

别看我现在说得诙谐，其实在手术之前相当不安。虽然我已经找到了另一个容身之处，即使以后不能跑步，那里也愿意接收我，但是直到现在，我仍然觉得自己能如此行动自如简直就是一个奇迹。

话说回来，你用不着哭鼻子吧？看到良太吸了吸鼻子，我在内心嘀咕了一句。

“我说，圭祐，你还能跟我一起跑步吗？”

良太把目光转向操场，如此问道。夕阳西下的操场上，有几个棒球社成员正在平整球场，那些三百米跑道看起来也比平常大了许多。

“其实，第一学期快结束的时候，原岛老师来问过我要不要加入田径社。”

“那不就得了！”

良太两眼放光地看着我。

“我打算明天去找老师。不过，在那之前，有件事我想问问良太。”

“想问什么？随便问吧。”

良太的眼睛里没有一丝阴郁，看样子完全相信我要说的是一件好事。我不知道自己接下来说的话，对良太来说到底是凶还是吉。

是的，接下来，我要跟良太谈谈他的事。而他可能以为我想说的是自己的事。

今天我下定决心来到这里，就是想告诉良太当时的真相。

“我见过田中和他父亲。”

我直直地看着良太，开口说道——

在我住进县立医院准备接受手术的第一天，妈妈去综合接待处办理手续，我留在前厅的等候室等着，结果看到一张熟悉的脸从眼前闪过。

“田中！”

我开口叫了一声，随后才觉得后悔，其实也没必要叫住他。在医院里碰见熟人可不是什么高兴的事。毕竟这意味着要么是自己，要么是对方遇到了必须上医院的某种状况。

尤其是田中，我去年才听说他父亲患上癌症。也是因为这件事，村冈老师才会在长跑接力县级大赛的队员甄选中挑了田中，而不是良太。

田中看向我这边，一副精神饱满的模样。

“町田学长，好久不见了。”

田中脚步轻盈地走了过来，手里提着市内一家知名蛋糕店的纸袋。

这完全是来探病的样子啊。探谁的病？肯定是他父亲。

“综体（**注：日本全国初中生综合体育大赛的简称**）的情况怎么样？”

我问的是跟医院无关的事。

“我在县级大赛上的三千米赛跑中获得了第六名！啊……”

田中干劲十足地回答，之后视线落在我的腿上。我遇到交通事故的事，田径社的所有人应该都知道了吧。

“挺厉害的嘛。恭喜恭喜。接下来就是长跑接力赛了吧。”

我尽量说得开朗一些，同时也为田中的成长感到惊喜。

“喂，勇树！”

综合接待处那边传来一个大叔的粗犷嗓音。田中回过头去。

“说是在西栋五楼。熟人吗？那我先过去啦。”

大叔在隔着一段距离的地方朝田中这么大声吩咐，之后便转身走向电梯那边。

“不好意思。我老爸嗓门太大了。我表姐生小孩了，我们过来探望她。但是地方太大了，找不到病房。”

田中像是在找借口般，不仅是对我，也是对周围的人们这么解释道。比起田中来医院的缘由，让我安心的是另一件事。

“你父亲能恢复健康，真是太好了。”

或许不能单凭外在情况就做此判断，但我还是脱口说出了这句话。

“欸，难不成学长知道我老爸去年得癌症的事情？”

田中的口吻有些傻气。

“没有，我也是听别人说的。不知道具体是什么情况，不过据说很严重……”

“没那么夸张啦，让学长担心了。其实是公司体检的时候查到的，还处于早期，所以就趁暑假做了内窥镜手术，一个星期就出院了。连带薪假期都不用申请就解决了。刚刚学长也看到啦，他健康得很，甚至是精神过头了。”

“那么，村冈老师……”

“老师是我的班主任，所以我跟他汇报过了。”

听了我的话，良太皱起了眉头。他的情绪是几乎不外露的，但我还是能清楚地看出他的困惑。

也难怪他会困惑。田中的父亲正在与癌症抗争，我想让他看看自己儿子英姿，看看他儿子有多努力——因为这个理由，村冈老师把良太摒除在长跑接力县级大赛的队员名单之外。结果田中自己却说，他父亲的病没那么严重。

正因为痊愈了，田中才能说得那么轻松，这一点我是能理解的。虽说是早期，但知道自己父亲得了癌症，肯定也会很担心。如果那时恰好有一场大赛，田中想抱着祈愿的心态去拼一拼，也没什么好奇怪的，向自己的班主任兼顾问老师村冈吐露不安的情绪，更是无可厚非的。可是他明明说，手术在暑假期间就顺利解决了。

“你肯定在想，这到底是怎么回事吧？”

我一说完，良太就默默地点头。

“那时候，我也很想马上去确认一下。不过因为要住院，什么都做不了。虽然很在意这件事，但是对我来说，当时最重要的是自己这条腿。”

“那当然，这还用说吗？”

“所以，我出院之后就开始行动了。”

“你该不会是找到村冈老师那儿去了吧？”

良太瞪大了他那双细长的眼睛，很是震惊。我看着他这个表情，心里有些意外。因为在意那件事所以才去调查，这个举动也没什么奇怪的吧？

不对，先等一下。以前的我做过这样的举动吗？就连当初听到良太说了甄选队员的内幕，我也不曾想过去找村冈老师问个清楚，即便是有好几次机会可以跟老师聊聊。

现在说什么也没用了。我的脑子里架起了好几层滤镜——我为了良太的事发怒是大错特错的。这也是没办法的事。

“可能我在这一学期里，渐渐练就了厚脸皮的性格吧。”

这也是多亏了我加入广播社。后面这句话还是暂时咽下不说吧。

“不过，在去见村冈老师之前，我先去找了另一个人。”

我继续说道。

村冈老师对良太撒了谎。但是老师一定是觉得有必要才会做出此种举动，毕竟这个谎话可不是那么容易说的。如果老师是有意识地撒这个谎，我这么没头没脑地找上门，他也不会轻易向我坦白。

有没有其他人知道这件事呢？知道一点线索的也行。据我所知，村冈老师愿意推心置腹去交谈的人，只有一个。只不过我觉得，老师可能也没有对那个人说什么……

“谁？”

良太探出身子问道。我这卖关子也做得太过了。

“是原岛老师。听说他和村冈老师从初中到大学期间，一直是田径社学长学弟的关系。”

“这个我知道。他经常说，我从跑步方式到性格都与村冈一模一样。顺便告诉你，原岛老师……算了。”

良太说到一半就放弃了。估计是在顾虑我吧，毕竟我还没说要不要加入田径社。

“老师说我很像他，对吧？他跟我说过了。真是脸上沾光了。我搜过他的视频，找到了他参加亚运会的记录。”

“我也看过那个视频。虽说现在他也挺招女生喜欢的，不过以前的样子更瘦，更帅一些。”

虽然原岛老师没能参加奥运会，不过大学毕业后，他加入了有名的田径实力团队，曾经好几次作为日本代表出战世锦赛。听说他是三十岁那年退役，之后回到母校青海学院当体育老师的。

不过我也搜索了村冈老师的资料，却找不到他的视频，只搜名字的话，倒是能找到少量资料。

话题扯远了。我跟良太说起出院之后找过原岛老师的事。

出院时收到的病情报告要上交给班主任，所以我去了一趟教室办公室，结果看到原岛老师在高三教室的办公区域里。他开着笔记本电脑，也不知道能不能靠近。于是，我紧张兮兮地隔着一段距离向他打招呼。原岛老师立刻发现，并朝我这边走来。

“手术情况怎么样？”

我告诉他，手术很顺利，术后的恢复也很好。

“你来找我，是想早点加入田径社吗？”

“不是。不好意思，今天是有些事想问问老师。”

我的音量压得很低，仿佛要召集人去干坏事一般。

“想说些小秘密？那换个地方吧。”

原岛老师带我来到前途指导谈话室。这里是用隔板分隔出来的空间，方便进行私人面谈。老师还端出了冰麦茶，估计是备来招待家长或客人的吧。

“想问什么？”

老师也不闲聊几句，单刀直入地问道。我说话也不绕弯子了，开口就问起自己最想知道的那些事。

“初中最后一年的长跑接力县级大赛，村冈老师为什么不选山岸良太呢？”

“这是因为……”

原岛老师很爽快地说出了答案。

“老师怎么说的？”

良太盯着我，眼睛连一下也没眨。

“答案其实非常简单。应该说，他甚至不敢相信良太居然还没想通这件事。原岛老师很吃惊，没想到我和你都是在不知情的情况下就读青海的。”

那个理由跟田中父亲的病一点关系也没有。如今知道真相，我都开始怀疑自己为什么没能想到那一点，反而把村冈老师对良太撒的谎言完全当真了……

“你倒是好好跟我说呀。”

良太的语气听起来有些许急躁。

这也不怪他。就算我比他先知道了真相，这么卖关子也实在没道理。其实用不着我担心良太知道之后会有什么想法，把听到的内容转告给他才是上策。

“因为那是良太收到青海学院保送资格的条件。”

“怎么可能？”

良太的反应和我当时在原岛老师面前的一样。原岛老师向我简单地解释了一下。

在接收初中时期有过突出表现的运动员时，首先必须考虑的是那个运动员到了高中能不能也有卓越的成绩。乍一听似乎都觉得这是理所当然的，不过每年都有学生进了高中没多久就练坏了身体，比例还不小。

因此，青海学院规定，收到体育特长生保送资格的学生，必须交一份初中入学以来的伤病报告。良太在初三第二学期刚开始收到了保送推荐，所以他把初二时膝盖受伤的报告交了上去。当然，同时提交的还有膝盖痊愈的证明。

然而，青海学院给了一个附加条件。那就是良太不能参加全国中学生长跑接力县级预选大赛。

“我们县那些陡坡路线不是相当有名吗？据说难度级别可以算进全国前三了。没有一个区间是一路平坦的。青海学院希望良太是以膝盖完全无恙的状态入学，这是为了能在高中拿到好成绩。”

这就是我从原岛老师那里听到的全部内容。然而良太的表情依旧很阴郁。

“这种事，不是应该跟我本人联系吗？”

我一开始也这么认为。青海学院联系了三崎中学，但消息在转达给良太之前就被截住了。我想一定是村冈老师。老师当时为什么不找良太确认一下呢？

对方提出了这个条件，你打算怎么做？

因为老师能料到良太的回答。为了证实这一点，我在告别原岛老师之后，就去了令人怀念的母校——三崎中学。

三崎中学的操场热得几乎能把人煮熟，实在难以想象这就是秋老虎。在这种高温下，田径社长跑项目的运动员们步伐一致，脚步轻快地奔跑着。我光是站着看就觉得一阵眩晕，不敢相信直到去年为止，自己也曾在那个团体里待过。

在晕倒之前，我坐到了长椅上，给自己补充水分。平定了心情之后，我能冷静地观察每个人的跑步身姿。

有所成长的不只是在县级大赛上拿到第六名的田中。我在网上查过每个成员的大赛纪录，大家的用时都缩短了不少，去年的成绩完全无法与之媲美。

或许是长跑接力县级大赛亚军的那种自信和不甘，让学弟们提升到这个层次。真是令人佩服，这简直是一支奇迹的队伍。以前看到大叔们深信自己还在队里的那段时期才是队伍的巅峰时代，我总会深感同情，觉得他们停滞不前的模样很可怜。没想到现在自己也沦落至此了。

如果是去年的我待在今年的这支队伍里，能不能成为正式队员都很悬。

村冈老师原本在操场上扯着嗓子为学生做指导，这时也发了个休息的号令。

他径直朝我这边走来，坐到我旁边。

“听说手术很成功。”

老师晒得比学生更黑，咧嘴一笑，露出一口白牙。

“谢谢老师。您好像还去了医院，打算探望我。”

“我没想到你那么快就出院了。本来想带一个哈密瓜送你，最后在家里跟孩子们一起解决掉了。”

“那可真是遗憾……”

我笑着回应，心里想着该怎么向老师提起那件事。是开门见山地问呢，还是绕着弯子问？对付村冈老师的话，应该是后者。

“据说老师刚进大学的时候，大家都很看好您这位专攻一万米赛跑的径道运动员，觉得未来可期呢。”

“怎么突然说起这件事了啊？我听说你进了广播社，这是要来采访我吗？”

“呃，不是，也算是。这是我个人对村冈老师的采访。”

我摆正姿势，重新面对村冈老师。

“我还是学生的时候，网络不像现在这么普及，一万米比赛这些事，你是从其他渠道听来的吧？原岛老师那儿，你也去采访过了吗？”

“是的。不过我当时问的不是原岛老师本人的事。硬要说的话，也算是采访。”

“原来是这么回事。这么说，接下来还会继续问一些跟我本人有关的问题啰。”

“在您愿意回答的范围内……”

我向老师打听这些事，是不是仅仅为了满足自己的兴趣呢？这种内疚的心情突然像气泡一般涌上我的胸口。

不对，这么做是必要的。我是为了良太，也是为了自己。

“行吧，那就试着开始吧。”

村冈老师露齿一笑，催促我往下问。

“老师是什么时候开始正式练长跑接力的？”

“上了高中之后。初中的时候我是短跑运动员，不过高中田径社的顾问老师劝我去练长跑。”

“也就是说，那位老师让您兼顾径道竞技和长跑接力两个项目，对吧？高三的时候，您也参加了高中校际联赛的一万米赛跑项目，当时重心是放在哪一边呢？”

“两个项目都全力以赴。”

“可是，老师在大学一年级的时候参加了新年长跑接力赛，在那次比赛中一战成名，人称‘上坡救世主’呢。”

“哎呀，原来我以前这么红啊。”

村冈老师露出有些自虐的笑容。

“到了大学二年级，老师的膝盖出了问题。但是，老师还是参加了那一年的新年长跑接力赛，负责上坡赛段。虽然成绩不及上一年的纪录，但还是拿下了‘区间赏’，全队也第一次如愿得拿到冠军。不过从那以后，田径竞技的纪录里就找不到老师的名字了。老师是早就知道会有这种情况，才会带着那份觉悟参加了那一年的长跑接力赛吗？”

村冈老师稍做深思之后，才慢悠悠地开口道：

“圭祐，你曾经也是练竞技赛的，我想你应该会懂。什么早知如此啦，做好觉悟啦，都是旁人擅自认定的。其实本人也是在事后才会想到，原来可能会发生这样的情况。”

曾经也是练竞技赛的。我想起自己在长跑接力赛上接受采访时的情况。当我被问到奔跑时的心情如何，确实也是觉得很难回答。

村冈老师继续说：

“尤其是十几岁的时候，只会一味地想着怎么才能在眼前的舞台上拼尽全力，只想着获胜这一件事。至于给予关照的那些人对自己抱有的期待，也就是想一些听着舒服的话，当场应付一下罢了。”

我用力地点点头。

“我当时只是想着眼前这场长跑接力大赛怎么获胜的事。而且，队里的每个人都是冲着拿冠军去的。虽然也有人对我们说今年就算了，下次还有机会。但是我这个人，从不会思考下次的事情。毕竟机会可不是总能重来的。错过这次，下次就没机会了。我抱着这种信念拼尽全力地跑，结果那就成了我最后一次比赛。”

“您后悔做了那个选择吗？”

为什么我的提问总是围绕着老师的伤痛呢？如果我跟他站在同一立场，会有什么想法？遇到了交通事故还被人这么问，我能够保持冷静吗？

“对不起……”

我道了歉，没敢看老师的脸。也不能仗着“为了知道真相”的正当理由就什么问题都拿来问啊。

“喂喂，你道什么歉呢。不是打定主意从我这里问出一些情况吗？”

“可是……”

“我肠子都悔青啦。因为在那之后，我们大学连续三年拿了冠军。

也就是说，后面还有很多次机会。”

村冈老师手舞足蹈，笑着说道。他这么做也是为了安抚我吧，不过我假装没看穿这一点，提出了最后一个问题。

“我问了村冈老师，是不是因为这样，他才会不惜撒谎，把良太排除在县级大赛的成员名单之外。”

良太的视线停在自己的膝盖上。现在那里应该没有任何疼痛了吧。

“村冈老师怎么回答？”

“他承认了。”

“但是这样不就相当于，他还利用了田中的爸爸吗？”

“老师事先去拜托过田中的爸爸，请他帮忙促成。伯父很乐意地接受了。伯父还说自己曾练过棒球，很明白运动员的心情。但伯父好像瞒着田中。所以县级大赛那天，田中的父母不是没在校车上吗？他们是自己开车，偷偷去为我们加油的，还编造了一个借口，跟田中说自己睡过头了。”

“居然做到这种地步……”

良太握紧膝盖上的拳头。大人们的这种特殊关照，并不会让他打从心底感到高兴。这一点，我是深有体会的。或许他还觉得自己很窝囊，居然什么都没察觉。

即便良太这么不高兴，有一句话我还是不得不说：

“还有，村冈老师其实和良太的爸爸商量过。这也是应该的，毕竟事关儿子的升学。”

“什么？”

良太惊讶得瞪大了眼睛。不过很快又叹息了一声。

“我就知道。明明我不用出赛，我爸还坚持要去现场加油，当时我就觉得他怪怪的了。在校车上的那种态度也很不对劲，可能我爸也是想根据我的情况好坏，考虑要不要坦白吧。”

我想起良太鼓励了那些痛哭的队员之后，伯父为他激动鼓掌的样子。如果我事先知情，说不定内心涌现的情绪会更加强烈，完全不输给伯父。

“可是话说回来，既然我都顺利入学了，我爸怎么还不告诉我这件事呢？”

我没有父亲，所以很难想象良太的爸爸有什么想法。不过从同一立场来看，如果是我妈妈，她又会怎么做呢？

“伯父可能在等下一个机会吧。等你能够出战全国大赛的那一天。”

“唉，那可就扎心了。我今年完全够不着校际联赛的边。看来在下次机会来临之前，我还得假装不知情呢。”

良太抬头望天笑道，看样子心情很好。上次和他一起看火红的晚霞，是多久之前的事了？

“良太，如果当初村冈老师直接跟你说，青海的保送条件就是让你不要参加县级大赛，所以不选你当队员，你会怎么做？”

“虽然很不甘心被村冈老师料中，但我想我会说，‘进不了青海也无所谓，以后再也不能奔跑也无妨，我就是要和大家一起跑进全国大赛，请让我参加这一次比赛’之类的吧。”

“那你现在有什么想法？”

“直到此时此刻，我还是很想去参加全国大赛。不过能像现在这样在田径社里跑步，我也觉得很幸福。”

“太好了。刚刚在等你的时候，我就在犹豫到底要不要说这件事。”

“让我知道才好啊。我真的很感谢村冈老师、田中的爸爸、我的父母，还有你。谢谢你们，给了我下一次机会。”

良太直直地盯着我，如此说道。我不太好意思回一句“不用谢”，于是站起身来，伸了个大懒腰，感觉原先堆积在身体上的暑气都被释放了。

“村冈老师为了保住我，几乎断送了自己以往的功绩。毕竟连我都常常能听到别人责怪他，说什么‘如果派山岸出赛就不会输’。可想而知，老师对自己那件事真的是相当后悔吧。”

良太的语气中混杂一丝寂寞。

“村冈老师说，作为田径运动员，他确实后悔过，但也对现在的人生很满意。”

我坐回长椅上，继续跟良太聊起采访村冈老师的后续。其实是我问完问题之后，老师主动补充的一些话。

“当他知道无法以田径运动员的身份回到赛场上时，心里完全是一片黑暗，根本无法考虑将来的任何事情。当时支撑他的是大学的学妹，也就是他现在的太太，是她劝说老师去当一名教师。老师的太太还说，‘虽然现在你不愿意去想田径的事，但总有一天还是会渴望奔跑，想跟田径有所联系。就算是以社团顾问老师的形式，也算是一种新的发现，新的喜悦’。”

“真是一位好太太。而且，用你的声音这么一转述，感觉就像在听广播里的留言板，感觉很舒服，让人印象深刻。”

“是吗？”

我用食指挠挠鼻头。

“可是到头来，我们都没能让老师高兴啊。”

良太深感愧疚地叹息一声。我狠狠地拍了拍他的后背，一笑了之。

“你可是奇迹队伍的曾经一员啊。我们都太自以为是了。良太也去三崎中学看看吧。每个人的进步都非常大。田中的三千米赛跑纪录，离你初中时期的最后成绩只差两秒哦。”

“真的吗？或许村冈老师早就看到了这个前景吧。”

“这也算是老师的下一次机会吧。”

我想象着村冈老师拿着长跑接力县级大赛冠军奖牌时的笑脸。

“那么，圭祐有什么打算？”

良太郑重其事地看着我，说道：

“关于我的事已经谈完了。村冈老师的事也说完了。现在该轮到你来说说自己今后的事吧？”

“也是呢。其实，要加入田径社，还是继续待在广播社，这个问题在做手术之前也想不出个所以然。”

我决定跟良太说起，正也搭乘高速大巴前往东京后第二天早上发生的事。

“J赛”半决赛的结果将在比赛第二天早上八点四十分贴在JBK会场入口处公示。正也在六点半抵达东京，随后前往高三学姐们留宿的旅馆，准备一起去看结果的公示。

二十所学校中，有三所可以晋级决赛。门槛一下子就高了许多。

正也给我发来信息时是八点四十三分。

“进不了决赛。可惜。”

信息里这么写着。

“辛苦了。能进入半决赛已经很不简单了，我觉得《屏蔽》这部作品就是全国第一。”

在我这么回复信息的同时，眼泪也一下子喷涌而出。

不甘心，不甘心，不甘心，不甘心……

正也现在也非常不甘心吧。给他发这种净说好话的信息，又有什么用呢？

我立即给正也打了电话。

“正也，好遗憾啊。我不甘心。作品明明那么好，怎么可能没有被选上呢？评审人员都是笨蛋……”

“是啊，圭祐！他们就是一群笨蛋！”

正也大喊道，吓得我不由得把手机拿远一些。我听到了“唔唔”的呻吟声，接着陷入短暂的沉默，突然又响起哭泣的声音。正也说他冲进了卫生间。

接下来，我们互相倾诉自己懊恼的心情，不以为意地说了一些话，若是被家长或老师听到肯定得挨骂。我们不是想说给谁听，当然，这些话也绝对不会发到SNS上。这是仅限于我们两个人的情绪宣泄。

“谢谢你。”

直到正也跟我说了这么一句。

“我不是为了你才发火的，我是真的很不甘心。虽然你们让我演主角，可我一直觉得这像是别人家的事。但是当我知道进不了决赛时，心里就觉得非常懊恼。原来我不是毫不关心，而是一直理所当然地坚信这部作品会被选中。”

“实在很难想象你大吼大叫的样子。”

良太边笑边说。

“说不定还真是生平第一次。其实，你当初跟我转述村冈老师说的那些话时，还有县级大赛结束后，我也很想大声吼几句。和良太，和大家一起大吼大叫。”

“就是嘛。明明还是个孩子，耍什么酷呢。你之前就是太能忍耐了。现在好了，你找到了可以一起大吼大叫的对象。而且更重要的是，你也找到了下一次机会，对吧？”

我点点头。这个举动绝对不是背叛良太，也不是在伤害良太。不论选择哪一方，良太都会支持我。我对这一点非常有信心。

“这也算不上解决所有问题，开辟新道路。毕竟那个肇事者还没抓到。我想，我今后还是会坚持跑步。幸好这条腿还能帮我延伸到下一次机会。不过社团的事，我想在广播社里拼一把。”

虽然错失了决赛机会，但听说晋级半决赛的学校都能得到JBK会场的优先入场券。正也也能去看决赛见习一下。

暑假，正也和久米同学一起来探望我。说起当时的情况，他只能不断地重复一句“非常厉害”。会场里聚集了所有项目组的决赛参赛者和参赛作品，现场洋溢的热情无法用语言描述。我嘲笑了正也一句:“能用语言描述这些才算是专业的编剧吧。”其实我也想亲身体验一下当时的氛围。

“还有啊，我觉得得认真思考一下如何用作品表达思想，而不是单单考虑怎么创作。用嘴说，用手写，还是用手机发送，明明有那么多方法和渠道，却总觉得还是有很多重要的信息没有传达出去。”

“是啊。我今天也从你这里接收到一些很重要的信息。不过我来这里之后，就料到你会选择广播社了。”

“欸，怎么料到的？”

我很是惊讶。良太指了指我的胸口：

“你没发现这件POLO衫非常抢眼吗？”

“这是广播社的队服，很帅气吧？”

我站起身，两手叉腰，尽可能地挺起胸膛，像是在炫耀那个标志——衬着蓝底、闪着白光的“SBS”。

参考书籍：

《新版 剧本的基础技巧》新井一 著　大卫社

《电影 电视剧 剧本的技巧》新井一 著　大卫社

本作品原本由学艺通信社发稿，于2017年1月至2018年3月期间依次在神户报纸、高知报纸、熊本日日报纸、秋天魁新报、北国报纸、中国报纸、信浓每日报纸刊登。后经补充修正，集结成本册小说。